LA
SINFONÍA
DE LOS
MONSTRUOS

MARC LEVY

LA SINFONÍA DE LOS MONSTRUOS

Ilustraciones de Pauline Lévêque

Editado por HarperCollins Ibérica, S. A.
Avenida de Burgos, 8B - Planta 18
28036 Madrid

La sinfonía de los monstruos
Título original: La Symphonie des monstres
© Marc Levy / Versilio, 2023
International Rights Management: Susanna Lea Associates
© 2024, para esta edición HarperCollins Ibérica, S. A.
© De la traducción del francés, Ana Romeral Moreno

Diseño de cubierta: Pedro Viejo
Ilustraciones de interior: Pauline Lévêque
Mapas de interior: EdiCarto

ISBN: 978-84-1064-071-9
Depósito Legal: M-15913-2024
Impreso en España por UNIGRAF

MIXTO
Papel | Apoyando la
silvicultura responsable
FSC® C120704
FSC
www.fsc.org

A mi madre

Todo empezó mucho antes del 24 de febrero,

Los 9

Esta novela está basada en hechos reales.

Hoy has desaparecido.
Sigues vivo. Lo sé porque te siento
con todas mis fuerzas.
Mamá todavía no sabe que se te
han llevado.

Fue antes de que todo cambiara. Papá había llegado de trabajar, agotado, como de costumbre. Mamá parecía tan cansada como él, y el ambiente a la mesa no era precisamente distendido. Tú y yo nos mirábamos, atentos a lo que decían el uno y la otra, a la espera de que estallara la tormenta. Para nosotros era casi un juego, ser el primero en guiñar un ojo cuando estuviera seguro de que había llegado el momento. En tu habitación había un tarro de caramelos, y aquel que ganara la partida tenía derecho a servirse. Era nuestra manera de reconciliarnos con la alegría, de olvidarnos de lo que creíamos que eran las guerras de adultos cuando nos fuéramos a la cama. Hoy me gustaría oír de nuevo sus gritos, los suspiros de mamá, ver a nuestro padre escapar de la pelea sacando a pasear al perro. Hoy me gustaría que todo fuera como antes. Antes de que la locura de un hombre hiciera extenderse por nuestra tierra sus nieblas sangrientas.

Cuando no apareciste a la hora a la que sueles volver por la tarde, entendí que algo había pasado, supe que los monstruos te habían atrapado entre sus garras. Corrí hasta quedarme sin aliento, y le prometí a Dios que, si me había equivocado y te veía en el patio del colegio, sentado en el banco como hacías a veces cuando el día había sido complicado, o en la enfermería porque te habías vuelto a hacer daño en la rodilla en alguna pelea que habrías perdido, creería en él toda la vida. Pasé por delante de la casa de la señora Blansky, casa cuyas contraventanas estaban cerradas, y luego aceleré. Al bordear las ruinas del edificio donde vivía el señor Zillig, el pianista, no pude recordar si tenía siete u ocho pisos, y este olvido hizo que me pusiera terriblemente furiosa. ¿Cómo puede alguien olvidarse de algo así tan rápido? , como si los días felices se hubieran marchado para siempre.

1

Con la cabeza inclinada, Valentyn mira al hombre. Cuando observa a alguien, esta posición le proporciona una perspectiva interesante, un ángulo que le permite ver más cosas. Quizá no sea más que un pretexto para justificar una manía precoz. Con nueve años, todo lo que se sale de la norma es calificado así. Tanto con el ajedrez como con el piano, Valentyn es precoz, y también lo es con las matemáticas; pero con lo que es más precoz es con la intuición, una capacidad de adivinar lo que la gente está pensando fuera de lo normal. El único ámbito en el que muestra un serio retraso es en el habla. Mutismo selectivo infantil, un bloqueo temporal, les aseguró el doctor Zablonsky a los padres de Valentyn cuando, al poco de cumplir los seis años, seguía sin pronunciar palabra. Zablonsky, un pediatra excelente, no era de los que se conforman con un diagnóstico teórico; sobre todo, cuando se trata de una cuestión delicada. Estudiaba todas las pistas posibles, buscaba la más mínima correlación entre los síntomas, y no se sentía herido en su orgullo si tenía que pedir opinión a algún colega. Después de mandar a su joven paciente a que lo examinara un especialista del lenguaje y de enviar su informe a un neurólogo, lo hizo oficial: el niño presentaba una audición impecable, su desarrollo intelectual estaba por encima de la media, y el informe de la resonancia magnética confirmaba que su cerebro era absolutamente normal. Si Valentyn hubiera podido hablar, le habría preguntado a Zablonsky qué era un cerebro normal. Al menos, estar callado le libraba de tener que preguntar idioteces.

Esa mañana, el hombre que finge estar eligiendo una caja de cereales en el pasillo del supermercado se comporta de manera extraña. Valentyn juraría que le está siguiendo. Dos semanas antes, ya se había fijado en él, en la acera de enfrente del dispensario. El tipo se había tirado un buen rato intentando abrir un paquete de chicles, algo que de por sí no tiene mayor complicación. Pero más extraño aún le había parecido cuando, al llegar a su altura, se guardó el paquete en el bolsillo sin haber cogido ningún chicle.

Unos días más tarde, le había parecido reconocerlo plantado en la parada del autobús. Sin embargo, hace mucho que los autobuses no pasan, como todo el mundo sabe, así que ¿para qué perder el tiempo de ese modo? En cualquier caso, no era de por aquí. Valentyn conoce a casi todas las personas del barrio; raras son las caras que le son desconocidas. Piensa que debería haber compartido su preocupación con su hermana, pero Lilya ya tiene suficientes problemas y a lo mejor simplemente se estaba haciendo una idea equivocada. Valentyn, cuando se aburre, tiene su propio mundo poblado de seres ilusorios, un mundo donde se van encadenando aventuras imaginarias cuando el aburrimiento perdura, cosa que le ocurre en clase, por ejemplo. Es al pensar en eso, y para tranquilizarse, cuando le viene a la mente un detalle importante. Tres días antes, vio a otros dos hombres de pie, parados en la acera; no justo delante del colegio, sino a unos veinte metros a cada lado de la entrada, de manera tan simétrica que le pareció raro.

Ese recuerdo hace que el corazón empiece a latirle un poco más fuerte. Se quita la mochila para coger su cuaderno de locución, un cuaderno de espiral con el que se comunica con su entorno. Pilla el primer boli que encuentra en su estuche y hace como si estuviera escribiendo la lista de la compra. Escribe una nota para su profesora de matemáticas, la primera clase del día, guarda sus cosas y se dirige, como si nada, adonde se encuentran las latas de conserva, al fondo del supermercado. Echa un rápido vistazo para comprobar que el tipo no le sigue, empuja suavemente la puerta de atrás de la tienda y sale. Ventajas de jugar en casa, que diría su padre, al cual no ve desde hace muchos meses.

Una vez fuera, echa a correr como alma que lleva el diablo, dobla en un callejón, se cuela por debajo de la valla del descampado y llega al atajo que toma todas las mañanas que le ha costado más levantarse.

Valentyn no pierde el tiempo en el patio, pasa por delante de sus compañeros sin saludarlos, se mete en el edificio de ladrillo y sube las escaleras. Al llegar a la primera planta, se para en seco un segundo delante de la puerta de clase, para pensar.

Si enseña lo que ha escrito, corre el riesgo de que piensen que quiere hacerse el interesante. Sospechar de un hombre porque le haya costado abrir un paquete de chicles y porque haya vuelto a cruzárselo en el supermercado, o de otros dos porque estuvieran parados en la acera no es justificación para alarmar a las personas que le rodean. Sin embargo, Valentyn está seguro de que su instinto no le engaña. Si la naturaleza le ha condenado al mutismo, a cambio le ha otorgado un poder de percepción fuera de lo común.

Armándose de valor, transcribe en su cuaderno las últimas conclusiones de su investigación, entra en clase y deja la nota en la mesa de la profesora.

Tras leerla, la señora Jaruski levanta la cabeza para mirarlo atentamente. Valentyn se encoge de hombros, listo para que le suelte la charla. Pero no es ese el motivo de la mirada grave de su profesora.

—Has hecho bien en dármela. Se lo voy a contar a mis compañeros. Esta tarde no te entretengas al volver a casa. Si quieres, puedo llamar a tu madre para que venga a recogerte. —Valentyn niega con la cabeza—. Como quieras, pero estate atento. Y, si vuelves a ver a alguno de esos hombres, avísame enseguida. Ahora puedes ir a sentarte —añade, y le entrega su cuaderno—. El timbre no tardará en sonar.

El instinto de Valentyn no le ha engañado. Este no será un día de clase como los demás.

*

En un instituto, cuatro calles más allá, Lilya, sentada en su pupitre, da vueltas entre los dedos a un lápiz mordisqueado mientras mira fijamente la pintura desconchada de las paredes de su clase. Los cristales, blancos por el polvo que se les ha adherido por la lluvia, siguen enteros. Un milagro, ya que en el barrio no quedan muchos edificios con las ventanas intactas. El director afirmó que los colegios eran lugares seguros, que los bárbaros que bombardean las viviendas de los civiles no librarían una guerra contra los niños. El director es un soñador, Lilya lo tiene claro. En el oeste, los bárbaros bombardearon una maternidad, y en Márinka un misil atravesó la pared de la planta baja de una guardería antes de explotar en una habitación de juegos. Afortunadamente, el ataque se produjo a la hora del almuerzo, y el comedor se encontraba en la segunda planta. No hubo muertos, pero sí numerosos heridos. ¿Cómo le explicas a un niño de cuatro años que unos hombres que estaban escondidos a decenas de kilómetros de distancia los han apuntado aposta? El director ha mentido: los colegios no son santuarios.

La mirada de Lilya se va posando de mesa en mesa, brincando como un gorrión que no puede echar a volar. El pájaro termina por posarse en la nuca de Stefan, sentado en la tercera fila.

Hay algo en este chico que le conmueve. Los otros deambulan en grupo por los pasillos, haciéndose los chulitos; él arrastra su alargada figura, y su año de más de repetidor, con una dejadez que ella encuentra elegante. Su presencia causa en Lilya una sensación nueva. Se le forma un nudo en la garganta cada vez que se acerca a él. No obstante, lo que más le perturba es la atención con la que la escucha. Como si cada palabra que pronunciara fuera importante. Al terminar el día, a veces camina junto a ella, en silencio, de vuelta a casa, y Lilya, a pesar de lo orgullosa que está de su osadía, tiene que reconocer que su presencia la tranquiliza.

Su primer encuentro de verdad tuvo lugar una tarde que Stefan se le acercó a la salida del instituto.

—¿Vas para casa? —le preguntó él.

—No, primero tengo que pasar a buscar a mi hermano pequeño.

—¿Te acompaño?

Lilya se moría de ganas.

—No hace falta —le respondió.

—Como quieras —dijo él.

—Espera, no es lo que piensas. Mi hermano es diferente.

—Todos lo somos, ¿no?

Y, antes de que Stefan pudiera hacerle otra pregunta, Lilya le dijo la verdad.

—No habla.

—Yo tampoco hablo mucho.

—Ya, pero él no habla nunca.

Stefan se encogió de hombros y su respuesta sorprendió a Lilya.

—Bueno, está en su derecho. Y nosotros ¿tenemos derecho a hablarle?

—Por supuesto, responde por gestos o escribiendo en su cuaderno.

—Entonces, tu hermano es un poeta.

—Sí, algo así.

Dos días después, Stefan esperó a Lilya en el mismo lugar. Al bordear las ruinas que en otros tiempos habían sido un centro comercial, sacó un librito de su bolsillo.

—Para tu hermano —le dijo. Lilya miró la portada de la obra, una recopilación de poemas de Serhiy Zhadán—. ¿Sabes? —añadió Stefan—, lo más valioso no es la voz, sino la libertad. Y creo que cada vez hay más gente que se está dando cuenta. Los que nos están invadiendo no la han conocido nunca; por eso nos odian tanto, bueno, los que nos odian.

Se había parado, había sonreído a Lilya y se había dado media vuelta. Y ella, sujetando la recopilación de poemas que irradiaba calor en sus manos, le había visto alejarse, con el corazón repleto de un ardor desconocido.

En una u otra de esas tardes en las que se habían ido conociendo, sin contárselo nunca a nadie, había surgido en su adolescencia una amistad impregnada de amor.

*

Cuando sus alumnos están en el comedor, la señora Jaruski observa por la ventana los dos autobuses que hay aparcados delante de la puerta del edificio. No la han informado de ninguna excursión, lo cual, en los tiempos que corren, sería igualmente inconcebible. La presencia de un camión enlonado aparcado no lejos de los autobuses le preocupa bastante. De repente, los autobuses arrancan, el ruido de los motores hace temblar el cristal en el que ha apoyado la frente. Piensa que qué estupidez haber tenido miedo, pero cómo no tenerlo cuando las explosiones rasgan la noche, cuando de pronto las sirenas resuenan y hay que llevar a los refugios a esos mocosos de los que ella es responsable, conteniéndose las ganas de gritar para no asustarlos, ya que solo la calma de su voz puede tranquilizar a los niños. Hace unos meses, la señora Jaruski maldecía la reforma de los menús escolares, que había ocasionado un montón de problemas en el comedor; hoy día maldice a los siervos del odio y de la opresión.

El camión enlonado pasa por delante del colegio, por delante de los autobuses. «Pero ¿para qué iban a dar la vuelta a la manzana —se pregunta la señora Jaruski— si no es para no llamar la atención antes de tiempo? Algo están tramando». Sale de clase para avisar al director y aprieta el paso en el pasillo. Todavía tiene que subir al segundo piso y ya le arden los pulmones. Al llegar al hueco de las escaleras duda, el tiempo pasa deprisa, y para salvar a los niños de un peligro que le parece inminente tendrá que demostrar iniciativa.

En lugar de subir las escaleras, baja corriendo hasta la planta baja. Un ataque de tos hace que tenga que pararse en el descansillo; su médico le ha pedido que, por favor, se cuide, pero ahora no es momento para obedecer. Veinte metros más adelante, se abraza los codos contra el pecho, como una maratonista al final de una carrera. Le tiemblan las piernas. A lo lejos oye gritos de hombres, portazos. Abre de par en par la puerta del comedor. Sin aliento, incapaz de pronunciar palabra, lanza una mirada desesperada a la vigilante que se encarga de que el almuerzo trascurra en calma. La cocinera, ocupada en fregar los platos, al ver la cara descompuesta de la señora Jaruski, entiende la urgencia de la situación. Ordena a los niños que se levanten mientras la profesora de matemáticas se va recuperando poco a poco.

—Dejad vuestras cosas, corred al gimnasio y salid del colegio por la salida de emergencia. Una vez fuera, volved a casa corriendo y no volváis aquí hasta que recibáis la orden, ¿entendido? ¡Venga, vamos, largo! —grita la cocinera.

Pero los niños no se han enterado. Las sirenas que anuncian un bombardeo no han sonado, y ¿por qué al gimnasio, en lugar de bajar al sótano, como hacen siempre? La señora Jaruski da palmas, empuja hacia la salida a los que se han levantado, un número muy reducido. La cocinera rompe el cristal de la alarma de incendios y tira de la palanca.

Cuando suena la sirena, se vacía finalmente el comedor. Los niños se apresuran por el pasillo hacia las puertas batientes del gimnasio.

Cosima va detrás, no por mala voluntad, sino porque también ella es diferente. Su pierna ortopédica la hace cojear un poco. El ortopedista le ha prometido, para cuando alcance su altura definitiva, una prótesis más moderna que le permitirá caminar como todo el mundo, incluso correr. Pero Cosima va a tener que esperar a crecer y a que su país se libere de los opresores.

Valentyn se niega a abandonarla. Cosima, por su parte, se niega a que la cojan del brazo o, en general, a que la ayuden a

22

moverse. Así que él se conforma con ir a su lado, adaptando su paso al de ella. Cuando oye voces a su espalda, se da la vuelta y descubre un extraño espectáculo. La cocinera y la señora Jaruski están tratando de hacer de parapeto, con su cuerpo, a los hombres que se dirigen hacia ellos. La señora Jaruski es como un palillo, pero la cocinera impresiona; ni siquiera el director se le puede comparar. Hasta sus ojos infunden autoridad, y, cuando apoya las manos en las caderas, aquel que tenga delante ya puede ir preparándose para lo que le espera. Así que cuando Valentyn la ve caer con todo su peso, de espaldas, empujada *manu militari* por un hombre en uniforme, se sorprende y, si hubiera podido hablar, le habría dicho a Cosima que tenía que darse prisa. Se salta la regla y coge a su mejor amiga de la mano y la lleva al gimnasio.

La cocinera ha perdido el combate, pero el truco que la señora Jaruski y ella han empleado ha funcionado, ya que todos los niños han salido pitando. En el gimnasio desierto, Valentyn le señala con el dedo a Cosima la salida de emergencia, que está detrás de la canasta de baloncesto. Cosima, petrificada por el miedo, tiembla de pies a cabeza. Valentyn comprende que nunca lo conseguirán. Inmediatamente piensa en su padre, del que no tiene noticias desde que se marchó al frente. ¿Qué habría hecho él en semejantes circunstancias? La respuesta le parece obvia. Vuelve a señalar la canasta de baloncesto, sonríe a Cosima empujándola hacia la salida y da media vuelta. Va a retener al enemigo todo el tiempo que pueda.

Sin embargo, cuando los militares lo capturan, se defiende como gato panza arriba, volviéndolos locos mientras zigzaguea por las gradas. Valentyn se gira una última vez para ver el rayo de luz que se va apagando a medida que la salida de emergencia se vuelve a cerrar.

Los dos autobuses que deberían transportar a un centenar de

niños a un destino desconocido no llevarán más que a dos: Valentyn y uno de sus compañeros, que ha tenido la mala suerte de encontrarse en ese momento en el baño.

*

«¿Cómo entender lo que motiva a los hombres a alimentarse de mentiras?», se pregunta Veronika. Quizá porque, más que a Dios, temen tener que verse las caras con su propia verdad. Durante el descanso, a la enfermera jefe del dispensario de Rikove no le queda otra que aceptar la suya. Si los que están ocupando su pueblo ganan la guerra, su país desaparecerá, y, con él, su memoria. Los invasores necesitan borrar el pasado, reescribir la historia para justificar su ideología y borrar sus crímenes. Bajo la pluma de los historiadores del régimen de Putin, los crímenes del sistema soviético de los cuales fueron víctimas millones de rusos han sido olvidados, las deportaciones masivas han sido transformadas en simples internamientos o en reubicaciones. «Es de interés general —justifican los partidarios del olvido— que las víctimas convivan en paz con sus verdugos». Tienen muchísimo miedo al deber de hacer memoria que evitaría que las atrocidades volvieran a producirse. Solo la gran historia está formada de pequeñas historias de personas que han vivido. ¿Cuántos testimonios han desaparecido ya con aquellos a los que Veronika ha cubierto con una sábana en las urgencias del dispensario? Doscientos cuerpos enterrados a las afueras de la ciudad desde el comienzo de la invasión. Tantas vidas perdidas, de padres y abuelos que ya no transmitirán nada a sus hijos y a sus nietos. En los cementerios de los recuerdos perdidos, ya solo crecerán cardos de odio.

El busca le vibra en el cinturón y apenas le da tiempo a consultarlo.

—Ha llegado una nueva, en mal estado —le indica su compañera al entrar en la sala de descanso—. Sabes que está prohibido fumar, incluso en la ventana.

Veronika apaga su cigarrillo, soñando, como cada día a la misma hora, con el inicio de un nuevo Núremberg* que tendría lugar en Simferópol, en la Crimea liberada. Mientras tanto, su pausa ha terminado y, con la operación que se avecina, su guardia está lejos de hacerlo, a no ser que el paciente muera. Mira su reloj. En dos horas, Lilya irá a buscar a Valentyn al colegio. Sus hijos han pasado por mucho: su hijo, encerrado en su silencio, y su hija, que ha crecido demasiado rápido, a las puertas de la adolescencia. Se siente culpable por haber deseado casi que la operación terminara antes, y se resigna a no verlos hasta después de cenar, como suele suceder desde que comenzó la guerra. Ya entrada la noche, los besará en sus camas y rezará con todas sus fuerzas para que ninguna explosión perturbe su sueño. Ahora que la ciudad ha sido ocupada, las noches son más tranquilas, aunque todo el mundo espere ansioso la contraofensiva.

Se detiene frente al lavabo, con cuidado de no usar más desinfectante del necesario; se pone la bata y se ata la mascarilla antes de entrar a quirófano. Hay dos heridos tumbados en la camilla, un hombre de unos cincuenta años y otro que apenas tendrá veinte.

---

* El proceso que tuvo lugar en el Palacio de Justicia de Núremberg entre el 20 de noviembre de 1945 y el 1 de octubre de 1946 juzgó por crímenes contra la paz, crímenes de guerra y crímenes contra la humanidad a los 24 responsables principales del Tercer Reich. Constituye la primera etapa del establecimiento de una jurisprudencia penal internacional, y la primera implementación de la condena por crímenes de lesa la humanidad. *(N. del A.)*.

—Volvían del campo. Un mercenario les ha disparado cuando iban en su coche —anuncia el cirujano.

—¿Por qué? —pregunta bruscamente Veronika.

—Por nada, porque a los hombres de Wagner les encanta matar. Les gusta tanto que lo han convertido en su profesión. Prigozhin[*] ofreció los servicios de sus milicias privadas a Bashar al-Asad para ayudarle a masacrar a la población siria; en África, se hace de oro asociándose a sangrientos golpes de Estado. Cuando a sus hombres les falta trabajo, los envía a apropiarse de las riquezas del continente. Minas de diamantes en zonas de conflicto o de cobalto. Putin es, con mucho, su mayor cliente. Con el número de ucranianos que ha asesinado, me imagino que el ejército del grupo Wagner debe de haber obtenido recompensas. No me extrañaría que un día Prigozhin acabe matando igualmente al «zar» para sentarse en su trono. Mientras tanto, no puedo ocuparme de dos víctimas al mismo tiempo. El padre parece estar peor que el hijo. Empiezo por él.

—Pero el otro es mucho más joven —objeta Veronika— y tiene una bala en el pulmón.

—En este momento hay que elegir. Quizá pueda salvarlos a los dos, si en lugar de protestar me ayudas.

El anestesista ha hecho su trabajo: los dos heridos están dormidos. El cirujano sugiere a Veronika que vigile al joven mientras él opera. Requerirá su ayuda en caso de necesidad.

Aunque el estado del joven parece estable, la situación de un paciente que presenta una perforación en el tórax puede empeorar rápidamente. Si se le acumulara aire en el pecho, su pulmón se comprimiría y no tardaría en colapsar. Veronika prefiere no pensar en

---

[*] Jefe del grupo Wagner, organización paramilitar privada formada por mercenarios. *(N. del A.).*

lo que vendría después. En ausencia de un ecógrafo disponible, la única prevención consiste en vigilar y escuchar la respiración, estar atentos al primer silbido, o sofoco, y comprobar que los labios y las puntas de los dedos no se pongan azules.

Por si acaso, prepara el material de descompresión (una larga aguja que deberá insertar entre las costillas con una habilidad pasmosa, ya que la más mínima desviación podría ser devastadora). La única oportunidad que ese hombre tiene de seguir con vida dependería de ella.

Han pasado ya treinta minutos cuando el cirujano suelta un largo suspiro. Se seca la frente perlada de sudor y suspira de nuevo. Dos balas han perforado el cuerpo del hombre que está operando, una en la pierna izquierda y otra en el vientre. Como médico veterano, ya tuvo su lote de heridos de guerra durante la invasión de Crimea, y narra su versión de los hechos con la frialdad de un forense.

—El muy cabrón les ha disparado como a conejos a través la puerta del coche. El padre iba conduciendo y ha gritado a su hijo que se tumbara. La bala que le ha atravesado el vientre al padre ha ido a parar al cuerpo del hijo —dice, y traza una trayectoria imaginaria—. ¿Cómo va?

—Tirando —responde Veronika—. Y no tiene por qué ser su hijo —añade—. Quizá sea un sobrino o un empleado de la granja, o simplemente un chaval del campo al que llevaba en su coche. No veo yo que se parezcan.

La enfermera jefe ha replicado a su jefe para olvidar el salvajismo de los hombres; para no pensar que han bastado tres segundos, lo que dura una ráfaga de disparos y un instante de odio, para destruir una familia, cuando en esta sala harán falta horas para intentar reparar los daños y salvar dos vidas. Y, si fracasan, tendrá que anunciar a una esposa y madre que un hijo y un marido no volverán nunca más a casa.

*

El director del instituto de Lilya entra en el aula, con la cara descompuesta. Los alumnos se le quedan mirando en total silencio. Sube a la tarima, se coloca al lado del profesor y anuncia que las clases por hoy han terminado. Se ha producido un incidente en el colegio de al lado. Les ordena que se marchen cuanto antes, que no se desvíen de su camino y que cierren la puerta con llave cuando lleguen a casa.

Lilya se levanta de un salto y pregunta en qué consiste ese incidente y en qué colegio se ha producido.

—En el que está más cerca —responde el director, que no sabe cómo decirle que es en el que estudia su hermano—. Los rusos han hecho una redada —encadena—. Afortunadamente, a excepción de dos niños, los demás han podido escapar.

—¿Quiénes son los dos alumnos que no han podido escapar? —insiste Lilya con voz temblorosa.

—Seguramente los soltarán antes de esta noche…

Antes de que el director haya terminado la frase, Lilya sale corriendo al pasillo. Nunca en su vida ha corrido tan rápido, nunca ha tenido tanto miedo, ni siquiera cuando los mercenarios entraron en su ciudad disparando a diestro y siniestro. Al llegar delante de la casita en la que vive, busca torpemente las llaves en su mochila y aporrea la puerta gritando el nombre de su hermano pequeño. Al no obtener respuesta, vuelca la mochila y la vacía en la escalera de entrada. Luego coge el manojo de llaves que ha visto debajo del cuaderno, abre la puerta y entra en tromba. Le llama a la entrada, en el salón, sube la escalera que conduce a la planta de arriba. Valentyn, obviamente, no puede responderle. Si todavía no ha aparecido es porque el muy bobo estará tumbado en la cama, con los auriculares puestos, jugando a la consola. Le va a dar para el pelo; lo abrazará, lo abrazará como nunca lo ha abrazado, y reirán juntos porque la suerte les ha sonreído.

Cuando encuentra la habitación de su hermano desierta, Lilya comprende que tampoco está en casa de un amigo, porque tiene el don de sentir por adelantado cuando la desgracia acecha. Lilya fue la primera en darse cuenta de que su hermano no hablaba y, mucho antes de que su padre se lo dijera, supo que este iba a marcharse al frente.

Cae de rodillas y suelta un terrible alarido. Podría parecer el grito de un animal moribundo. Golpea el suelo con los puños, gritando «¡Él no, por favor, él no!».

Llorar no va a servir de nada. Se pone de nuevo en pie, baja las escaleras corriendo y sale pitando hacia el colegio. Si lo viera a lo lejos, sentado solito en el patio como hace a veces cuando el día ha sido demasiado complicado, creería en Dios para siempre.

Pasa por delante de la casa de los Blansky. Desde la muerte de su marido, la viuda tiene siempre las contraventanas cerradas. Acelera y bordea las ruinas del inmueble donde vivía el profesor de música de Valentyn. Con la rabia atenazándole las entrañas, acelera el paso hasta llegar al patio de la escuela de primaria.

Sentada en el banco, la señora Jaruski consuela a la cocinera, que parece inconsolable.

Un simple intercambio de miradas basta para que Lilya comprenda.

2

—De momento, el padre está fuera de peligro —precisa el cirujano mientras se lava las manos llenas de sangre.

Debería cambiarse de guantes, pero hay que ahorrar.

—O el tío, o el buen samaritano —rectifica la enfermera.

—Me está tocando mucho los huevos, Veronika. Y lo peor es que al final voy a terminar por pensar que le divierte.

—Uno se divierte cuando puede, doctor.

—A ver, ¿cómo está ese joven?

—En plena forma, como usted mismo puede comprobar —le responde.

El cirujano le lanza una mirada asesina, pero evita entrar al trapo. Es lo que ella espera, que pierda la paciencia y le grite. Al haber salvado una vida, está de mejor humor que de costumbre, a pesar de que coser a civiles heridos de bala no tenga nada de especial. Se pone los auriculares del fonendoscopio en los oídos, escucha durante un buen rato los pulmones y los latidos del corazón, comprueba la tensión y pone un gesto dubitativo que, para Veronika, tiene más de mueca rara. Luego se agacha para ponerse a la altura de la herida y la observa atentamente antes de meter el dedo.

—En otra vida tuve que ser experto en balística —dice, todo orgulloso.

—No creo que esa disciplina existiera en su anterior vida. Estaríamos hablando de finales del siglo XIX —responde Veronika.

—Lo que usted quiera, listilla, pero eso no quita que el proyectil, después de atravesar la puerta del coche y la grasa del viejo, haya penetrado en este joven a una velocidad muy reducida. Es un milagro que no haya tocado el pulmón. Está incrustada entre dos costillas, la toco con la punta del índice. Si tuviera la amabilidad de pasarme unas pinzas en lugar de quedarse mirándome así, incluso podríamos extraerla y coser a este joven.

Veronika le tiende las pinzas que lleva sujetando desde que él se ha puesto a examinar al herido. Por supuesto, le corresponderá a él dar la buena noticia a la familia y, por si fuera poco, este perro viejo tenía razón por partida doble: ha logrado salvar a los dos pacientes que, efectivamente, son padre e hijo.

—En el supuesto de que el destino me juegue la mala pasada de hacernos trabajar juntos en su próxima vida, he pedido ser bailarina de *ballet* clásico. Prefiero prevenirle Me cuesta muchísimo imaginármelo en tutú.

*

Por necesidad, Danylo se ha convertido en el hombre para todo del dispensario. Antes del 24 de febrero, sus tareas se limitaban al mantenimiento, lo cual suponía ya de por sí un duro trabajo. No tiene estudios, pero es un manitas formidable. Además del mantenimiento, repara y apaña todo lo que cae en sus manos. La caldera le da guerra todos los días de invierno, y sabe Dios lo mucho que este dura en la región. Cuando las temperaturas bajan y la encienden, se atasca, tose y la mecha se apaga. «Una auténtica tuberculosa», se queja cada vez que se las tiene que ingeniar para encontrar una pieza que le alargue un poco más la vida. También él, a su manera, es cirujano, y, cuando termina de operar, sus manos resultan tan atractivas como las del matasanos. Ahora es también el encargado de la limpieza. Entre los que han muerto y los que se han marchado, falta un montón de personal. Hace ya una hora que debería haber terminado su jornada laboral. Desde entonces lleva plantado delante del quirófano, asomándose de vez en cuando por el ojo de buey. Esta vez prueba suerte y abre la puerta.

—Y ¿han terminado ya? —pregunta.

Su manía de empezar las frases con un «y» hace gracia a más de uno. Son varios en el dispensario los que imitan su tic burlándose de él. Algunos le llaman «Y».

Veronika pasa de estas chorradas. Le pide que vaya a buscar una camilla y que vuelva para ayudarla a llevar a los pacientes a la sala de reanimación.

—Y su hija ha llamado. Parecía urgente —dice Danylo.

—¿Cuándo ha llamado mi hija? —se inquieta Veronika.

—Y, bueno, hace un rato —masculla el hombre de mantenimiento, al cual no le hace la más mínima gracia tener que hacer también de camillero.

No ha mirado el reloj, aunque hay que decir que tampoco hubiera cambiado nada, ya que el acceso a quirófano está prohibido durante las operaciones.

El cirujano sugiere a Veronika que se marche; él se ocupará de los pacientes e irá a informar a la familia de que están fuera de peligro. Mientras se quita la bata, Veronika se pregunta por el motivo de la llamada. Lilya nunca la molesta cuando está en el dispensario. A menos que alguno de sus profesores le haya vuelto a poner una incidencia que tenga que firmar para el día siguiente, o que haya vuelto a tener alguna pelea con su hermano. Cuando los pensamientos de Valentyn van demasiado rápido para que su lápiz pueda fijarlos, a veces pierde la calma. Un niño que no encuentra palabras para expresar su enfado lo manifiesta de otra forma, algunas veces dando portazos, y otras, rompiendo objetos.

Una fina lluvia se mezcla con el viento y le azota la cara. En el aparcamiento, en la oscuridad de la noche, Veronika se cubre la nuca ciñéndose el cuello del abrigo. Su casa se encuentra a sus buenos diez minutos andando, y la gasolina escasea, por lo que no suele ir a trabajar en su viejo coche.

Sube por la calle, muerta de cansancio. Le alegra pensar que va a ver a sus hijos, a pesar de que la llamada de Lilya le haga intuir que no será una tarde precisamente tranquila. Camina despacio para disfrutar de ese momento que es un tiempo solo para ella, por corto que sea; su esclusa, como ella lo llama, porque nombrar las cosas hace que existan.

Al cruzar la glorieta, piensa que este maldito día no ha terminado del todo mal. La vida se ha vuelto incluso más dura desde que el padre de sus hijos se marchó. Si su vida de pareja era ya mera convivencia, su ausencia ha dejado un vacío más grande de lo que jamás hubiera podido imaginar.

Al entrar en casa, descubre a su hija sentada en el suelo, en medio del salón, hipando, con los ojos demacrados.

—¿Qué ha pasado esta vez? —pregunta Veronika.

La noticia del secuestro de Valentyn le provoca un dolor espantoso, como si las balas que habían recibido los campesinos de repente acabaran de traspasarle el pecho. Su corazón late muy fuerte, tiene la sensación de estar ahogándose.

Lilya se echa a llorar. Veronika la mira. No se dejará llevar por el miedo; hay que actuar, porque incluso en los peores momentos sigue siendo una madre que debe proteger a su hija. Entonces se acerca a Lilya, se arrodilla y la abraza, dándole lo que le queda de amor, toda la ternura que ha mantenido retenida sin saber por qué, quizá porque la vida, a fuerza de agotamiento, ha terminado por aislarla.

Hacía tanto tiempo que Lilya no encontraba refugio en sus brazos que Veronika tiene la impresión de volver atrás en el tiempo. Sobre su pecho caen las lágrimas de la niña a la que consolaba las noches de pesadillas y con la que compartía todo, tanto risas como llantos. Le han quitado a su hijo, pero encuentra a su hija.

—Iremos a buscarlo mañana —promete Veronika—. Esta noche dormirás en mi cama, o yo en la tuya, lo que prefieras.

*

En el autobús, Valentyn se había sentido pletórico de fuerzas, orgulloso de haber salvado a Cosima, o al menos de haberle ahorrado esta salida forzosa. No tenía la más mínima idea de adónde iban. Quizá los estuvieran llevando a visitar una ciudad rusa al otro lado de la frontera con el objetivo de que, a la vuelta, su compañero y él pudieran contar que era mejor que su país. Había oído que los niños siempre dicen la verdad, lo cual, en su caso, no era cierto. Cosima, en la cual seguía pensando, era la reina de las trolas. Se inventaba una nueva cada vez que llegaba tarde al colegio. Como cuando contó que su abuela estaba muy enferma, cuando en realidad su abuelita llevaba muerta desde hacía siglos.

Al tomar la carretera que conduce a la frontera, se había preguntado qué golpe bajo estarían planeando los rusos. Con el escándalo que montaba esa tartana de autobús, su plan no iba a resultar como habían previsto. Él sabía un poco de mecánica. En la época en la que su familia vivía todavía en Irpín, el barrio de Kiev, su padre se había encaprichado de un viejo escarabajo, y los fines de semana, cuando lo arreglaban, Valentyn lo había aprendido todo a su lado, o casi todo. Lo demás lo había descubierto en libros o manuales de mecánica. Se sabía el nombre de la mayoría de las piezas de un motor y también sabía reconocer de oído cuándo algo no andaba bien. Un verano en que la familia estaba disfrutando de unos días de vacaciones en el campo, el escarabajo, antes de estropearse, gruñía de forma parecida. Valentyn estaba seguro de que el conductor del autobús no tardaría en apartarse en el arcén de la carretera. Mientras tanto, a su compañero no le llegaba la camisa al cuello y no paraba de gimotear. No terminaba de asumir la humillación de que le hubieran pillado con los pantalones bajados. Se había sobresaltado cuando la puerta se abrió bruscamente. Tan solo le había dado tiempo a limpiarse, cuando un hombre lo cogió del hombro y se lo llevó a la fuerza.

Consolar a su compañero le daba todavía más fuerzas a Valentyn. Había abierto su cuaderno y le había escrito que todo iba a salir bien, que no había motivo para preocuparse y que seguramente volverían antes del anochecer, ya que el autobús no iba a tardar en pasar a mejor vida. Para chulearse un poco, y sin estar muy seguro de la ortografía de la palabra, había escrito que había una biela que estaba a punto de soltarse. Sin esconder su satisfacción, cuando el conductor soltó palabrotas a mansalva después de que una densa humareda empezara a salir del capó, Valentyn había buscado una página en blanco y en letra grande había escrito «La han cagado. Estaremos en casa para la cena». Pero en esta ocasión, Valentyn se equivocaba.

Por la mañana, Veronika y Lilya salen de casa para ir al ayuntamiento, donde se ha instalado la autoridad rusa. Veronika ha conocido enfados épicos, pero nada comparado con el que la motiva a ir hasta allí. ¿No les basta con invadir un país, bombardear ciudades y diezmar poblaciones enteras para servir a la megalomanía de un dictador, sino que ahora también tienen que llevarse críos? ¿A eso habían quedado reducidos esos conquistadores dirigidos por generales incompetentes, a mercenarios que forman batallones de un ejército sin honor? Valentía, lo que se dice valentía, no tiene mucha el soldado que hay apostado delante del ayuntamiento. Ni siquiera él sabe qué está haciendo en ese rincón perdido tan lejos de su hogar. Un joven de apenas veinticinco años, feliz de encontrarse entre aquellos que han tomado una ciudad sin necesidad de librar grandes combates, y más feliz aún de estar vivo. Indica dónde se encuentra el despacho de su superior encargado de la población ocupada. «El próximo alcalde de la ciudad, cuando Ucrania sea liberada», explica.

—Excelente noticia, entonces no tardarás en volver a casa —replica bruscamente Veronika, y se lleva a su hija a rastras.

Avanzan por el pasillo con paso casi marcial. Sus tacones resuenan tan fuerte que aquellos con los que se cruzan no se atreven a preguntarles adónde van. Lilya se fija en el despacho del comandante, Veronika inspira hondo y abre la puerta.

—¿Dónde está mi hijo? —pregunta al entrar en la habitación.

El oficial, que dormitaba con la cabeza apoyada sobre la mesa de su despacho, se sobresalta y contempla a las dos mujeres.

—¿Quién es su hijo? —pregunta bostezando.

—¡Valentyn Khodova!

El hombre se incorpora, se da la vuelta suspirando y coge de un estante el clasificador donde apuntan los apellidos de los combatientes capturados o asesinados en el frente.

—No haga como si buscara su apellido. Tiene nueve años, es uno de los dos niños que secuestraron ayer a mediodía en el colegio. ¿Me va a decir que no está usted al tanto?

La mirada del comandante cambia. Fue él quien, una semana antes, recibió la instrucción de llevar a cabo esta operación cuyo interés, en un principio, le había parecido discutible. Como si no tuviera ya bastantes problemas Pero la llamada provenía directamente de Moscú o, lo que era más importante aún, del Kremlin. Eran pocos los oficiales de su rango que tenían el honor de recibir semejante llamada, la cual había durado tan solo unos minutos, pero nunca olvidaría la voz dulce y bondadosa de la comisionada del Gobierno ruso para los Derechos del Niño, voz que no reflejaba el poder que le confería su cercanía al presidente. En lugar de emplear el tono amenazante al cual sus superiores le tenían acostumbrado, aquella mujer le había explicado detenidamente lo importante que era la labor que él iba a acometer. No existe causa más noble que proteger a los huérfanos y a los menores de los peligros a los que los expone la rebelión ucraniana. Hay quien acusa a Rusia de males mayores, incapaces de preocuparse por el futuro de su progenie. «Salvar a los huérfanos era una prioridad», había repetido antes de colgar.

«Huérfano», dato este que quizá olvidó especificar a la unidad que él había enviado. Pero, pensándolo bien, ¿por qué debería haberlo hecho, si le habían dicho que la institución en cuestión era un orfanato?

Sin embargo, esta madre reclama a su hijo. Tal vez sus fuentes no sean tan fiables. Encontrará al responsable de este error. De todas formas, cree recordar que la comisionada del Gobierno ruso para los Derechos del Niño había mencionado también a niños en situación de precariedad. Lo cual le otorga cierta seguridad sobre la legitimidad de su misión, ya que la ciudad entera vive en situación de precariedad.

—¿Ese edificio en ruinas?, ¿a eso le llama usted «colegio»? —dice, y cierra con fuerza su registro.

—Nos han bombardeado. La mayoría del tiempo vivimos sin agua ni electricidad. ¿Nos van a echar en cara que nuestras paredes estén agrietadas, y nuestras ventanas, reventadas?

—Eso no quita para que los niños requieran de ciertos cuidados que sus instituciones no pueden ofrecerles, y mucho menos en esta región. Estamos demostrando una bondad infinita y gastando un valioso dinero para ayudarlos. Debería reconocerlo y darnos las gracias. El Gobierno de Rusia tiene la misión de proteger a los menores, sea cual sea su nacionalidad.

Veronika se dispone a preguntarle cuántos niños han muerto bajo las bombas que su Gobierno ha arrojado sobre centenares de colegios, maternidades, hospitales o jardines públicos, cuántos se han quedado huérfanos, pero la prudencia la obliga a callarse.

—¡Mi hijo no necesita cuidados, y menos que ninguno los de ustedes! —responde con voz glacial—. En cambio, los civiles a los que sus hombres disparan sí que necesitan los míos.

—Vale, pues regrese a su trabajo —replica el oficial.

—¿Dónde está mi hijo? —vuelve a insistir Veronika, dispuesta a cometer un asesinato.

El hombre se acerca a la ventana y mira a la calle.

—De camino a un centro de acogida —responde—. Nuestros especialistas le preguntarán y, después de evaluar su estado, decidirán lo que es mejor para él.

—Mi hijo no responderá a sus preguntas; no puede hablar.

—¿Y decía que no necesitaba cuidados? ¿Qué clase de madre es usted?

Lilya ve el fuego arder en los ojos de su madre. Le coge la mano para recordarle que está con ella y toma la iniciativa de dirigirse al oficial.

—No queremos causarle problemas, sino solo encontrar a mi hermano, saber si está bien y adónde se lo han llevado. Por favor.

La moderación de la adolescente sorprende al oficial. Piensa que será una interlocutora más fácil de engatusar; quizá incluso le ayudará a convencer a su madre para que lo deje tranquilo.

—Tu hermano está bien. No lo hemos secuestrado. Solo lo hemos puesto a salvo de los combates para ofrecerle la vida a la que un niño tiene derecho, una alimentación sana que ya no se puede encontrar aquí y que necesita para crecer, y una orientación que le permita seguir correctamente sus estudios. Incluso durante una operación especial como la que estamos llevando a cabo en este momento, ¿no te parece?

—¿Una operación especial? —se rebela Veronika—. ¡Lo que están llevando a cabo es una guerra!

—¡Esa denominación falsa se castiga con ocho años de cárcel! Nosotros no estamos librando una guerra contra nadie; ¡estamos liberando Ucrania! —objeta el oficial, indignado.

—Y, en su país, ¿hablar de la lluvia cuando llueve se castiga también con cárcel? ¿A una tormenta la llamáis «calabobos» o «llovizna»?

—Cuando vuelva la calma, y la seguridad esté garantizada, se lo devolveremos, se lo prometo —dice él con una voz que da a entender que su paciencia está a punto de agotarse. El aplomo de

Veronika le ha herido el orgullo, hasta el punto de sentirse despreciable; su superioridad se le escurre entre los dedos, como la arena de las playas de Odesa con la que jugaba cuando era niño. Su propia madre debe de tener tan solo unos diez años más que esta mujer, y, si la hubiera tenido delante en semejantes circunstancias, le habría metido una buena zurra y la habría echado a patadas de la habitación, patadas en el culo. Esta vez no lo va a permitir, sino que va a demostrar quién es—. ¡Una palabra más y ordeno que la arresten! —dice empleando un tono grave—. Su hija la necesita, y, si no puede ocuparse de ella, me veré en la obligación de ponerla a salvo también a ella.

—¿Dónde está ese centro? —pregunta Lilya.

—Aún no lo sé. Tenemos muchos. Hay tantos niños en situación de precariedad en su país Vengan a verme dentro de tres días. Entonces ya sabré algo y podré decirles dónde se encuentra su hijo. Quizá incluso pueda darles noticias suyas, a condición de que de aquí a entonces no hagan ninguna tontería.

Aterrada por la idea de que también ella pueda ser retenida y con la esperanza de que el oficial mantenga su promesa, Lilya agarra a su madre del brazo y le pide, por favor, que obedezca. Hoy no van a conseguir nada más, aparte de empeorar la situación.

*

Una vez fuera, madre e hija se quedan como atontadas; no saben qué decir ni qué hacer. Lilya termina encogiéndose de hombros y echa a andar, sin saber tampoco adónde ir. Veronika corre hacia ella.

—Está vivo, eso es lo que importa —murmura Lilya.

—Solo de pensar en el miedo que debe de estar pasando, y en

la noche que ha pasado solo, lejos de nosotras, se me rompe el corazón —responde su madre con los ojos brillantes por las lágrimas.

—Si lo han mandado a un centro, está con otros niños; eso debe de tranquilizarlo, estoy segura.

—¿Tú crees? Si yo hubiera vuelto antes, habríamos podido…

—No habríamos podido hacer nada —declara Lilya—. El autobús ya había salido cuando te llamé.

—El otro niño ¿es uno de sus amigos? Eso podría calmarlo.

—Sí —afirma Lilya, que no tiene ni idea.

—No es que me alegre de que se hayan llevado a otro niño; sería asqueroso pensar algo así, pero…

—Sí, sería realmente asqueroso —suelta Lilya antes de acelerar el paso.

—¿Adónde vas?

—¿Adónde quieres que vaya? El instituto está cerrado. Aunque tú harías mejor en ir a currar. Si tenemos que quedarnos las dos en casa haciéndonos mala sangre, la vamos a acabar teniendo.

—¿Vas a poder estar tú sola?

—Y, ahora que te lo preguntas, ¿cómo crees que hago desde que papá se fue y tú te pasas el día en el dispensario?

Veronika se acerca a su hija y le acaricia la mejilla.

—No es culpa mía que tu padre se haya ido, y lo sabes.

—Son vuestras historias; no es asunto mío. ¿Ves como tenía razón? Si no te vas a trabajar, vamos a acabar mal.

—Sé que estás enfadada, que estás asustada por Valentyn, pero las dos estamos pasando por esto, y debemos permanecer unidas, porque separarnos, aunque solo fuera para desahogarnos, no haría más que causarnos más daño y empeorar la situación.

—Y, entonces, ¿qué me echarías en cara? —se enfurece Lilya—.

Estaba en clase cuando pasó. ¿Te parece que no me ocupo ya lo suficiente de él?

Prefiere marcharse antes que echarse a llorar. Veronika mira cómo su hija se aleja hasta verla desaparecer por la esquina de la calle. Mete las manos en los bolsillos de su abrigo y se dirige hacia el dispensario.

3

Valentyn y su compañero llevan sentados dos horas en una piedra al borde de la carretera. El hombre vestido de paisano que los escolta les ha dado a cada uno unas galletas, una botella de agua y una chocolatina. Como la espera se está alargando, se presenta para ganarse su confianza, incluso los autoriza para hacer pis en un árbol, con la condición de que no se alejen demasiado. Dimitri tiene aspecto autoritario, pero no parece amenazante, aunque la cicatriz de su mejilla inquiete a Valentyn.

Finalmente, un vehículo militar va a buscarlos. Al ver que no dan media vuelta, el compañero de Valentyn parece desanimarse, y los dos comprenden que las probabilidades de volver a casa disminuyen a medida que el día se acaba.

Los han sentado en un asiento trasero que se tambalea. El viento, que se cuela por detrás, les levanta sus espesas melenas. A cada bache, pegan un brinco, lo que termina por hacerles sonreír. De vez en cuando, Valentyn le guiña el ojo a su compañero, que sigue con los dientes apretados. Coge su cuaderno y escribe que, si hubieran querido hacerles daño, no les habrían ofrecido chocolate.

Después de cruzar la frontera, Dimitri se sienta entre los dos niños para entablar conversación. Les promete que cuando lleguen comerán bien, tendrán una cama con sábanas limpias y un futuro lleno de actividades formidables. El silencio de Valentyn no tarda en irritarle, así que su compañero interviene y le explica que no puede hacer nada, que siempre ha sido así y que él tampoco ha oído nunca el sonido de la voz de Valentyn. Dimitri ya no se siente ofendido. «Evidentemente —suelta al auditorio—, si el crío es sordo…». Valentyn alza la mirada al cielo, y Dimitri, que no sabía que se pudiera ser mudo y tener una audición perfecta, acaba aprendiendo algo nuevo.

Veinte kilómetros más adelante, el camión se detiene a la entrada de una aldea. Dimitri ayuda a los niños a bajar y los empuja hacia una berlina negra que los está esperando junto a la acera, con las luces apagadas. Valentyn tiene la sensación de estar en una peli de espías, pero la comparación termina ahí. No se siente con ánimo de viajar por un mundo imaginario. Desde que ha anochecido, echa terriblemente de menos a su madre y a su hermana, tiene un nudo en la garganta y no deja de rumiar malos pensamientos.

Conducen por una carretera recta que parece no terminar nunca. De repente, el coche se desvía para tomar un camino que se detiene frente a un gran portón de hierro forjado, negro y siniestro. El conductor, que no ha abierto el pico durante todo el viaje, da dos bocinazos, y el portón se abre como por arte de magia. El coche entra en un patio rodeado de unas verjas tan altas que ningún niño podría escalarlas. Los faros iluminan la fachada de un antiguo claustro. Hay un pequeño campanario con un reloj.

Dimitri se frota las manos, satisfecho porque ha terminado su día. Les ordena que bajen y, nada más cerrarse las puertas, se vuelve a marchar en la berlina, dejándolos solos al pie de las escaleras.

Empieza a llover intensamente. Valentyn ve en ello un mal presagio y se pregunta qué les esperará en el interior de ese claustro.

La mujer que los acoge en el recibidor lleva un uniforme marrón, y su sonrisa pretende ser tranquilizadora; nada podría tranquilizar a Valentyn y a su compañero. Les anuncia que se encuentran a salvo en su nueva casa. Ya es tarde; mañana les explicará el reglamento, les comunicará los horarios de clase y la lista de actividades deportivas que podrán practicar aquí.

Mientras los conduce por una galería abierta que bordea el jardín, los informa de que les espera comida en el comedor, la cocinera se ha quedado hasta tarde por ellos, pensando que estarían muertos de hambre después de tan largo viaje. Luego irán a ducharse y a acostarse. Añade, con un toque de orgullo en la voz, que en Rusia no falta ni agua caliente ni jabón; de hecho, no falta de nada. Si Valentyn pudiera, le respondería que el agua caliente y el jabón es lo que menos le preocupa.

*

Cuando entran en el comedor desierto, Valentyn cuenta las filas de sillas vacías que hay alrededor de las mesas y, con una multiplicación, deduce que debe de haber unos trescientos niños conviviendo detrás de esas paredes, lo cual tiene el efecto inmediato de aumentar su miedo. En una ocasión, un compañero le había hablado de los campamentos de verano de Crimea. Por increíble que pudiera parecer, había familias ucranianas que habían enviado ahí a sus hijos de vacaciones, y los que se encontraban allí antes del comienzo de la invasión, todavía no habían podido volver a casa. ¿Qué es lo que no habían pillado sus padres en eso de «territorio ocupado»? Su madre nunca se habría creído semejante timo, ni siquiera antes de la guerra. Entretanto, si los habían llevado a uno de esos campamentos, su compañero y él estaban en un buen apuro.

Cuando se termina la compota de manzana, Valentyn solo tiene una idea en mente: encontrar la manera de pirarse de ahí.

*

El cirujano se bebe un café en la sala de descanso, con los pies apoyados en la mesa donde las enfermeras están tomando su almuerzo. Veronika le lanza una gélida mirada mientras abre su taquilla.

—Está muy tranquilo esta mañana —dice él.

—No para todos. Yo tengo pacientes a los que atender —responde ella poniéndose la bata.

—Veo que estamos de buen humor. ¿Pasó algo anoche?

Aprieta los dientes y da un portazo.

Los dos hombres a los que operaron el día anterior se encuentran en una sala común, y Veronika se ha encargado de que estén en dos camas contiguas. Si el joven ha recuperado ya el color, en la cara del padre se aprecia dolor. No hay suficientes analgésicos para repartirlos en cantidades adecuadas. De una toma cada ocho horas, se ha pasado a dos tomas por día para poder ahorrar un tercio del *stock,* lo que deja a los pacientes doloridos durante cuatro largas horas antes de la siguiente dosis. A la espera de que los rusos autoricen un abastecimiento, hay que garantizar su duración. A pesar del dolor, el granjero se fija en el rostro hermético de la enfermera cuando se acerca a su cama: algo no va bien.

—¿Tan grave estoy?, ¿me voy a morir?

—No esta vez —responde Veronika—. Tendrá que tomárselo con calma. Mañana probaremos a caminar un poco.

—¿Usted o yo? —dice forzándose a dar cierto toque de ironía a su voz.

Veronika no le devuelve la sonrisa. Se limita a ponerle de nuevo la venda en silencio.

—Cuando mi mujer pone esos morros, sé a lo que atenerme. Tengo que preguntárselo diez veces antes de que reconozca que hay algo que no va bien. Visto mi estado, ¿no podría hacerme una rebaja? —susurra el granjero.

*

Han entrado en el dormitorio, vestidos con una camiseta interior y unos calzoncillos que les han entregado al salir de la ducha, y llevan en los brazos su ropa doblada. La intendente general alumbra el suelo con la ayuda de una linterna, les hace un gesto para que guarden silencio y no despierten a los demás niños, y los lleva hasta su litera. Una cama de madera en la que hay tendido un colchón no demasiado grueso. Dimitri no había mentido, las ásperas sábanas huelen a lejía. La intendente general espera a que se hayan acostado para retirarse. Valentyn sigue con la mirada el haz de la linterna que barre el suelo hasta que la puerta se cierra. Ya no es solo miedo lo que le invade; también soledad.

—Todo va a ir bien —le susurra su compañero—. Duérmete, ya veremos, cuando sea de día, qué pinta tiene esto realmente.

A Valentyn le gustaría decirle que no va nada bien, y que tampoco irá mejor mañana, pero en medio de la oscuridad es realmente mudo. Incapaz de quedarse dormido, busca en su mente un mundo imaginario en el que evadirse. Donde sea, menos en casa, porque, en cuanto piensa en su madre, se le llenan los ojos de lágrimas, y la garganta de sollozos. Ni siquiera ha echado nunca tanto de menos a su padre, y, aunque es muy probable que haya muerto y que no les hayan dicho nada, no sentiría tanto su falta.

Valentyn se arrepiente enseguida de haber pensado eso. Un subidón de rabia le ha desbordado y, para ser perdonado, su mente vuela hasta el cobertizo donde descansaba el escarabajo, tapado con una lona gris, aunque eso le pone aún más triste. Tiene que ir más lejos, a un lugar donde sus padres no existan. Más difícil todavía, sin su hermana. Se pone las manos debajo de la nuca y sus dedos rozan un clavo del cabecero de la cama. Un clavo con el que hacer un agujero, un agujero que se transformará en un túnel. Un túnel que se prolongará más allá de las rejas del patio. Se piraría en una noche tan oscura como esta. Naturalmente, tendría que encontrar el modo de cargar la tierra y de esconder toda la que fuera extrayendo. Lo había visto en una peli antigua un día que su padre le llevó al cine, cuando vivían a las afueras de Kiev. Ocurría durante una guerra del siglo pasado. En aquella época, los malos eran todos alemanes. Unos prisioneros, ingleses o americanos, no recordaba muy bien, habían conseguido escapar de un campo de concentración. Al rememorar las imágenes que se habían proyectado en la pantalla de una filmoteca, Valentyn inicia su viaje. A lomos de una moto que petardea al pasar a toda velocidad por un camino de tierra, contempla el cielo, de un azul increíble, y el campo apacible y magnífico. Su cabello ondea al viento y le hace cosquillas en la cara. La moto corre por un sendero que sube a través de una colina, y él se sume en el sueño.

*

—¿Tiene idea de adónde los han podido llevar? —pregunta el granjero.

El silencio de Veronika le conmueve y considera su situación de extrema gravedad. Ha nacido en estas tierras que nunca ha abandonado. De vez en cuando les había tocado sufrir algún que otro sinsabor de los que siempre se habían repuesto, la llegada de los rusos a los que siempre lograban expulsar; pero llevarse niños era tocar lo más sagrado que existe. Se olvida de sus heridas. La mujer que ha salvado a su hijo necesita una buena ayuda y no desahogarse con un viejo carcamal postrado en una cama. Intenta de nuevo incorporarse; es una cuestión de honor.

—Sé lo que hay que hacer —dice—. Vamos a reunir al mayor número de personas posible, ¡un cortejo que marchará hacia el ayuntamiento para exigir el regreso de nuestros niños!

A Veronika le sorprende que haya dicho «nuestros niños».

—No tiene usted muy buena memoria. Después de ocupar la ciudad, los rusos hicieron fotos a todos los que participaron en protestas. Dos días después, detuvieron a un centenar de personas. Solo diez han vuelto. Me niego a hacer correr semejante peligro a esta gente.

—Entonces, iremos a visitar el despacho de ese oficial. ¡Ha sido un atraco! —rebate el granjero eufórico por su ocurrencia—. Sabe más de lo que pretende hacernos creer, es evidente. Nos está mintiendo. En sus papeles encontraremos adónde han llevado a su hijo.

—Hay demasiados hombres en el ayuntamiento; algunos incluso duermen ahí.

—Bueno —refunfuña el granjero—, seguro que hay alguien a quien podamos sobornar para que nos proporcione información.

De repente, parece absorto en una reflexión profunda. Todo lo que le ha contado Veronika da a entender que se trata de una operación bien orquestada. Los soldados con los que se lleva cruzando desde hace semanas parecen demasiado gandules para estar implicados en esto.

—Tiene razón.

—No he dicho nada.

—Al contrario, ha dicho mucho; simplemente había que ponerlo un poco en orden. Lo cual me lleva a pensar que la solución no se encuentra aquí. Tenemos que averiguar de dónde vino la orden. Piénselo, sin la connivencia del personal del colegio, que a saber gracias a qué milagro se dio cuenta de lo que estaban tramando, los rusos se estaban preparando para secuestrar a un centenar de niños. Todo estaba planificado. Desde la hora a la que actuar, en el momento en que los niños estaban reunidos en una única sala, pasando por los medios puestos a disposición para transportarlos. ¿A qué destino? He ahí la cuestión. Me ha dicho que había dos autobuses aparcados delante del colegio. Pues bien, yo le digo que dos autobuses que cruzan el campo no pasan desapercibidos en los tiempos que corren. Seguro que hay algún colega granjero que los ha visto. Voy a pasar la información. Si hace falta usaré la radio y, créame, acabaremos por localizarlos.

Veronika desea de todo corazón creerle. Descubre que su paciente tiene alma de detective. Al menos, la idea de ser útil tiene en él el mismo efecto que los analgésicos.

—Con todo el curro que nos espera —añade—, está claro que tengo que volver a casa; no va a ser desde la cama de un hospital desde donde voy a organizarlo todo.

—Buen intento —responde Veronika—, pero habrá que instalar su cuartel general aquí. Puedo intentar conseguirle una habitación, pero olvídese de que le deje marchar antes de que la herida haya cerrado. Lo único que ha de hacer es delegar tareas en su hijo, su herida es superficial y pronto podrá salir.

El padre mira a su hijo, que duerme como un tronco, y suspira.

El cirujano, que auscultaba a un herido en la fila de al lado, ha escuchado toda la conversación. Continúa con su ronda, como si nada. Al pasar a la altura de Veronika, le pide que vaya a verlo a la sala de descanso sin tardanza.

Ella ya se imagina de qué va a ir la bronca: es ella la que tiene que ayudar a los pacientes, y no al revés. En cuanto a lo de dar a entender que puede conseguir una habitación individual, es una promesa vana. Pero le importan un pimiento sus reprimendas y las tratará con desprecio. El granjero le ha dado un poco de esperanza. Y, aunque su plan parezca descabellado, ha tenido el detalle de interesarse por ella en lugar de hacerle preguntas convencionales del tipo de «¿Pasó algo anoche?». Está harta de sus arrogantes reflexiones, solo porque el caballero sea médico, y ella, una simple enfermera. Su vida no tiene nada de fácil: ella saca adelante tanto trabajo como él, cría sola a sus hijos, y los educa, por ejemplo, para que no apoyen los pies en la mesa. Le han arrebatado a su hijo, así que sí, sí que pasó algo anoche, lo suficiente como para concederse el derecho a aceptar un poco de consuelo, aunque tenga que infringir normas.

*

—¿Por qué no me ha dicho nada? —pregunta el cirujano en cuanto entra ella en la sala de descanso—. No me puedo imaginar la noche que ha debido de pasar. Es horrible. Debería habérmelo contado de inmediato.

—Y ¿qué hubiera cambiado? —responde, cansada.

—Para empezar, habría confirmado mi idea de que usted y yo estamos más unidos de lo que lo está con un paciente al que acaba de conocer ayer. Por más que a este hombre no le falte sensatez. Efectivamente, hay que averiguar quién ha ordenado esos secuestros, y con qué fin. No creo que los mercenarios que merodean por aquí hayan caído tan bajo como para usar a los niños como moneda de cambio. Aunque con ellos nunca se sabe de qué son capaces. Antes de acusarlos, hay que saber si esta operación ha sido idea suya, de algún comando militar ruso que ocupa la región o… —hace una pausa— o una orden de Moscú.

—Y ¿para qué querría el Kremlin secuestrar a los niños de este pueblecito? —pregunta Veronika.

—Su objetivo no es simplemente conquistar nuestro país, sino hacerlo desaparecer. Putin está reescribiendo la historia para que el pueblo se una a su cruzada. Quizá no sean más que suposiciones mías, pero convertir a nuestros niños en pequeños rusos podría formar parte de su lógica. Y la única manera de averiguarlo es descubrir qué está pasando.

—Y ¿cómo? —pregunta Veronika, cuya rabia se ha desvanecido.

El cirujano se levanta, va y viene por la habitación con las manos a la espalda, como cada vez que está pensando. Unos minutos más tarde, se gira bruscamente hacia Veronika, iluminado por una revelación.

—Si estos secuestros se están produciendo a gran escala, me extrañaría que nuestras autoridades no estén al tanto. Por lo que deduzco que, si existe tal información, debe de estar centralizada en Kiev.

—Esos son muchos síes, y Kiev tiene otras cosas más importantes de las que ocuparse en estos momentos que investigar la desaparición de los niños.

—No estoy de acuerdo; se trata del futuro del país.

Le parece un comentario un poco grandilocuente, pero, en su situación, Veronika no puede permitirse el lujo de burlarse del apoyo que le brinda su jefe.

—De acuerdo, supongamos que el Gobierno acepta ayudarnos. No sé cómo vamos a llegar a Kiev estando rodeados como estamos.

—Eso es lo más complicado —responde el cirujano—. Quizá conozca una forma, arriesgada, por supuesto, pero, tratándose de su hijo, merece la pena, ¿no?

Se vuelve a sentar y sube de nuevo los pies a la mesa. Esta vez resulta difícil reprochárselo.

—¿Por qué haría eso por mí?

—Usted se pasa el día tocándome las narices, pero le tengo mucho aprecio. Debo de ser un poco masoca.

—Deje de decir tonterías.

—¿Qué quiere que le diga? La guerra siembra muerte y miseria, pero también despierta en nosotros una parte de humanidad que creíamos haber olvidado. Como la necesidad de ayudar a los demás. ¿No es por ese motivo por el que nos pasamos día y noche encerrados en este miserable dispensario, para tratar de salvar vidas? ¡Y no ponga esa sonrisita socarrona, por favor! Es culpa suya si me estoy volviendo poético, y es ridículo. Digamos que lo hago para alejarme de usted unos días. ¿Le parece mejor así? —concluye el cirujano—. En una escala del uno al diez, ¿cómo puntuaría la valentía del paciente con el que estaba hablando hace un rato?

—Para salir de aquí, con un diez.

—En ese caso, puede valernos.

—¿Qué idea descabellada se le está ocurriendo?

—No tan descabellada, querida.

Huir de una ciudad ocupada no es fácil. Los que lo han conseguido, ayudados por traficantes profesionales que conocían las carreteras más seguras y las zonas de paso no vigiladas a determinadas horas del día o de la noche, no tenían ninguna intención de volver antes de una posible liberación. No es el caso del cirujano, que bajo ninguna circunstancia abandonaría su puesto, al ser el único médico de urgencias para cubrir las necesidades de la población. Además, desde la invasión, sus actos no se limitan a intervenciones quirúrgicas.

Su plan era sencillo. El granjero necesitaba un baipás, sin el cual no tardaría en morir. Así que habría que organizar una evacuación sanitaria a una ciudad donde hubiera un hospital dotado de un servicio de cardiología; una ciudad que, por supuesto, se encontraría al otro lado de la línea de demarcación. Era una trola perfecta que daría el pego. Dado que el oficial encargado de la población con el cual Veronika había conversado había dicho claramente que los niños necesitaban unos cuidados que la región no podía ofrecerles, ese mismo razonamiento se aplicaría a un herido grave. A no ser que prefiriera despertar la ira de los agricultores, que ya tenían bastante. Incluso bajo el fuego de la artillería, seguían sembrando los campos de trigo, de centeno y de cebada, trabajaban poniendo en peligro su vida, arriesgándose a saltar por los aires por una mina con su tractor. Y todo mientras los rusos confiscaban dos tercios de sus cosechas. Si se hacía correr el rumor de que a uno de ellos, después de haber sido disparado a traición mientras trabajaba tranquilamente en el campo, se le había negado la evacuación que le podría salvar, podrían despertar su sed de venganza.

—Vale la pena intentarlo, ¿no? —dice el cirujano, bastante orgulloso de haber tramado semejante plan en tan poco tiempo.

—¿Y si ellos proponen trasladarlo a un hospital ruso?

—Demasiado lejos, les diría que no sobreviviría al viaje.

—Vale, ¿y después?

—Bueno, pues, una vez en zona libre, yo dejaría a nuestro paciente e iría a Kiev para obtener información. A la vuelta lo recogería, atendido como es debido, y volveríamos los dos al redil.

—Se lo agradezco. Es muy generoso por su parte, pero también una locura.

—¿Se le ocurre algo mejor para encontrar a su hijo? —A Veronika no se le ocurre nada—. Pues entonces. Ahora nos toca a cada uno convencer a su hombre. A usted le dejo el paciente, que veo que se entiende bien con él. Le explicará mi propuesta, y yo, a partir de esta tarde, me acercaré a presentarle mi petición al oficial.

*

Veronika abandona la sala de descanso y se dirige a la sala común. Quizá porque siente más cariño por ese carcamal de lo que está dispuesta a reconocer y porque la idea de que le pueda pasar algo le resulta insoportable, o porque la ausencia de su hijo la supera, siente una presión que le oprime el pecho. Se para en el pasillo, sin aliento, y se deja caer a lo largo de la pared hasta quedar sentada en el suelo, apoyada en la pared. Cubriéndose la cara con las manos, solloza sin poder contenerse.

Una mano se posa en su hombro. El cirujano se ha sentado a su lado sin que ella le haya oído acercarse y le pasa el brazo por los hombros sin decir nada.

Le da vergüenza. Se seca las lágrimas con el dorso de la mano. Él le tiende un pañuelo de papel, sin hablar; luego gruñe un poco para levantarse, porque le duelen las rodillas, y vuelve a sus consultas.

*

Ha tenido que hacer un gran esfuerzo para recuperar la compostura. Se sienta junto a la cama del campesino y se acerca para susurrarle, debido a los colaboracionistas. Pactar con el enemigo no es una garantía contra los problemas de salud. La sala común debe de contar con alguno de esos individuos que se han asegurado cierta tranquilidad convirtiéndose en soplones y que denuncian a los que de una manera u otra resisten, o que simplemente proclaman los beneficios de vivir bajo la bandera rusa.

El granjero acepta incluso antes de que le informe de los detalles del viaje. Da igual cómo. Con tal de que le dejen salir de ahí, está dispuesto a cualquier cosa. Salvo a que le traigan de vuelta al hospital una vez que la misión haya terminado. En ese sentido, esté o no cerrada la herida, se muestra inflexible.

—¿Cuándo nos vamos? —exclama.

Veronika se pone un dedo en los labios. Con ello le hace entender que debe hablar más bajo, y él, inmediatamente, llevándose la mano al corazón, empieza a hacer como si ya tuviera dolores en el pecho.

—Su mujer no debe de aburrirse con usted —se ríe Veronika, a la que no se le ha ocurrido ninguna forma mejor de mostrarle su agradecimiento.

—Se hace lo que se puede, muchas veces el payaso, para su gusto; pero un matrimonio sin risas es como un campo en invierno.

4

Despertado por el sonido de una campana, Valentyn se frota los ojos y se pregunta dónde está. Abre los ojos y se incorpora de un salto. El dormitorio es inmenso; es imposible contar las camas. Las altas paredes azules se parecen a las de la catedral de San Miguel que visitó en Kiev, con sus padres, un día que se aburrió soberanamente. Las ventanas parecen igual de grandes, pero en este caso no hay ni bajorrelieves ni vidrieras.

Los otros internos ya se han despertado y están haciendo la cama al estilo militar, tirando de las sábanas y doblando en ángulo la áspera manta. Algunos ya se han quitado el pijama, que colocan cuidadosamente bajo la almohada, antes de ponerse la ropa del día. Su compañero le sugiere que se dé prisa (llegar tarde el primer día no causará buena impresión). A Valentyn le deprime que su compañero haya aceptado ya su suerte. No obstante, hace como él y se abandona a su nueva vida.

Cuando la intendente general llega al dormitorio, los niños se colocan en fila de a dos, con los brazos a los lados del cuerpo, y la siguen hasta el comedor. Este a Valentyn le parece más amplio que la noche anterior. Quizá porque comprueba que hay más gente de la que había calculado. Se le había pasado por alto un ala entera, la de los mayores. Los de su rango de edad ocupan las mesas del medio y los más pequeños están sentados cerca de la entrada. Lo único que flota en el aire es el murmullo de los cubiertos. Unas mujeres en bata gris recorren las filas, empujando cada una un carrito. Reparten los desayunos: una papilla de trigo sarraceno, un vaso de leche, un bol de sémola y una rebanada de pan en la que han untado una fina capa de mermelada de fresa.

—No está mal —dice su amigo tragando la papilla—; es mucho más que en casa.

Tiene hambre y come sin moderación todo lo que le sirven. Si se atreviera, casi pediría más. Valentyn le lanza una mirada asesina, empuja su plato y le indica con un gesto que puede disponer de todo lo suyo. Su amigo duda antes de coger la tostada con la punta de los dedos y termina por zampársela de buena gana. Mientras el uno disfruta, el otro examina la habitación, buscando en las caras una expresión o una mirada que le dé a entender que no es el único que no se resigna a estar ahí.

Vuelve a sonar la campana. Los niños se levantan a la vez. Valentyn tiene la impresión de estar viendo un batallón de robots que obedecen a una señal emitida desde una lejana sala de control. La intendente general, plantada delante de la puerta, cuenta su rebaño conforme los niños van pasando por delante de ella. De vez en cuando, posa la mano en una cabeza, y aquel a quien ha tocado se aparta y deja pasar al cortejo de autómatas. Ambos —tanto Valentyn como su compañero— reciben este extraño bautismo y, cuando por fin se vacía la sala, Valentyn comprende que los diez niños elegidos tienen en común que son recién llegados. La mujer se lleva al grupito para enseñarle el lugar, una visita de cortesía durante la cual habla a los niños con voz suave, explicando el uso de cada habitación y las reglas que hay que respetar. Después del desayuno, cada cual tiene que dirigirse a su aula. La primera clase del día viene siempre precedida por el himno ruso, durante el cual tendrán que estar de pie. Y tendrán que olvidarse de todo aquello que creían saber, porque lo que les han enseñado hasta entonces es una sarta de mentiras, les dice, esta vez sin la más mínima inflexión en la voz. Aquí les enseñarán la verdadera geografía, la verdadera historia y, por supuesto, aprenderán a perfeccionar su lengua materna, el ruso. De hecho, está prohibido expresarse de otro modo, lo cual le importa tres pepinos a Valentyn, evidentemente. En matemáticas y ciencias no habrá grandes cambios en el programa. El recreo es a las 10:30, se vuelve a clase a las 11 h, la comida es de 12 a 13 h, y luego se reúnen en el gimnasio para una clase de Patriotismo, antes de practicar dos horas de deporte. Si la mañana está consagrada al estudio, por la tarde se divertirán mucho —ella se lo promete—. Educación física, fútbol, baloncesto, balonmano, pimpón ; todo está previsto para que se distraigan. Insiste en este punto para que sean conscientes de la suerte que tienen. Las preguntas no forman parte del reglamento —ningún niño tiene derecho a hacerlas—. A continuación, la intendente general los acompaña a sus respectivas aulas.

A Valentyn le cae una bronca a los pocos minutos, al no poder cantar el himno ruso.

*

Desde la invasión de Crimea, Vital y Malik siempre habían tenido claro que más tarde o más temprano una lluvia de fuego se abatiría también sobre Kiev. Dos meses antes del comienzo de la invasión, cuando tantos discursos y preparativos militares anunciaban una guerra inminente, los gemelos habían mandado trasladar la sala de informática de la mansión de la buhardilla al subsuelo. El sótano era lo suficientemente amplio como para albergar su material. Trasladar los *racks* de servidores, trazar haces de comunicación e instalar los equipamientos eléctricos o los reguladores de temperatura había resultado menos complicado que prolongar la cremallera que corría a lo largo de las escaleras y que permitía a Vital desplazarse de un piso a otro en su silla.

Tres días antes de que comenzara la invasión, el torreón* volvía a estar de nuevo operativo. Los técnicos que habían realizado las obras habían tenido que lidiar en varias ocasiones con Ilga y su temperamento —el ama de llaves odiaba el desorden—. Ilga había multiplicado sus idas y venidas a la ciudad para hacer acopio de víveres, tan copiosos que con ellos se habría podido alimentar un regimiento entero durante meses. En los armarios, los estantes se combaban bajo el peso de los tarros. Conservas que preparaba de manera infatigable en su cocina. También había llenado los congeladores y había exigido que se conectaran al generador. Sus dos protegidos tenían que poder sobrevivir a un largo asedio. Su previsión no había sido exagerada. Los invasores trataban de tomar Kiev, cuyo asedio estaba durando ya demasiado. En cambio, no eran ni las bombas ni la obligación de tener que bajar precipitadamente al subsuelo cuando el sonido de las sirenas rasgaba la noche, ni tener que vivir recluidos en esta gran mansión lo que más le afectaba. Cuando Malik se marchó, Ilga dejó de vivir. Se ocupaba de los gemelos

---

* «El torreón» es el nombre dado a la sala de informática instalada en la mansión, donde los 9 han llevado a cabo varios hackeos de gran envergadura. (*N. del A.*).

incluso antes de que sus padres murieran, y desde entonces nunca había dejado de hacerlo. De los dos hermanos, Malik era, sin duda, el que más guerra le había dado. Sus diferencias con la ley, sus trapicheos de todo tipo, sus historias de amor que terminaban en drama, las llamadas intempestivas cuando había que ir a buscarlo a una comisaría o a urgencias porque se había metido en una pelea ; nada de todo esto le había afectado a Ilga. Pero saber que estaba en la guerra era totalmente diferente.

Cada noche, cuando se retira a su habitación, Ilga traza en la pared una raya con lápiz negro. Por superstición, con la idea de que, cuando él vuelva, las cuenten juntos.

Es casi mediodía cuando oye que llaman al timbre. Ilga se asoma a la ventana. El cielo está oscuro, un viento de tormenta dobla los árboles, la lluvia azota tan fuerte las ventanas que apenas se vislumbran las escaleras de la entrada. ¿Quién puede salir con semejante tiempo? Nadie ha visitado la mansión desde hace meses. Se le hiela la sangre. Cruza el salón, se detiene delante del espejo para alejar la mala suerte e inspira hondo antes de abrir la puerta.

Una mujer con el pelo chorreando por la lluvia está frente a ella, silenciosa y agotada, como se puede estar al final de un largo viaje. Para hallarse en semejante estado, ha debido de recorrer a pie el camino que se adentra en el bosque desde la carretera. Ilga reza en silencio por que la mujer no haya hecho este sacrificio para traerle malas noticias.

Veronika se presenta y anuncia que tiene cita con la persona que vive ahí. En circunstancias normales, Ilga le haría mil preguntas antes de dejarla cruzar el umbral, pero, mientras no le anuncie la muerte de Malik, es bienvenida.

—No se quede ahí, va a coger frío.

Sacudida por el viento, la araña que cuelga en medio de la escalera principal se balancea lentamente por encima del recibidor. El ama de llaves invita a Veronika a que espere. Va a buscar algo con lo que se pueda secar. Veronika mira cómo el charco de agua se extiende por las baldosas a sus pies. A su vuelta, Ilga propone servirle una bebida caliente. Veronika se lo agradece e insiste en ver al propietario de la casa; es urgente.

Un término que vuelve a preocupar al ama de llaves.

—¿Le ha pasado algo a Malik?

Veronika frunce el ceño y responde que no conoce a ningún Malik.

—No sabe qué alivio siento al oír eso —dice Ilga.

Ya calmada, la escruta atentamente y se le ilumina la mirada.

—¡Cómo me he podido olvidar! —exclama—. Oh, ya sé que a mi edad los años cuentan el doble. Usted no se acuerda de mí, y he de reconocer que yo tampoco la había reconocido hasta ahora. Hace tanto tiempo…

—No entiendo de qué me está hablando. Por favor, lléveme con él. El tiempo corre, y tengo que marcharme pronto.

Ilga conduce a Veronika al salón contiguo y le promete que no la hará esperar demasiado.

Momentos después, Vital entra en la habitación. Para en seco su silla y se queda ojiplático al ver a Veronika levantarse del sofá en el que había tomado asiento. Ella se lo queda mirando, igualmente estupefacta. Ilga no ha mentido: hacía mucho tiempo.

5

—¿Señora Vlasenko?

—Khodova. Ahora estoy casada. Bueno, espero seguir teniendo marido.

—¿Qué hace aquí y cómo me ha encontrado?

—Ese maldito matasanos se ha cuidado mucho de no revelarme con quién tenía cita. Probablemente se haya olvidado de que en aquella época yo ya trabajaba con él. Me alegro mucho de verte. Has cambiado, claro está, pero tampoco tanto. Siempre como perdido. ¿Vives en esta inmensa mansión?

—Siempre he vivido aquí, salvo los dos años que pasé en su hospital. Una etapa de mi vida que me gustaría olvidar.

Vital era adolescente cuando fue admitido en la unidad de Veronika. Estaba sentado en la parte de atrás del coche de sus padres, esperando ante la barrera de un paso a nivel un tren que nunca pasaría. Dos hombres, escondidos entre la maleza, les dispararon tres ráfagas. Las balas de los kalásnikov le alcanzaron el vientre, los pulmones y la columna. El cirujano le salvó la vida. «Se ha salvado de milagro», dijo, pero las esquirlas le habían tocado la médula, y Vital había perdido el uso de sus piernas.

La mención del hospital de Kiev le trae a la memoria a Veronika un periodo de su juventud. Los horarios como auxiliar residente eran infernales, las pagas apenas daban para subsistir; pero le encantaba su habitación de la casa en la que residía, en el centro de Kiev, y la vida trepidante del barrio. Cuando el cirujano que la había formado había conseguido un puesto de profesor en el Hospital Universitario de Yitomir, ella lo había seguido, arrastrando consigo a quien más tarde sería su marido. Con el paso de los años, y con dos niños a su cargo, la vida se vuelve demasiado cara, y los finales de mes, difíciles, sobre todo, cuando se tiene por esposo a un artista que buscaba aún su camino. Un día, el cirujano le había propuesto una promoción: enfermera jefe de su unidad, a condición de que fuera a vivir con su familia al pueblecito donde tenía pensado instalarse, al este del país. Ella había aceptado esta oferta que no podía rechazar, sospechando que su pareja tendría que volver a dejar su trabajo. ¿Por qué su jefe había elegido incorporarse a este dispensario rural? Aún a día de hoy seguía siendo un misterio para ella.

—Habría sido mejor que nos negásemos. Rikove ha sido tomado por los rusos.

—Yitomir se encuentra en ruinas —responde Vital—. ¿Cómo ha hecho para salir de la zona ocupada?

—Es una larga historia. ¿El matasanos te ha explicado por qué estoy aquí?

—Me ha explicado por qué tenía pensado visitarme él.

—Me he negado a que se marchara de allí, aunque fuera solo por unos días. Su ausencia tendría demasiadas consecuencias. No hay semana que no nos traigan algún herido. Además, estamos hablando de mi hijo, y no del suyo; soy yo la que debería correr los riesgos del viaje. ¿De verdad puedes ayudarme?

—Le debo la vida. Usted me puso de nuevo en pie; bueno, casi —señala Vital apoyando las manos en las ruedas de su silla—. Es lo menos que puedo hacer.

—Fue el cirujano quien te salvó de la muerte. Por aquel entonces yo no era nadie.

—La intervención del médico duró ocho horas, y su rehabilitación, dos años.

—Fuiste uno de mis pacientes más ariscos.

—No era nada personal contra usted, pero sus manipulaciones me hacían mucho daño. No me apetece mucho recordar aquello.

—Cuando entraste en mi unidad, eras un adolescente enclenque, y ahora me encuentro un hombre lleno de fuerza. A pesar de lo horrible de las circunstancias, me alegra verte así.

—¿Medio paralítico y en silla de ruedas? Qué poco se necesita para hacerla feliz.

—Estás vivo, puedes moverte, vives en una casa magnífica. Creo que no tienes mucho de lo que quejarte.

—Usted tampoco ha cambiado tanto, siempre tan complaciente.

—La amabilidad es el arma de los mentirosos.

—Siento mucho lo que le ha ocurrido —dice Vital.

—Preferiría que me ayudaras.

—En cuanto recibí la llamada del cirujano, me puse a investigar. Aún me queda mucho para terminar, pero él tenía razón en un punto: su caso dista mucho de ser el único. La operación comenzó unas semanas antes de la invasión.

—¿Qué operación?

—Un programa sistemático de deportación de niños ucranianos, concebido por María Lvova-Belova, una mujer cercana al Kremlin. El mismo Putin en persona le habría dado su aprobación y le habría asignado importantes fondos.

—Pero ¿por qué van tras los niños? —pregunta Veronika aterrorizada.

—Por motivos parecidos a los que dan para justificar sus guerras. Según mis fuentes, apuntan a cinco categorías de menores. Los que consideran huérfanos, y para ello basta con que sus padres estén en el frente; los que se encuentran en zonas ocupadas, digamos que para protegerlos de nuestros ataques; los menores tutelados, a cargo del Estado ucraniano, junto con aquellos que están hospitalizados y que necesitarían determinados cuidados que solo Rusia puede ofrecerles. A estos hay que añadir los niños cuya atención no puede ser garantizada, que podrían ser abandonados a su suerte y que deben ser reubicados en familias de acogida.

—¿Y la quinta categoría?

—Ahora ya no necesitan ninguna excusa, se los llevan de los colegios, como fue el caso de su hijo —dice Vital, y suspira—. Una manera como otra cualquiera de aterrorizarnos. Según el carácter extraoficial del programa, se trata de reeducarlos o, dicho de otra forma, de lavarles el cerebro para despertar en ellos un sentimiento patriótico hacia Rusia, una veneración hacia Putin que les proporcione una nueva vida llena de promesas. Los más mayores reciben formación militar para que pasen a engrosar sus batallones en cuanto alcancen la mayoría de edad.

—¿Y los más jóvenes? —pregunta Veronika.

—A este respecto no tienen escrúpulos. Cuanto más joven sea la presa, más fácil será el adoctrinamiento. Hacen redadas hasta en guarderías.

—¿Cómo es posible que a una mujer se le haya ocurrido un proyecto tan monstruoso?

—Si fuera obra de una única persona, nada de todo esto hubiera sido posible. Las atrocidades a gran escala requieren de un empeño colectivo. Fue a un tal Miller, en los Estados Unidos, a quien se le ocurrió la idea de separar a los niños de inmigrantes de sus padres retenidos en centros de internamiento americanos. Para disuadir a otros de cruzar la frontera. Si los hombres y mujeres que se encuentran en los distintos niveles de la jerarquía, desde los senadores a los funcionarios públicos que arrancaron bebés a sus familias en medio de la noche para enviarlos a hogares de acogida, si toda esa gente, digo, se hubiera negado a participar en semejante abominación, nada de eso habría pasado. Ocurre lo mismo con Rusia. Su Gobierno está implicado a todos los niveles. Nosotros trabajaremos para establecer el organigrama de los responsables. Llegará el día en que todos los que han participado en esta barbarie tengan que responder por sus actos.

—¿«Nosotros»?

—Ya se lo he dicho, las atrocidades a gran escala requieren de un empeño colectivo, y la justicia para combatirlas, también. No se preocupe por eso; no es ni el momento ni el lugar de abordarlo. Lo único que importa ahora es encontrar a su hijo.

—¿Cómo te has enterado tú de todo lo que me acabas de contar?

Vital mueve su silla y se pone detrás del escritorio que hay al fondo del salón.

—La solución de un problema radica a veces en su estructura —murmura.

—¿Eso qué significa?

—Nada, pensaba en voz alta.

—No me has respondido. ¿Cómo has conseguido esa información? ¿Te has enterado a través de fuentes fiables de este programa diseñado por Moscú? Dímelo, por favor, me voy a volver loca como no me devuelvan a mi hijo.

—Señora Vlasenko, le juro que voy a hacer todo lo que esté en mi mano para encontrarlo. Voy a necesitar que me ayude a responder a muchas preguntas. No necesito que me haga usted más.

—¿Qué podría decirte yo que fuera útil? No sé nada. ¿Crees que habría venido hasta aquí de no ser así? ¿Qué esperas de mí?

—Para empezar, que recobre fuerzas. ¿Cuánto hace que no come en condiciones?

Por pudor, o por orgullo, se queda callada.

Vital asiente con la cabeza y le pide que lo acompañe. Cuando cruzan la biblioteca, Veronika se asombra de la cantidad de obras que hay en ella. En la biblioteca de su ciudad no hay tantas. Los rusos han confiscado dos tercios de ellas. Los escritores y poetas ucranianos han desaparecido de los estantes (sus libros han sido quemados). Para barrer del mapa un país, hay que borrar cualquier rastro de su cultura. Los rusos incluso se han entretenido bombardeando cementerios donde descansan plumas ilustres; entre ellas, las de aquellos que fueron fusilados por el poder soviético. Sus huesos son una huella de su existencia que no toleran. Si Rusia gana la guerra, habrá que añadir a ellos muchos otros que sufrirán su misma suerte, como los filósofos, pintores o escultores, que, al igual que aquellos, habrán cometido el crimen de ser libres.

Sin embargo, la sorpresa de Veronika no queda ahí. Nunca ha visto un comedor tan grande ni tan bonito. En su casa cenan en una cocina que será como la tercera parte de esa estancia. Cuando su marido disfrutaba aún de sus comidas, Lilya tenía que apretujarse para pasar por detrás de él y poder llegar hasta el fregadero. Aquí, ocho sillas rodean una larga mesa oblonga de caoba en la que el ama de llaves ya ha puesto dos cubiertos.

Vital se instala en el lugar reservado para su silla. Invita a Veronika a que se siente a su lado y le sirve copiosamente *zharkoye,* un estofado famoso cuyo secreto guarda Ilga. Veronika se abalanza sobre la comida antes de volver a apoyar el tenedor, incómoda por haber ofendido probablemente a su anfitrión.

—No me puedo quedar mucho —dice, y se limpia la boca con la esquina de la servilleta—. Mi hija está sola y tengo que recoger a un paciente de camino a casa.

—¿Piensa llevarlo de vuelta a la zona ocupada? —se sorprende Vital.

—No es lo que piensas. Se ha ofrecido él mismo. Sin él, nunca habríamos podido salir de la zona ocupada. Es un hombre valiente al cual le debo mucho.

—Si es paciente suyo, creo que ya deben de estar en paz.

—Está bien que me tomes el pelo, nadie en el dispensario se atreve a hacerlo. Para que mi jefe haya recurrido a ti, con lo orgulloso que es, debes de ser muy importante. ¿Trabajas para nuestro Gobierno?

Vital alza los brazos al cielo y clama con voz alegre:

—No creía que fuera posible, pero usted es incluso más curiosa que ella.

—¿Que el ama de llaves que me ha abierto la puerta?

—No, que Cordelia.

La sonrisa de Vital no le pasa inadvertida a su invitada.

—¿Quién es esa tal Cordelia?

—Coma —responde Vital, y le sirve—. Le espera un largo camino.

—Ya veo —dice, y devora sin reserva un trozo de carne.

No ha probado nada tan bueno desde que comenzara la guerra. Casi se siente culpable por ello y, si la comida pudiera aguantar el viaje, se olvidaría de su amor propio y suplicaría al ama de llaves que le pusiera una ración para su hija.

Vital saca un teléfono móvil del bolsillo de su chaqueta y lo apoya delante de Veronika.

—Llámeme en cuanto tenga noticias —dice.

—¿Qué noticias? De todas formas, donde vivo las líneas están cortadas la mayoría del tiempo.

—Lo sé. Pero este teléfono es especial: no necesita red; la conexión se hace por satélite. Por otra parte, no debe caer nunca en manos equivocadas.

—¿Qué quieres que haga?

—Si algún niño consiguiera, a través de cualquier medio, entrar en contacto con usted, apunte todo lo que le diga. Si tiene alguna idea de dónde se encuentra, del nombre de un pueblucho, una ciudad o de una región, apúntelo también. Si durante el traslado pudo reconocer algo del camino, lo que fuera, o si habla de algún amigo con el que viajó, anótelo igualmente. Un lugar, un apellido, un nombre, el más mínimo detalle, por insignificante que sea, puede ser una pista para localizarlo.

—Pero, aparte de Valentyn, ¿qué niño podría hablar conmigo? Yo no soy nadie para ellos.

Vital duda antes de apoyar su mano sobre la de Veronika con suavidad.

—Pronto se le pondrá en contacto con otros padres que se encuentran en la misma situación que usted, y no me refiero solo a la familia del niño que fue secuestrado con su hijo.

—¿Conoces a otros padres en mi misma situación?

El silencio de Vital lo dice todo, y su mirada le recuerda que él únicamente le ha pedido una cosa a cambio de su ayuda, una única cosa: no añadir preguntas a las preguntas.

—Recopilar todas las posibles pistas —resume Veronika.

*

Ilga entra en el comedor. Lleva una bandeja. Pone en la mesa dos copas con macedonia de frutas, que, a pesar de ser fruta en conserva, maravillan a Veronika. A continuación, les sirve café y se retira sin decir palabra.

—¿Por qué vives en este viejo caserón? ¿Esta mujer es tu única compañía? —pregunta Veronika.

—He de reconocer que ha perdido un poco de su esplendor. Me refiero a la casa, por supuesto. Antes de la guerra, estaba llena de vida. Pertenecía a mis padres. Ilga ya trabajaba aquí cuando la compraron, y también estaba cuando nosotros nacimos. Mi padre era hombre de negocios y también un poco hombre de política. Probablemente fueran sus compromisos los que causaron sus muertes, o el trabajo de periodista que ejercía mi madre. En aquella época, en nuestro país, era difícil saber la razón por la que se asesinaba: especulación, corrupción, luchas de poder ; a veces incluso un simple pedazo de tierra, unos acres de bosque… En fin, daba igual, porque el resultado era el mismo.

—¿Nunca has salido de aquí?

—Sí, viví unos meses maravillosos en Londres, pero no me apetece hablar de eso.

—¿Por la tal Cordelia?

—Qué perspicaz —responde Vital—. No quise que viniera conmigo. Era demasiado peligroso. Creo que me odia por ello.

Vital copia un número en la servilleta de papel y se la tiende a Veronika.

—Apréndaselo —le indica—. El móvil que le he entregado no tiene memoria, ni siquiera la de la última llamada efectuada. Si descubre lo que sea, llámeme.

—¿Tú también harás lo mismo? —se preocupa Veronika.

—No —responde él—. Podría hacerle correr un riesgo demasiado grande si el teléfono sonara en un momento inoportuno.

Veronika memoriza el número. Se bebe su café, guarda el móvil en su bolsillo y se levanta.

—No sé cómo darte las gracias. Por la comida y por todo lo que estás haciendo por mí.

—Entonces, estamos en paz. Nunca he sabido cómo agradecerle todo lo que usted hizo por mí. Espero que no le importe si no la acompaño hasta la puerta, le haría perder demasiado tiempo.

Veronika le da un beso en la mejilla y se retira. Justo antes de salir del comedor, se vuelve y lo observa, solo, al fondo de la mesa.

—No eres el mismo —le dice.

—¿Conoce a alguien que no haya cambiado desde el 24 de febrero?

—No me refiero a eso. Yo te conocí en un momento difícil para ti. Pero ahora tu dolor es diferente.

—Han secuestrado a su hijo. Su soledad es más grande que la mía —responde.

*

Ilga, que estaba esperando detrás de la puerta, la acompaña hasta el portón.

Ha parado de llover; la tierra sigue empapada, pero el cielo se ha despejado.

—Por si acaso —le dice el ama de llaves tendiéndole un paraguas—. No estará pensando en volver andando hasta Kiev, ¿verdad?

—No —responde Veronika—. A dos kilómetros de aquí pasa

80

una *marshrutka*,* sobre las 15 horas, aunque me imagino que ya lo sabrá usted.

—No sabía que hubieran reanudado el servicio.

Ilga le entrega una cestita que hay a la entrada. Veronika la entreabre y le cuesta ocultar su emoción al descubrir que contiene dos tarros de conservas.

Levanta la cabeza para dar las gracias a Ilga, pero el ama de llaves ha vuelto a cerrar con delicadeza la puerta de la mansión.

---

* Lanzadera o minibús que hace el servicio de taxi colectivo. Las *marshrutkas* recorren las grandes ciudades y sus afueras. *(N. del A.)*.

6

Valentyn está sentado en las gradas. Se ha negado a participar en el partido de baloncesto. El profesor de educación física no ha insistido y le ha encomendado la tarea de contar las canastas.

—De nada sirve estar de morros —suspira su amigo, que se le ha acercado en un descanso—. Odio el deporte tanto como tú, pero, cuando el equipo contrincante es tan malo, no es lo mismo. ¿Llevas la cuenta?

Valentyn se lo comunica con los dedos.

—¿Ves?, vamos ganando. Ven, es casi divertido —insiste su compañero.

Un silbido anuncia la reanudación del partido. Valentyn le sujeta del brazo para enseñarle lo que ha apuntado en su cuaderno.

—Para ya. ¿Cómo vamos a pirarnos? —protesta su amigo levantándose.

Antes de volver al terreno de juego, le sugiere que tenga más cuidado con lo que escribe. Si alguien le manga el cuaderno, podría tener serios problemas.

Su amigo tiene razón. A partir de ahora, para los mensajes importantes, usará hojas sueltas que irá destruyendo sobre la marcha.

Mientras tanto, da la vuelta a una página y mira el boceto que empezó a dibujar en la primera clase y que ha ido completando a lo largo del día. El internado es un edificio cuadrado, tiene el aspecto sobrio de un antiguo monasterio, pero las piedras son demasiado nuevas para ser de época. Sus cuatro grandes alas se alzan sobre tres plantas. Los internos no tienen acceso a la última planta, que probablemente esté ocupada por el personal. En el nivel intermedio se encuentran los dormitorios, las duchas y la gran sala donde los alumnos se reúnen por la mañana para entonar el himno ruso antes de ir a clase.

Las aulas, el comedor y el gimnasio están repartidos a lo largo de tres galerías que rodean el jardín interior de la planta baja. El acceso a la cuarta galería se halla cerrado a cada lado por una reja, y Valentyn se pregunta qué puede haber detrás. Mientras tanto, ha podido enterarse de que el despacho de la intendente general se encuentra detrás de las ventanas que hay en lo alto de la torre cuadrada que se eleva en una esquina a forma de campanario. Se rasca la cabeza mientras examina su dibujo. Hay algo que falta. ¿Qué fue lo que vio en la catedral de San Miguel que sigue sin aparecer en su plano?

Al final del partido da con la respuesta, en medio de otros recuerdos. Una historia que le había contado su hermana una noche, después de que su padre la llevara a ver a los monjes momificados en sus féretros de vidrio, que descansan en las catacumbas del monasterio sagrado de Pechersk Lavra.* Ella le describió la visita con todo lujo de detalles para asustarlo antes de dormir. Valentyn no recuerda qué podía haberle hecho para que estuviera tan enfadada,

---

* El monasterio de Pechersk Lavra, situado en Kiev, forma parte del patrimonio de la Unesco. *(N. del A.)*.

pero se acuerda de que se pasó toda la noche con los ojos abiertos, aterrorizado por la idea de que una momia apareciera en su habitación. Al día siguiente, se lo contó todo a su madre, y Lilya, que recibió una buena bronca, no le dirigió la palabra en toda la semana.

Aquí también, los cimientos deberían extenderse bajo el gimnasio, las aulas y el comedor. Incluso puede que en el subsuelo se conserve un túnel como el que Lilya le había contado para amedrentarlo un poco más; había llegado hasta a jurarle que era por ahí por donde salían las momias por la noche.

El profesor de educación física pita el final del partido. Valentyn, que no siguió ninguna jugada, sí que ha podido contar mentalmente los gritos lanzados a cada canasta marcada. Proclama la victoria del equipo contrario, solo para fastidiar a su amigo. Nadie discute el resultado que anuncia, ya que en el internado no está permitida la polémica.

Se guarda el cuaderno y saca de su cartera el libro de geografía e historia, homologado por el Ministerio de Educación ruso, su próxima clase.

Los niños se han puesto en fila en la galería. Valentyn se para de camino para observar el jardín prohibido. Su mirada se dirige hacia la galería prohibida, y se fija en una trampilla que hay en el suelo y que se parece a las que ha visto en las aceras, que cubren escaleras que bajan a las alcantarillas o a estaciones de metro en desuso.

Una mano se posa en su hombro y hace que se sobresalte.

—¿Vienes? —le pregunta su amigo—. ¡Cómo se puede estar tan en la luna!

Valentyn se encoge de hombros y va con los demás.

*

No es la clase más aburrida del día. El profesor de historia habla tanto con las manos como con la voz, lo cual anima todo mucho más. Cuando suena la sirena que anuncia el cambio de clase, Valentyn se acerca a su mesa para preguntarle: *¿Hay alguna biblioteca con otros libros?*, aparte del que les han dado.

—¿Qué tipo de libros? —le pregunta el profesor.

Valentyn garabatea la respuesta, seguro de que le dará acceso a lo que está buscando. *Libros antiguos de historia,* escribe. El profesor le pregunta si le interesa alguna época en concreto, y Valentyn le dice que le encantan los viejos siglos. Un término que hace gracia al profesor. *Cuando se construían grandes iglesias, monasterios o incluso catedrales, aunque también me gustan las fortalezas,* escribe.

—Entonces, ¿es la arquitectura lo que más te interesa?

Valentyn asiente con la cabeza, y el profesor le explica que en la sala de estudio solo se encuentran los libros que corresponden a los programas escolares que se imparten en el centro, pero que quizá en su casa tenga algunas obras que puedan saciar la curiosidad de su alumno. Si logra encontrarlos, se los traerá.

—Venga, vas a llegar tarde —concluye el profesor, intrigado por ese chaval silencioso y, sin embargo, más charlatán que el resto. Un niño fuera de lo común.

*

La *marshrutka* ha parado a cien metros del hospital. Veronika echa un vistazo a su reloj. Llega dos horas más tarde de lo acordado. El tráfico a las afueras de Kiev era infernal, a causa de las columnas militares que circulan por las carreteras.

Corre hacia su destino, temiendo que la enfermera, que no ha dudado en admitir al granjero en su unidad, haya terminado su guardia. Sin la complicidad de su colega, las posibilidades de conseguir un pase de salida pasadas las 18 horas serán mínimas. Llega ahogada a admisión de urgencias, cuando una voz la frena en su carrera.

—¿Y llega ahora?

Danylo sale de detrás de una columna, da una última calada a la colilla de su cigarrillo, la lanza de un capirotazo y se acerca. Veronika trata de hacer que la perdonen poniendo cara de confusión.

—Y menos mal que me he encargado yo de la documentación. Y gracias a mí ya está en la camilla. Y, por su culpa, lleva plantado en el recibidor desde hace un buen rato.

—Lo sé —responde Veronika—. He hecho lo que he podido.

—¿Y eso es lo que ha podido? —pregunta Danylo—. Y digo yo que tendremos que darnos prisa, porque aún tenemos que volver. Y además tendremos que parar en algún momento para comer.

Danylo entra en admisión de urgencias y vuelve a salir casi inmediatamente empujando la camilla con ruedas.

*

El día anterior, Veronika se disponía a ponerse al volante de la ambulancia estacionada en el aparcamiento del dispensario, cuando Danylo la llamó desde el banco donde estaba sentado. Había tirado su cigarro con el mismo gesto de siempre, antes de preguntarle dónde pensaba ir con esa tartana.

Una hora antes, Veronika había mentido ya a Lilya, a la que había dejado una notita en la mesa de la cocina antes de salir de casa por la mañana temprano.

Cariño:

Se ha puesto mala una compañera, y tengo que cubrir su turno de noche. Haré todo lo posible por estar mañana por la mañana para darte un beso cuando te despiertes. Si no me da tiempo, dormiré ahí unas horas y encadenaré con mi turno.

Tienes todo lo que necesitas en el frigorífico, y te dejo un poco de dinero por si tuvieras que comprar algo. Cuatrocientas grivnas, todo lo que hay en mi monedero.

Hasta mañana, cielo.
Ten cuidado y, por favor te lo pido, no salgas de casa.

Tu mamá, que te quiere,
aunque eso tú lo sabes muy bien.

Le había costado tanto prometerle algo a su hija que sabía que no iba a poder cumplir, aunque fuera para justificar su ausencia y evitar que se preocupara todavía más, que de cara a Danylo había sido incapaz de no decir la verdad.

—¿Y quiere hacer sola semejante viaje, con un herido, además? ¿Y se ha vuelto del todo majara o simplemente es usted una inconsciente? Y, si la ambulancia se estropea, ¿la va a arreglar usted en el arcén de la carretera? Y, cuando esté muerta de cansancio, ¿conducirá el granjero? ¿Y sabe cuáles son las carreteras más seguras? ¿Y sabe cómo hacer para pasar los controles?

—No he pensado en todos esos detalles —había reconocido Veronika.

—¡Y que yo tenga que aguantar órdenes todo el santo día! —se había quejado Danylo, y se metió las manos en los bolsillos antes de marcharse hacia el dispensario.

En lo que Veronika arrancaba y se colocaba delante de la entrada, él había vuelto a salir del dispensario y empujaba una camilla en la que iba tumbado el granjero. De un puntapié, había echado hacia atrás las ruedas y fijado la camilla en los raíles, como si llevara toda la vida haciéndolo. Sin decir una palabra, se había sentado en el asiento del copiloto. Veronika, con la mano en la llave de contacto, se lo había quedado mirando sin entender qué quería.

—Y, entonces, ¿qué?, ¿salimos hoy o mañana? —le había preguntado.

Aquellos que se fijaban en las muletillas de Danylo harían bien en admirar también su pragmatismo. Durante los controles, y se habían encontrado con tres, los papeles que había presentado Veronika habían dejado indiferentes a los soldados que los supervisaban. La firma del oficial había surtido menos efecto que los cigarros que Danylo había deslizado por la ventanilla. Les había pasado un paquete entero. Más tarde, cuando el capó se había puesto a temblar, había ordenado a Veronika que parara inmediatamente. Había ajustado la correa del ventilador antes de que se rompiera y se habían puesto de nuevo en marcha en cuanto terminó de repararla.

Cuando a Veronika se le habían cerrado los ojos, Danylo había atrapado el volante para devolver la ambulancia a la carretera, y había conducido durante seis horas, fumando sus cigarrillos mientras sus dos pasajeros dormían.

*

Esa noche, volver a la zona ocupada resulta incluso más peligroso que salir de ella. A la ida, el viaje había sido de día. La mayoría de los combates tiene lugar de noche, lo que los obligaría a conducir con las luces apagadas.

Desde que la llamaron para participar en una operación que la marcaría para el resto de su vida, Veronika ya no soportaba conducir de noche. Los invasores habían aceptado un intercambio de cadáveres. Un ucraniano por un soldado ruso. Todos los camiones frigoríficos llevaban una identificación especial, un cartel puesto en el parabrisas con el número 200 en letra grande. Veronika nunca había sabido el porqué de este símbolo, pero le habían dicho que lo ponían para evitar que los alcanzara un misil. Los rusos habían convenido que no tenía mucho interés disparar a los muertos.

Un miembro del personal sanitario debía acompañar al convoy para certificar el manejo de las bolsas de cadáveres que se enviarían a diferentes ciudades para que los restos fueran identificados antes de que se los enviaran a sus familias. Esa tarea se la habían asignado a ella.

*

Atormentada por este recuerdo, Veronika no logra dar con la llave de contacto. Le tiembla la mano. Danylo ve enseguida que algo no va bien.

—¿Y si conduzco yo hasta que amanezca, ya que me he pasado buena parte del día planchando la oreja? Y usted, mientras tanto, recupera fuerzas. Y, en cuanto se haga de día, me da el relevo.

Al granjero, que ha dormido mejor en el hospital de Kiev que en la sala común del dispensario, le parece una idea excelente. Parece en buena forma, quizá sea la idea de volver a su granja mañana lo que le pone de tan buen humor. «Una promesa es una promesa», le recuerda a su enfermera cuando pasa al asiento del pasajero.

—La herida ya casi ha cicatrizado —afirma.

A Veronika le parece mejor mentiroso que ella y piensa en pedirle que le enseñe.

—¿Y ha merecido la pena el viaje? —inquiere Danylo mientras arranca.

—No me ha parecido para tanto, quitando esto —responde Veronika enseñándole el móvil que le ha entregado Vital.

—¡Y a quien se le diga que hemos hecho todos estos kilómetros por un móvil que no vale nada! Y estará al tanto de la terrible noticia, ¿no? —encadena él.

Danylo la informa de que los rusos han bombardeado el centro comercial de Kremenchuk. Se habla de cientos de muertos y heridos. La mayoría, mujeres y niños, de los que no ha quedado nada. No tendrán derecho siquiera a una bolsa para cadáveres.

—Y los ciudadanos están haciendo cola para donar sangre. Las autoridades han decretado tres días de luto —suspira Danylo.

El granjero se enfurece. Habría preferido no saber nada. La ambulancia se dirige hacia el este, el sol hacia el oeste, y el cielo se va tiñendo de un violeta crepuscular.

7

En su primer día de clase en el internado, Valentyn ha ido encadenando pruebas de nivel. La intendente general quiere que su institución sea una unidad modelo. No es la única en dirigir un orfanato de este tipo. Su provincia cuenta con otros trece, en las repúblicas autoproclamadas hay por lo menos cuatro veces más, y cada mes se van sumando otros en casi todos los óblast. Ya solo el de Moscú cuenta con quince.

Aquí no está permitido el fracaso escolar. Para ello, los niños se integran en clases en función de sus capacidades, y no de su edad. Cuanto mejores sean sus resultados, mejor opinión tendrá de ella el gobernador. La intendente general alberga la esperanza de llegar a recibir un día la enhorabuena de Moscú. Verse reconocida con la medalla de los héroes sería una consagración. Recientemente, el presidente ha condecorado frente a las cámaras a una institutriz de una escuela rural. Él mismo le colocó la medalla en el pecho. Semejante honor podría llegarle también a ella; con todo lo que se esfuerza, sería lo justo.

Sentada en su despacho, en la última planta de una torre con aspecto de pequeño campanil, examina los resultados de las evaluaciones, y a su derecha forma una pila con los de los alumnos que habrá que bajar de grado y que deberán hacer más deberes que los demás. Un niño ha sacado diez de diez en todas las asignaturas. A ella, que lo único que le interesa es la excelencia, le alegra la noticia. Seguirá su evolución con especial atención y, a partir de mañana, irá a observarlo de cerca. Gracias a ella, el joven Valentyn Khodova podrá llegar muy lejos. La intendente general ve cómo su misión cobra todo su sentido: reeducar a pequeños ucranianos para hacer de ellos grandes rusos.

En el comedor se oye el concierto de voces infantiles acompasado por el ruido de cubiertos. A la hora de la cena está permitido hablar en la mesa. El amigo de Valentyn se queja de la ducha. Odia estar en pelotas delante de los demás. Valentyn escribe que no solo las duchas son odiosas aquí.

El hambre ha podido con su resistencia, y devora lo que hay en su plato: rosbif acompañado de un puré tan espeso que tiene que cortarlo con cuchillo. Las mujeres que les sirven la comida son sonrientes y bonachonas, y rellenan más los platos de los niños que les parece que están demasiado delgados. Los vigilantes no son tan amables. Están ojo avizor y reina el orden. *Aquí nunca estaremos en casa,* garabatea Valentyn. *Va a elaborar un plan,* añade, y alza la vista hacia los grandes ventanales oscurecidos por la noche. Seguro que a su amigo no le disgusta la idea de largarse de ahí para dejar de tener que enjabonarse delante de los demás niños; lo único que le falta es valor. La sola idea de una posible fuga hace que se le hiele la sangre. Sabe que es frágil, de cuerpo y mente, quizá porque su madre se lo ha repetido demasiadas veces. La educación física es para él un calvario —sobre todo, los juegos de pelota, por las gafas—. El día que se le rompió la montura, su madre lloró de rabia. Le encantaría permitirse el lujo de llorar. Tiene tantas ganas porque echa tanto de menos a su familia , pero no se deja llevar. Los demás se darían cuenta, y él se convertiría en objeto de burla. Quizá encontrarse aquí sea la oportunidad para un nuevo comienzo. Al no poder escapar, sueña con dejar de ser el hazmerreír de la clase.

De postre, tienen derecho a un flan de caramelo. El caramelo es tan amargo que las cocineras han tenido que duplicar la cantidad de azúcar de la nata. El vecino de Valentyn le enseña que, mezclando las dos cosas con un tenedor, se obtiene una especie de papilla que no está tan mal. Su amigo aplica inmediatamente la receta con el dedo, para divertir a sus compañeros de mesa.

A Valentyn le importa un pimiento el postre. Mientras su amigo hacía el payaso, se le ha caído el cuchillo al suelo y nadie se ha dado cuenta. El filo está tan cerca de su pie que solo ve eso. Sin pensárselo dos veces, se lanza a atarse el cordón.

Así agachado, le resulta imposible ver si está en el punto de mira de algún vigilante, y dispone de poco tiempo para evaluar el riesgo. Recoger el cuchillo no constituiría ningún crimen, pero esconderlo en la manga Prefiere no imaginar cómo lo humillarían, y, mucho menos, el castigo que se le aplicaría por haber robado un arma blanca. Valentyn tiene miedo, pero es una oportunidad demasiado buena para dejarla escapar. Estira el brazo, agarra el cuchillo por el filo y lo cuela dentro de su zapato.

Se incorpora, con la frente sudorosa y las mejillas coloradas. A su amigo le sorprende que tenga tanto calor, porque a él le pasa justo lo contrario. «Seguro que es por el cansancio», prosigue, incapaz de callarse. Su madre le ha dicho que da frío. De hecho, no le importa tener que irse a la cama, y bosteza para demostrarlo.

La verborrea de su amigo hace que Valentyn se ría sarcásticamente. Si está tan charlatán es porque quiere hacerse el chulito delante de los demás. Hablar le da aplomo y falsa seguridad.

La intendente general toca la campana. Los niños se levantan y se dirigen en fila hacia la salida del comedor. Al cruzar la puerta, Valentyn siente una sensación desagradable: la intendente general le ha puesto la mano en el pelo, y su sonrisa le ha hecho pensar en esos personajes de las películas de terror que tanto le gustan a su hermana, cuando alguno de ellos muestra una sonrisa maligna antes de transformarse en monstruo.

*

En cuanto el dormitorio se sume en la oscuridad, Valentyn siente cómo el terror se apodera de él. Ayer a su amigo se le veía más asustado y, aunque no esté bien pensarlo, aquello le había consolado un poco. Esta noche su amigo respira lentamente, como quien se encuentra ya en el reino de los sueños. Para relajarse, Valentyn hace balance del día. Tiene de qué sentirse orgulloso; no ha perdido el tiempo.

No solo cuenta ya con un plan en mente, sino que además cree haber encontrado el paso que conduce al sótano del orfanato. Pero lo que más le enorgullece es la hazaña de la cena. Cuando estaba poniéndose el pijama, ha conseguido meter el cuchillo debajo del colchón, sin que nadie lo viera. Todavía no sabe lo que va a hacer con él, pero tiene la sensación de poder enfrentarse al peligro.

Al cerrar los ojos, Valentyn piensa en su familia. A esta hora, probablemente su madre haya vuelto del dispensario. Debe de estar con Lilya en la cocina, muerta de preocupación por él. Lo más seguro es que su madre se haya preparado una tisana, y que Lilya esté haciendo los deberes. Luego irá a acostarse. Si ella piensa tanto en él como él piensa en ella, quizá sus pensamientos se crucen en el cielo. Ante la duda, cierra fuerte los ojos. En silencio, le desea buenas noches y le dice que la quiere más que a nada en el mundo.

*

Danylo aparca la ambulancia en el arcén de la carretera. Tiene hambre. Y, como es previsor, no ha salido del hospital de Kiev sin llevar consigo una cesta con alimento —sándwiches, bolsas de patatas, un termo con café, azúcar— con el que asegurarse al menos tres comidas. También ha pensado en comprar dos cartones de tabaco, uno para él y otro para facilitar el paso en los controles. Los rusos desconfiarán al verlos llegar desde la zona liberada. Hay muchas probabilidades de que le hagan quitarse la camisa. Es lo que hacen para asegurarse de las intenciones de los civiles que circulan en coche. Comprueban que no se hayan tatuado el escudo de Ucrania, un tridente enmarcado por espigas de trigo, o que no se hayan inscrito en el torso «*Slava Ukraini*», un lema cuyo origen se remonta a la guerra de independencia de 1917. Un simple tatuaje puede convertirse en una sentencia de muerte. Los rusos te lo arrancan con cuchillo después de haberte matado, a veces incluso antes. También comprueban que en los hombros no tengas marcas recientes de la correa de una metralleta.

Los arcenes son demasiado peligrosos para aparcar, debido a las minas que los invasores han enterrado antes de retirarse. Las zonas recientemente liberadas son las más peligrosas para pararse.

Danylo abre su bolsa y le ofrece un sándwich al granjero. Mira a Veronika y duda si despertarla —parece tan tranquila—.

—Tiene suerte, yo no he podido pegar ojo —se lamenta el granjero.

—Y no es mi culpa si la carretera está llena de baches. Los vehículos militares lo han dejado todo lleno de rodadas, y, aunque

101

la luna nos ilumine, conducir de noche sin luces no es nada fácil, créame.

—Yo le creo a pie juntillas, pero no tiene nada que ver con su manera de conducir, que se le da bastante bien. Es solo que no puedo dejar de pensar en lo que dijo hace un rato.

—Y ¿qué dije hace un rato para mantenerlo despierto?

—Lo del centro comercial ese que han bombardeado los rusos. ¿Cómo puede cometerse semejante atrocidad? ¿En qué estaba pensando el que dio al botón? ¡Tenía que saber por fuerza lo que hacía, joder! Atacar instalaciones militares, destruir nuestros puentes, nuestras carreteras, puedo llegar a entenderlo; pero ¡matar a mujeres y niños, y diezmar familias enteras cuando simplemente están yendo a hacer la compra! ¿Por qué? ¿Por qué? —repite el granjero con voz temblorosa.

—Pues por obedecer una orden, porque, si se hubiera negado a dar a ese botón, le habrían matado a él.

El granjero no dice nada, abrumado por la tristeza. Se encoge de hombros y mastica su sándwich sin demasiado apetito. El razonamiento de Danylo es de una lógica aplastante, aunque con él excuse a un cabrón. Danylo sostiene un cigarro entre los labios y le ofrece otro al granjero, que no fuma desde hace tiempo. Danylo enciende una cerilla, la llama ilumina la parte inferior de su rostro, no por mucho rato, porque la apaga enseguida.

—Estaba con dos amigos la primera vez que fumé. Nos pilló mi abuelo. Pensé que nos iba a soltar dos tortas a cada uno, y por una vez nos llevamos una buena sorpresa. Simplemente nos hizo jurar que nunca usaríamos los tres la misma cerilla.

—Y eso ¿por qué?

—Pues porque trae mala suerte. Y no es una superstición estúpida; ¡es histórica!

—¿Una «superstición histórica»? —repite el granjero burlón.

—Pues sí. De noche en las trincheras, durante la guerra, la del 14, creo, el primero que se encendía un pitillo hacía que los soldados de enfrente se fijaran en el brillo de la llama; el segundo, que apuntaran, y el tercero se llevaba el tiro.

—Anda, entonces no es nuevo eso de que fumar mata, ¿eh? —replica el granjero, y le guiña un ojo.

Danylo se pregunta si se estará pitorreando de él. Da una larga calada. El humo que exhala recubre el parabrisas de un halo gris antes de escapar por la ventanilla abierta.

—Y antes no os he contado todo —suelta.

Se siente un poco culpable de haber impedido a su pasajero dormir, pero al menos le hará compañía. Duda y se decide a contar lo que ha pasado en Kremenchuk, cuando los equipos de emergencia han encontrado a una mujer bajo los escombros, al lado de una niña agonizante. Los bomberos habían logrado sacarla, pero la mujer se había negado a que la alejaran del infierno. Se había quedado ahí, sujetando la mano de la cría hasta su último suspiro, antes de morir ella misma, asfixiada por el humo. Danylo añade que no era la madre de la niña.

El granjero siente una arcada. Se pregunta qué habría él hecho en semejantes circunstancias. Veronika abre los ojos, se vuelve a incorporar y lanza una mirada asesina a Danylo.

—¿Puedo saber cómo se ha enterado de tantos horrores en tan poco tiempo?

—Y ¿quién se ha pasado la mitad del día vagabundeando por un hospital y escuchando historias que no quería escuchar? —contesta a aquellos que le reprochan haber hablado demasiado.

Sin el más mínimo apetito, Veronika coge el sándwich que Danylo le ha dejado en las rodillas. Piensa en esa mujer y en esa niña que le recuerdan a Valentyn.

Danylo se reincorpora a la carretera. Si sus cálculos son exactos, entrarán en la zona ocupada justo antes del amanecer.

*

Ilga lleva en su habitación un buen rato. Son las dos de la mañana, Vital realiza sus investigaciones, solo, delante de la pantalla. Es lo único que hace desde que Veronika se fue. La ventilación que renueva el aire del sótano produce un murmullo lancinante. Vital levanta la cabeza; los sillones que rodean la mesa parecen ocupados por fantasmas. Los mensajes cifrados de sus amigos del Grupo 9 eran más frecuentes cuando Kiev estaba sometido a bombardeos regulares. Ahora los intercambios se han espaciado, quizá también porque él no siempre respondía.

Mateo y Ekaterina han prolongado su luna de miel en Vietnam. La profesora de la Universidad de Oslo se ha obsequiado con un año sabático. Mateo, que lo ha sacrificado todo por una noble causa, trata de rehacer su vida en la tierra que lo vio nacer. Vietnam es un país sublime. Ekaterina no se cansa de recorrerlo. A veces, Vital recibe una postal, escondida en un correo que siempre lleva una firma diferente. Al mirar la foto de un paisaje, puede apreciar en un juego de sombras las siluetas de aquellos que la han hecho.

Janice, que ha retomado el curso de su vida en Tel Aviv, jura que no ha vuelto a probar una gota de alcohol desde el 24 de febrero. Por solidaridad con él, ha escrito. Pero el día en que el tirano sea derrotado y vuelva la paz, irá corriendo a la mansión para pillarse juntos una buena cogorza.

Hace tres meses, una mañana Ilga descubrió en las escaleras del porche un paquete con material informático enviado con el mayor anonimato. En su interior, Vital encontró un llavero en el que había enganchada una pequeña torre Eiffel. Cómo consiguió Maya hacerle llegar intactos esos equipos sigue siendo un misterio para él.

No sabe nada de Diego. Su restaurante madrileño debe de absorberle todo el tiempo, a no ser que Cordelia sea la verdadera razón de su silencio.

Vital echa de menos a la hermana de Diego a cada segundo del día, un cálculo que no incluye las noches, en las que se le aparece en sueños. Algunas noches se pregunta si hay algo en él que no funciona. Cuando tienes en tus manos la felicidad, hay que ser muy imbécil para dejarla escapar. En su caso, es incluso peor, porque fue él quien la echó. Cuando estaba a su lado, se olvidaba de que estaba en silla de ruedas. El día que se marchó de Londres, ella quiso acompañarlo a Ucrania, pero él se negó porque amar es vivir con miedo a perder al otro, y él sabía que la guerra estaba al llegar. En el momento de despedirse, no encontró las palabras para reconocérselo y, de todas formas, ella no lo habría escuchado. Las relaciones a distancia no funcionan. Dado que la estaba dejando, lo mejor que podía hacer él era guardar silencio, le había gritado ella antes de cerrar con un portazo la puerta de su apartamento.

Han pasado meses. ¿Pensará alguna vez en él, o habrá rehecho su vida con otro? Estas preguntas le atormentan a menudo. Y, de repente, sin previo aviso, unas simples palabras en español, provenientes de un país en paz, le aportan algo parecido a una respuesta.

Cuando su hermano Malik se marchó al frente, Vital se unió a las filas del Ejército Digital,[*] soldados invisibles cuyas armas son los teclados. Trabaja en dos tipos de misiones. Las del primer tipo consisten en dañar las infraestructuras informáticas del enemigo.

---

[*] El Ejército Digital, que opera desde comienzos del conflicto, recibe el nombre de IT Army. *(N. del A.)*.

Ataques a servidores, pirateo a cadenas de televisión para difundir en horas de máxima audiencia reportajes que muestren las atrocidades cometidas por las fuerzas de ocupación, los campos de batalla donde descansan los reclutas muertos por haber servido a la locura de un tirano, con la esperanza de desanimar a aquellos que podrían dejarse llevar por los cantos de sirena de los propagandistas que van pasando por las cadenas rusas. No obstante, las operaciones más fastidiosas consisten en rastrear los bienes que los allegados al régimen de Putin han escondido por Europa. Un trabajo de chinos. Cada vez que identifica una embarcación de recreo, un apartamento de lujo, una mansión, coches de alta gama, en Londres, Bruselas, Roma o Madrid, o incluso fondos ocultos en acciones de empresas, transmite la información para que se realicen las incautaciones. Entre sus trofeos ha colgado un yate amarrado en Málaga e inspeccionado por la justicia española, un chalé de Courchevel, una propiedad en Alemania, viñedos de Italia y varias carteras de valores. Sus resultados son fruto de minuciosas investigaciones, de estudios, de cotejos que a menudo realiza él solo, y otras veces, con ayuda de otro miembro del IT Army. Vital se ha prohibido involucrar a sus amigos del Grupo 9. El riesgo es demasiado alto, y esta no es su guerra.

Desde la visita de Veronika, Vital navega por los foros de la *dark web*, esperando encontrar una pista que le conduzca hasta Valentyn. Ser *hacker* profesional tiene sus ventajas. Las relaciones que ha entablado en el seno del IT Army le ofrecen otras. Se han intercambiado mensajes y mapas regionales. Vital ha podido localizar cuarenta y tres campamentos donde hay retenidos niños ucranianos. Doce, alrededor del mar Negro; siete, en la Crimea ocupada; diez, en las afueras de Moscú, Kazán y Ekaterimburgo; otros once, instalados a setecientos kilómetros de la frontera entre Ucrania y

106

Rusia; dos, en Siberia, y uno, en el extremo oriental ruso, en el óblast de Magadán, este último, tres veces más cerca de los Estados Unidos que de Ucrania. A la una de la mañana, le llegan las coordenadas de un hospital psiquiátrico y de un centro de familia asociados a la deportación de huérfanos. Valentyn tiene padres; no hay razón para que se encuentre ahí. Vital tacha esos dos lugares de su lista. Se interesa por los de Artek y Medvezhonok. Campamentos de verano donde los padres han enviado a sus hijos sin imaginarse por un momento que se quedarían allí secuestrados. Ponían que estaban completos antes del inicio de la guerra, así que a Vital le parece poco probable que reciban nuevas llegadas. Los campamentos de Luchistyi y de Orlyonok le intrigan —han cortado toda comunicación—. ¿Qué está ocurriendo ahí, en qué estado se encuentran esos críos perdidos en los confines del mundo?

A las tres de la mañana, Vital consigue una copia de un informe clasificado como secreto, acompañado de la nota *No divulgar*. Es una recompensa, por los servicios que lleva prestando desde el 24 de febrero. El mundo de los *hackers* tiene su código de honor.

El informe le horroriza y confirma lo que ya sabía por fuentes que entonces había considerado poco fiables. El programa de deportación se instruye en las esferas más altas del Gobierno ruso. Decenas de personalidades, tanto federales como regionales y locales, están implicadas en su funcionamiento. Se han movilizado cientos de funcionarios; personal logístico asignado al transporte de niños en autobuses, trenes, aviones de pasajeros y militares, así como administradores encargados de recaudar fondos y suministros. Un departamento entero ha sido consagrado al desarrollo de nuevas instalaciones. Desde el comienzo de la invasión, dieciséis mil niños han sido secuestrados. Y la comisionada María Lvova-Belova no piensa quedarse ahí. Putin le ha pedido tomar medidas adicionales para identificar a todos los menores que vivan en los territorios ocupados. Niños que, según el dictador, están siendo privados de los cuidados parentales adecuados. Cuenta con María Lvova-Belova para acoger, a la mayor brevedad posible, a doscientos mil nuevos súbditos de la Federación Rusa. Valentyn está entre ellos.

Vital empuja hacia atrás su silla. Por esta noche, ya ha leído suficiente. Mantener la promesa que le ha hecho a Veronika le obliga a cuestionarse ciertos principios. La tarea es demasiado grande, y lo que está en juego, demasiado importante, para jugar la partida él solo. Movilizar o no a sus amigos es un dilema, pero anunciarle a Cordelia que la necesita es una decisión incluso más difícil de tomar.

*

El granjero se sujeta a su camilla. Danylo acaba de pisar a fondo el freno. Veronika se despierta sobresaltada y piensa que han atropellado un animal, pero Danylo les muestra el resplandor rojo que ilumina el cielo al otro lado del sotobosque, y que nada tiene que ver con las luces del alba.

—Y nos van a dejar como un colador —dice—. Es demasiado peligroso continuar.

Veronika mira el reloj. Las cinco de la mañana. Llevan mucho retraso, por su culpa. Si la parada forzosa se prolonga, no habrá vuelto antes de que se despierte su hija. Seguramente, Lilya llamará al dispensario y se enterará de que su madre está ilocalizable. Eso, contando con que nadie acabe metiendo la pata y le revele que lleva desaparecida desde ayer por la mañana.

—¿Estamos muy lejos? —se preocupa ella.

—Y, según mis cálculos, a otras cinco horas de carretera. Bueno, en condiciones normales —responde Danylo.

Se escuchan unas explosiones. ¿Diez kilómetros, quince, veinte? Imposible estimar la distancia de los combates (los sonidos viajan de manera diferente por la noche).

—Cuando están bombardeando, no es buena idea quedarse en un coche —señala el granjero.

—Si nos alcanza un misil, aquí o allá, no cambiará mucho —replica Danylo, que, con la emoción del momento, ha perdido sus muletillas—. Además, le recuerdo que usted no tiene mucha movilidad que se diga.

Veronika coge de la guantera el mapa de carreteras que le entregó el cirujano. Danylo señala con el dedo el lugar donde cree que se encuentran. Aparte de una aldea que aparece representada con un puntito negro, por esa zona solo hay campo. No hay nada que justifique que los rusos desperdicien su munición.

—Anda, pues entonces a lo mejor son los nuestros los que están atacando sus posiciones para recuperar terreno.

Una hipótesis que le anima. Veronika está hipnotizada por el estruendo de las explosiones. Se hace de nuevo el silencio, que dura unos segundos, y otra vez haces de chispas crujen y estallan antes de caer en forma de lluvia, iluminando los vapores que se despliegan en el cielo.

Se tapa los oídos y recuerda una noche parecida, cuando los rusos cruzaron la frontera. Recuerda esos padres de familia que cargaban en el techo de su coche todo lo que podían amontonar en él, y otros que trasvasaban el contenido de su cortadora de césped para recuperar la más mínima gota de gasolina; recuerda los que se quedaban porque no sabían adónde ir o porque estaban convencidos de que ningún invasor los iba a echar de sus tierras; recuerda los que corrían al dispensario, con las manos temblorosas. Conoce la perversidad del caos, su olor, sus ruidos, el miedo común que se expande con sus vientos, su silencio y la espera, todo igual de terrorífico. Recuerda que estaba ahí para abrazar a sus hijos, para protegerlos en sus brazos cuando las milicias entraron en la ciudad.

Esta noche son tres los que están perdidos en la tormenta: un granjero, un conductor de ambulancia improvisado y una enfermera, tres almas extraviadas en medio de un mundo destruido.

8

Lilya se queda delante de la ventana. Puesto que su madre no está, nada le impide echar mano a su reserva de café. Más que el sabor, lo que más le gusta es su olor, que le recuerda la atmósfera de aquellas mañanas de paz en que la familia desayunaba junta y todos estaban muy parlanchines y ella añoraba el silencio o, mejor aún, que la dejaran salir para ver a sus amigas. Pasea la vista por la habitación desierta. Antes, su calle y el patio del instituto eran su territorio, y sus amigas, el centro de su existencia. Como no se reanuden las clases, se va a volver loca.

El café quema, pero el calor le recuerda que sigue viva. Tiene hambre. De repente le entran ganas de mordisquear unas paskas, esos deliciosos bollos que su abuela horneaba en Semana Santa. Piensa que quizá sea mejor que se haya muerto antes de que todo esto pasara. Espera que desde el cielo pueda velar por Valentyn.

Hay una cruz trazada con rotulador rojo en el calendario de la pared. Hoy tiene que ir a hacer cola al centro de distribución. Más vale que se dé prisa. De lo contrario, no quedará nada o muy poco. Su madre aborrece la caridad, así que es siempre Lilya la que hace los honores. Nunca sabe lo que se va a encontrar. Los productos que los rusos no han confiscado cambian de semana en semana. Volverá a casa con todo lo que pueda llevarse (conservas, cereales, harina y productos de higiene).

Lilya apoya su taza en la encimera de la cocina, junto al mantelito individual; ya la lavará más tarde. Y, si su madre se digna a volver, tendrá dos buenas razones para protestar. Descuelga el capazo que está colgado en el perchero y se pone la cazadora.

La bicicleta de su padre está tirada en la entrada; nadie se ha atrevido a bajarla al sótano. Pero lo que le molesta es no tener derecho a utilizarla. Lilya está un poco harta de las prohibiciones. ¡Es una bici, y no una reliquia! ¿Por qué llevar las provisiones colgadas del brazo cuando tienes a tu disposición un sillín y una alforja?

*

Sube la calle pedaleando. A esa velocidad, será de las primeras en llegar al punto de distribución de la Cruz Roja. La cadena chirría cuando cambia de marcha, el sillín está un poco alto, pero es emocionante llevar el pelo al viento. Reduce la velocidad cuando pasa por delante del edificio de Stefan. Le encantaría llamar al telefonillo y pedirle que la acompañe. Debe de estar durmiendo. Con lo que tardase en vestirse y bajar, Lilya perdería su ventaja, y necesita dentífrico y un cepillo de dientes nuevo.

Al acercarse al ayuntamiento, divisa al oficial. Va y viene por la acera con el móvil pegado a la oreja. No parece de buen humor. Ella aminora la velocidad sin quitarle ojo. Se queda pensando. Él le prometió darle noticias de su hermano, pero solo «en unos días». Si lo aborda ahora, la echará de malos modos. Prosigue su camino, se vuelve a mirar al oficial cuando pasa por delante de él y sigue pensando. La rueda delantera se tuerce, la bicicleta zigzaguea, Lilya da una voltereta y aterriza en medio de la calzada.

El golpe ha sido más fuerte de lo que imaginaba, y se encuentra un poco mareada. Ha corrido un riesgo, pero ¿cuánto tiempo puede permanecer alguien consumiéndose de pena sin hacer nada al respecto? ¿En qué momento se vuelve uno cómplice de su desgracia si no hace nada para que esta cese?

El oficial escucha a su interlocutor sin prestarle demasiada atención. La joven ciclista no se ha levantado todavía del suelo. Algunos transeúntes se dirigen al lugar del accidente. Están aún lejos, mientras que él se encuentra al lado. La situación le preocupa; quedarse parado sin hacer nada daría que hablar a las malas lenguas que acusan a su guarnición de todos los males del mundo. Se guarda el móvil de trabajo en el bolsillo, frunce el ceño, da tres pasos y se arrodilla delante de Lilya.

A la chica le sale sangre por el agujero que se ha hecho en el vaquero, en la rodilla. Los que han acudido corriendo hacen un gran círculo alrededor. El oficial agarra a Lilya por el brazo, la ayuda a levantarse y la lleva, cojeando, a un banco. Ella no dice nada, se mira la herida y contiene las lágrimas. Los transeúntes dudan; el oficial se está encargando de la situación e intervenir sería como desafiar su autoridad; tienen miedo. Sin embargo, hacer de socorrista no está entre sus funciones. Le tiende un pañuelo a Lilya. Ella lo mira con desconfianza, él se impacienta y le aplica la tela en la herida. Lilya suelta un grito y le aparta las manos. Su silencio se vuelve incómodo, y más ahora que las lágrimas corren por sus mejillas. Al oficial no le gusta que la gente se le quede mirando; tiene la sensación de estar pasando un examen. ¿Qué esperan de él? Si ella se hubiera roto una pierna, habría gritado de dolor cuando la ha levantado. No vamos a montar un drama por un corte en la rodilla.

—¿Tanto te duele?

Lilya no responde. La multitud sigue atenta. El oficial tiene una cara de bruto que parece tallada a hachazos, pero a Lilya le encanta ver angustia en sus ojos.

—Deja de lloriquear —le dice, y le da una palmadita en la espalda.

Ella levanta la cabeza y muestra ostensiblemente su pena a todo el mundo. Los murmullos aumentan. «Seguro que se están burlando de mi incompetencia», piensa el oficial. Su vanidad acaba de recibir un golpe bajo.

—Bueno —refunfuña el oficial—, voy a darte una razón para que te seques las lágrimas. Tu hermano está en un centro para niños, a unos cien kilómetros al sur; está a salvo y se encuentra bien. ¿Ves?, he cumplido mi promesa. Ahora sé valiente y ve a que te curen esa herida.

»Nada grave —suelta a continuación ante la gente, y se levanta—. Ha sido más el susto que el dolor. Váyanse, no hay nada que ver aquí.

Los curiosos obedecen y se dispersan, y la calle se vacía. Él se marcha, satisfecho. Lilya lo sigue con la mirada. Cuando entra en el ayuntamiento, ella esboza una sonrisa maliciosa.

—Te pillé, cabrón —dice, y deja el pañuelo en el banco, en el lugar donde estaba sentado el oficial.

*

Ya se ha formado una larga fila delante del punto de distribución. Lilya reconoce a Stefan, lo que le hace tanta ilusión como ver que se encuentra entre los primeros frente a la puerta del establecimiento. Se acerca a él y le coge del brazo.

—Siento haberte hecho esperar; me he caído de la bici.

—¿Me coges del brazo para colarte delante de todo el mundo? —susurra Stefan.

Ella levanta la vista al cielo y le enseña el rasgón ensangrentado de su vaquero.

—No pongas esa cara, es solo un poco de sangre.

—Puede ser, pero no tienes buen aspecto.

—Normal, no he dormido mucho estos días.

Stefan la mira. No para de meter la pata.

—Siento lo de tu hermano.

—¿Quién te lo ha contado? —pregunta Lilya.

—Tú no, desde luego.

—¿Qué querías, que dejara a mi madre para venir a anunciarte que se han llevado a mi hermano?

—Tu madre nunca está. Me lo has repetido no sé cuántas veces. Todo el mundo habla de ello en el barrio. Pensaba que confiabas lo suficiente en mí como para contarme lo que te ha pasado.

—Es a Valentyn al que le ha pasado —responde de forma brusca Lilya.

Stefan asiente con la cabeza. Esta vez prefiere callarse.

—No quería decir eso —se disculpa Lilya—. No así, en todo caso. Deja de poner esa cara. A la vuelta te cuento un secreto.

—¿Qué clase de secreto?

—¡A la vuelta!

La puerta se abre, Stefan acompaña a Lilya de mesa en mesa. Ella llena su capazo hasta arriba —la ayuda humanitaria ha sido generosa esta semana—, pero por desgracia no encuentra cepillos de dientes.

—Estás sangrando mucho —se preocupa Stefan, y le coge el capazo de las manos—. Te llevo al dispensario.

—De eso nada. Si mi madre me ve, me mata. He cogido la bici de papá.

—Te van a curar, no a matar. Vamos, no discutas.

*

Esa mañana, la intendente general no estaba delante de la puerta del dormitorio cuando los niños han salido. Sigue sin aparecer cuando se reúnen para cantar el himno. Los vigilantes intercambian secretos. Susurros que hacen que en sus caras aparezcan expresiones afligidas. Valentyn, a quien no se le escapa detalle, se pregunta qué ha podido suceder.

Se entera en clase de matemáticas. El coche de la intendente se ha estropeado. «Son cosas que pasan con los coches europeos», explica el profesor. Para acallar los murmullos, tranquiliza a sus alumnos. El incidente no se ha producido muy lejos. Un miembro del personal ha ido hasta allí para remolcarla. No tardará en llegar y se acercará a saludar a los alumnos en el comedor.

A Valentyn se le ocurre una idea. La escribe en una hoja en blanco que arranca de su cuaderno de clase, dobla y esconde en su bolsillo.

El profesor se mueve entre los pupitres para repartir los exámenes corregidos.

—Excelente —le dice a Valentyn cuando le da el suyo.

Valentyn hubiera preferido que no le felicitara. Sus compañeros de clase se lo quedan mirando y sus miradas de envidia no tienen nada de tranquilizador. Se sonroja, empieza a hacer gestos para disculparse, a la espera de que otro alumno saque tan buena nota.

Su amigo levanta la mirada al cielo y analiza el problema del día que hay apuntado en la pizarra.

En el descanso entre clase y clase, su amigo le alcanza en el pasillo.

—No es muy astuto por tu parte llamar la atención. He oído cosas, y creo que ya hay quien te tiene fichado.

No se lo traga. Pero, incluso si Valentyn tuviese los medios para poder justificarse, ¿qué respondería, aparte de que le importa un pito lo que los demás piensen de él? Tiene nueve años y cero ganas de sentirse aún más solo. Pero, al menos, el proyecto que tiene en mente le hará compañía.

—¡Oye, no te vayas así! —le grita su amigo—. Yo estoy contigo. Estamos los dos en el mismo barco.

«Eso habrá que verlo», piensa Valentyn, y entra en clase de geografía e historia.

*

De camino, comienza una larga negociación, en la cual cada uno tiene que hacer concesiones. Stefan va a por la bicicleta. Tiene un bonito arañazo en el cuadro (por suerte para Lilya en el lado en el que se apoya contra la pared). Stefan cuelga los dos capazos del manillar y acompaña a Lilya hasta su casa.

Ahora que el cuerpo del delito ha vuelto a su sitio, Lilya acepta ir al dispensario, pero con una condición: ella esperará en el aparcamiento hasta que Stefan se asegure de que su madre no anda por los alrededores.

Al poco vuelve con una buena noticia: la auxiliar de enfermería que ha encontrado en recepción le ha dicho, con un tono que no admite lugar a dudas, que la enfermera jefe estaba en quirófano y que no saldría de ahí en mucho tiempo. Más tranquila, le toca a Lilya el turno de entrar.

La auxiliar se acerca a ella nada más verla.

—¡Madre mía, ¿cómo estás?! ¡Entra! ¿A qué esperas?

—Primero júreme que no le va a decir nada a mi madre. Si no, me voy.

—¿Lo has enviado en misión de reconocimiento? —gruñe la auxiliar de enfermería, y fulmina con la mirada a Stefan.

—¡Júrelo! —insiste Lilya.

—Ven, túmbate en esta camilla y deja de decir tonterías. Ya te ha debido de contar tu espía que no la puedo molestar. ¡Tienes suerte de que te haya tocado yo! ¿Cómo te has hecho esto?

—Se ha caído de la bici —responde Stefan.

—Estoy hablando con ella. No se ha cortado la lengua, que yo sepa. Yo a ti te conozco. Eres el hijo del señor Vasylyk, ¿verdad? —Stefan asiente con la cabeza. La auxiliar se suaviza. Vasylyk es un buen carpintero y un hombre honrado. Antes de la guerra, vendía sus muebles a precios razonables, el domingo, en la plaza del mercado—. Veronika se pondrá furiosa conmigo.

—Si no se lo cuenta, no se pondrá furiosa.

—Estira y dobla la pierna —le ordena la auxiliar. Lilya lo hace. Gesticula un poco. La herida sigue sangrando—. No hay nada roto, afortunadamente, pero no puedo contentarme con un vendaje, el corte es demasiado profundo. Hay que coser, dos puntos como mínimo.

La auxiliar la previene de que la sutura le va a doler. Como no hay suficientes anestésicos, no puede utilizarlos cuando no es indispensable. Podría beneficiarse de un trato de favor, pero no es cuestión de ponerle una inyección sin permiso de su madre.

Lilya prefiere de lejos el sufrimiento a la confesión. La aguja que atraviesa la carne le hace un daño atroz; aprieta los dientes fuerte, al igual que la mano que le tiende Stefan. El segundo punto es incluso más terrible. Lilya lanza una ráfaga de palabrotas.

—Es increíble lo que te pareces a tu madre —dice la auxiliar, y le pone una venda.

Se acerca al fregadero para limpiar el material. Lilya se gira hacia Stefan y, al oído, le confía una misión. Él la mira mal, se acerca a la auxiliar y la lleva aparte. Stefan hace uso de todo su encanto para convencerla de que no comunique el incidente. Promete que Lilya no volverá a montar en bici antes de dos semanas y que no hará ninguna actividad que pueda hacer que se le salten los puntos.

La auxiliar se vuelve hacia Lilya, le apoya la mano en la frente, la observa atentamente y, aliviada, los echa a ambos.

—Y bien, ¿ese secreto? —pregunta Stefan debajo de su casa.

Lilya le mira con una intensidad extraña.

—Hemos superado con creces el camino de vuelta —añade él.

Ella se pone de puntillas y le da un beso en los labios.

—No digas nada, lo vas a estropear —murmura—. ¿Me enseñas tu habitación?

—Está mi madre —farfulla él.

—No seas idiota, no te voy a saltar encima. Simplemente quiero ver cómo es.

—¿Mi madre?

—Tu habitación. ¿Estás molesto conmigo por haberte besado?

—Obviamente no. Si era ese tu secreto, yo tenía el mismo desde hacía mucho tiempo.

—Esto, querido, no era para nada un secreto.

*

Ha bastado que un profesor lo haga destacar para convertirse en *persona non grata;* eso, si su peculiaridad no lo ha convertido en paria desde el principio. En la mesa, nadie le ha dirigido la palabra; incluso su amigo ha tomado distancia y se sienta dos sillas más allá, con la cabeza agachada sobre el plato durante toda la comida, sin atreverse a mirarlo en ningún momento. El miedo nos hace cometer pequeñas vilezas que no paran de crecer. Valentyn se siente herido, pero nunca se ha tenido que preocupar de romper esos silencios incómodos. Sabe de alguien que pronto se arrepentirá de su comportamiento.

Suena la campana. Los alumnos se ponen en fila y se dirigen a la salida. Valentyn tiene entre los dedos la hoja doblada en el fondo del bolsillo. Está en estado de alerta y dispone de pocos segundos para llevar a cabo su plan.

La intendente general, menos arreglada que de costumbre y con el moño torcido, ha vuelto a su puesto delante de la puerta. Quince metros, cinco, Valentyn se aparta un paso, le entrega el papel con discreción e inmediatamente regresa a la fila.

Intrigada, lee la nota y mira cómo los niños se alejan.

—Un segundo —le ordena al vigilante que los acompaña.

La columna para en seco. Valentyn aprieta los puños. Se la está jugando. No hay nada de lo que reírse, aunque igualmente le haga un poco de gracia ponerle por fin cara al mando a distancia que acciona los robots.

La intendente general pasa por la fila y se detiene delante de él.

—¿Así que sabes de motores? —le pregunta.

Una conexión especial con la alta autoridad que no va a mejorar su popularidad. Tampoco es momento de recuperarla, así que se contenta con encogerse de hombros.

—Verás —prosigue—, justo quería pasar un poco de tiempo contigo. Sígueme, vamos a ver de lo que eres capaz.

Es tentador descubrir adónde lo está llevando, pero la más mínima falta de disciplina es objeto de sanciones, y ningún niño se atreve a darse la vuelta.

La intendente general encabeza la marcha, cruza el recibidor y abre la puerta que da al patio exterior. Cuando la berlina dejó a Valentyn y a su amigo, era de noche. De día, el patio le parece más grande, la verja más alta, el portal más siniestro. La intendente tuerce a la izquierda, avanzando a grandes pasos hacia un cobertizo donde los jardineros guardan su material. El vigilante que ha acudido en su ayuda ha tenido más cuidado que nunca. No contento con remolcar su coche, lo ha puesto a cubierto en el cobertizo. La intendente general se sienta al volante y gira la llave de contacto. El motor tose, hace un poco de ruido y se apaga.

—Como puedes comprobar, hoy no está por la labor de obedecer.

Valentyn se fija en una caja de herramientas que hay en un banco, se acerca y lanza una mirada a la intendente general, que le da su autorización para hacer lo que considere. Cree tener una ligera idea de lo que le ocurre al coche. La intendente general esboza una sonrisa burlona, que deja entrever que espera que se equivoque. Valentyn se asoma a la cabina y tira del cierre del capó. La intendente general se interpone cuando él se dispone a abrirlo.

—Pesa demasiado para ti. No querrás que te aplaste los dedos.

Su condescendencia es horripilante, pero Valentyn obedece y recula. Ahora que el soporte de seguridad del capó está puesto, ella le autoriza a acercarse. Él coge la caja de herramientas e intenta no mostrar el más mínimo esfuerzo al levantarla, para demostrar que estaba lo suficientemente fuerte como para levantar un capó. Aun así, tiene que coger la caja con las dos manos. La apoya en el parachoques, se sube encima, se asoma al motor y lo examina con el rigor de un médico que ausculta un paciente.

La intendente general lo observa, intrigada por este niño que se expresa mejor con gestos y mímica de lo que lo hacen muchos niños de su edad con palabras. En teoría, un crío de nueve años no sería capaz de arreglar un motor, y, sin embargo, ella está presenciando lo contrario.

Valentyn se apodera de una llave inglesa. Lección número uno: soltar el cable negro conectado a la batería para no electrocutarse. Aprieta la tuerca con la llave y empuja del mango con todas sus fuerzas. No se va a rendir por un viejo trozo de metal atascado. Si logra volver a arrancar el coche, se apuntará un tanto, lo tiene claro. Y habrá dado un paso importante. Su padre no solo le ha dado clases de mecánica, sino que también le ha enseñado las virtudes de ganarse la confianza de la gente. La intendente general le ve esforzarse y se ofrece a ayudarlo. Luchar a su lado contra una tuerca rebelde le da a la mujer la sensación de haberse convertido en su cómplice. De hecho, cuando la pieza cede, ella aplaude.

Valentyn no se deja distraer. Elige un destornillador, quita el delco de su base y piensa. El escarabajo se solía atascar, y, si su diagnóstico es correcto, sabe exactamente lo que hay que hacer, siempre que se acuerde de la lección número dos.

De repente, le sube por el pecho un torrente de calor. Su padre sigue vivo. Siente su presencia, como si se hubiera inclinado sobre su hombro. *Hay que ir por orden, primero una bujía y después otra, para no equivocarse a la hora de volver a ponerlas en su sitio. Si no, el motor no arrancará nunca.*

Valentyn está tan tranquilo, tan seguro de sí mismo, que la intendente general está fascinada. Quita delicadamente el primer capuchón, vuelve a hurgar en la caja, saca la llave que le parece más adecuada y desatornilla la bujía. Ha visto una vieja lima para limpiar el electrodo y se esmera en devolverle su color de metal plateado, después de lo cual lo seca y lo vuelve a atornillar en su sitio, vuelve a poner el capuchón en su lugar y continúa con la siguiente.

Quince minutos después, la intendente general vuelve a ponerse al volante. Da a la llave de contacto, el motor tose, Valentyn contiene la respiración. Segundo intento, el motor vuelve a toser, escupe una humareda negra por el tubo de escape antes de ponerse a ronronear como un viejo gato tísico.

—¡Bravo! —aplaude la intendente general—. Gracias a ti voy a poder volver a casa esta noche. ¡Te debo una!

A Valentyn le hace gracia que piense que le debe una bujía. Está sudando, tiene las manos cubiertas de aceite, pero no le disgusta haberse enterado de que la intendente general no pasa las noches en el internado. Cuando llegue el momento, esta información podrá serle útil.

Obtiene su trofeo cuando ella le invita a lavarse la cara en su despacho. Va a poder visitar la torre que se alza en la esquina del ala prohibida.

9

Dos horas después de haberse incendiado, el cielo había recobrado su oscuridad. Dos horas pasadas a las puertas del infierno durante las cuales Danylo no había dicho ni mu. Un récord. El granjero había tratado de tranquilizar a Veronika soltando bromas. Sin éxito.

A las cinco de la mañana, una vez vuelta la calma, los tres ocupantes de la ambulancia fueron incapaces de tomar una decisión. Su desconsuelo perduró hasta las primeras luces del alba.

—Y ahora ¿qué hacemos?

—Continuamos; no veo otra opción —había respondido el granjero.

—Y, si los rusos han respondido al ataque, van a disparar a cualquier cosa que se mueva.

—Nadie ha podido sobrevivir a esa lluvia de disparos. Debe de haber habido una carnicería allí —había dicho Veronika, y había suspirado.

—¡Que Dios os oiga! —le había respondido el granjero, y se había santiguado.

Danylo devolvió la ambulancia a la carretera antes de adentrarse en el sotobosque. Durante los primeros kilómetros, todo les pareció normal, aunque no se oyera ni el canto de un pájaro. Entraron en campos que se extendían hasta donde alcanzaba la vista. Ningún cadáver en las cunetas de la carretera, ni vehículos calcinados, ni ningún rastro de combate. Solo un espeso humo negro que se elevaba al final de un camino de tierra evidenciaba la naturaleza del ataque. Unos drones habían alcanzado un depósito de municiones instalado por los rusos en las inmediaciones del sotobosque.

—Debía de haber que te cagas de bombas para provocar estos fuegos artificiales —había dejado caer el granjero.

—Y obuses, y minas; quizá incluso misiles —había insistido Danylo, loco de alegría de que el enemigo hubiera perdido tanta munición.

Veronika miró el reloj y le pidió que condujera lo más rápido que pudiera. Si no se ponían pesados en el puesto de control, llegarían antes de mediodía.

De camino, se cruzaron con dos columnas de vehículos militares que probablemente se dirigieran al lugar donde había tenido lugar la ofensiva. Los rusos no prestaron ninguna atención a una ambulancia que conducía a toda pastilla hacia la zona ocupada. Quizá pensaran que escoltaba a uno de los suyos, e igual pasó con los soldados que les dejaron pasar el control.

*

Al entrar en la ciudad, el granjero se frota las manos. Almorzará en casa algo diferente a lo que le dan en el dispensario. Veronika sugiere que lo dejen primero a él. Después del favor que le ha hecho, es lo mínimo. Danylo tiene que reducir la velocidad en el camino erosionado que conduce a la granja.

—No sé cómo darle las gracias —dice Veronika.

—Soy yo quien debería darle las gracias por este viajecito. He podido ver un poco el país, que es más entretenido que andar jodido en su dispensario.

—Sabe perfectamente de qué le estoy hablando.

—Lo que sé es que, sea lo que sea lo que mi mujer me ponga para almorzar, voy a repetir. Su cirujano ha debido de quitarme un buen trozo de grasa: nunca he tenido tan poca tripa —dice, y se da palmaditas en la barriga—. Y, si queréis acompañarme a la mesa, estáis invitados.

—¡¿Qué mesa?! Va a seguir en la cama al menos otros ocho días. Si no, le llevo inmediatamente de vuelta al dispensario —le ordena Veronika, amenazadora.

Danylo para la ambulancia delante de la casa. La mujer del granjero aparece enseguida, con su hijo apoyado en el hombro. Mientras Danylo baja la camilla, Veronika los observa. Saben lo que se deben, pero en Ucrania lo esencial es mantener la sonrisa. Agitan las manos para despedirse. Cuando el valor flojea, solo queda la modestia.

—Y, ahora, ¡al dispensario! —exclama Danylo.

—No —responde Veronika—, voy a buscar a Lilya. Nunca la he echado tanto de menos como en estos dos días.

Los dedos de Danylo tamborilean en la palanca de cambios, Veronika le apoya la mano encima. Él la mira y sonríe por primera vez. Su cara desdentada es magnífica.

—Y no diga nada. Mañana, cuando regrese al trabajo, usted volverá a ser la enfermera jefe del dispensario, con su mal genio y sus gritos. Y yo, un simple encargado de mantenimiento. No ha sido un viaje de placer, pero me alegro de que por fin hayamos tenido la oportunidad de conocernos. Y también espero que haya conseguido lo que ha ido a buscar. Y tengo que confesarle algo.

Mientras la esperaba en el hospital de Kiev, pensé que ahí la vida casi había vuelto a la normalidad, bueno, casi casi. ¿Sintió también usted ese viento de libertad? Yo sí, y no un poco solo. Y pensé

—Pero tuviste que volver por mi culpa.

—No, creo que volví por mí —masculla Danylo—. Y ya hemos llegado a su casa. Venga, su hija la estará esperando.

Veronika besa a Danylo, tres veces. A la tercera le da las gracias. Una vez solo no habría bastado para hacerle ver lo mucho que se lo agradece. Se baja de la ambulancia.

Su casa no es demasiado grande, dos habitaciones, una cocina y un baño que suele estar desordenado; pero igualmente se alegra de volver. Llama a su hija antes incluso de quitarse el abrigo. La planta baja está vacía, y las luces, apagadas; Lilya ha debido de salir a comprar. «No pasa nada», piensa Veronika. Le dará tiempo a ducharse, a cambiarse, a ponerse todo lo guapa que pueda para recibirla. Está impaciente por anunciarle que ha visitado a un antiguo paciente que puede ayudarlas, uno que se ha convertido en alguien muy importante. Gracias a él, van a encontrar a Valentyn. Pronto estarán bien.

Veronika va a la cocina. Necesita una taza de café. Mientras lo prepara, se fija en la hojita que hay en la mesa. La abre y lee lo que le han escrito.

Puesto que tú no haces nada, he ido a buscar a Valentyn.
Lilya

10

—¡La estaba esperando! —exclama el cirujano—. Y bien, ¿cómo ha ido el viaje?

Debe de ser un don personal suyo lo de meter siempre la pata. Veronika le entrega la nota de Lilya. Al paciente le sorprende que el médico interrumpa el reconocimiento. El cirujano se sube sus gafas redondas, que se le han resbalado por la nariz, y lee.

—No le dije nada a mi hija; no quería que se preocupara. Ha pensado que estaba encadenando guardias —explica Veronika.

—La adolescencia es una edad ingrata. Eso no es nada nuevo —murmura él.

No se puede decir que eso le consuele a Veronika. Ahora entiende el cirujano por qué su enfermera ha llegado a la sala común sin molestarse en ponerse la bata. Duda si mirarla a los ojos y retoma la tarea de examinar con el fonendoscopio el corazón del paciente con el que estaba. Se pone serio.

—Bueno —le dice al paciente—, está todo bien. Me paso más tarde.

—¿Por qué?, ¿más tarde estará mal? —se preocupa el hombre tumbado en la cama.

El cirujano agita la mano para que se calle, coge a Veronika del brazo y la lleva a su despacho.

—¿Cuándo se ha ido? —le pregunta a Veronika.

—Esta mañana, creo.

—¿Cree o está segura?

—La cafetera seguía caliente, y el capazo, lleno. He comprobado el calendario, y hoy es día de reparto.

—Entonces, en el peor de los casos, se habrá escapado de casa hace tres horas —concluye, mirando su reloj.

—No se ha escapado de casa; ha ido a buscar a su hermano.

—Una menor sola, por la carretera, ¿cómo le llama usted a eso? ¿Se ha llevado sus cosas?

—No lo sé. No me he puesto a mirar en su habitación. Yo

No logra terminar la frase, el comentario del cirujano le ha sentado como si le dieran un bofetón en toda la cara. Una menor sola, por la carretera

El viaje de ida y vuelta a Kiev le ha permitido no estar pensando constantemente en el paradero de Valentyn, aunque siguiera pensando en él. Veronika es de esas mujeres que no se rinden ni en los peores momentos. Una no elige ser enfermera si acepta la derrota. Vivir sin volverse cínico, incluso en tiempos de guerra, requiere una fuerza inaudita. Ha experimentado la soledad en oleadas sucesivas. Venían de lejos, de muy lejos. Olas enormes que te voltean por la noche, cuando al regresar a casa demasiado tarde subes a darles un beso a tus hijos mientras duermen, a murmurarles que todo va a salir bien, antes de volver a bajar a cenar sola. Olas que te cubren, que te arrastran al fondo y por la mañana te dejan con aire suficiente para volver a la superficie. Ha domesticado su soledad. Pero domar el miedo es otra cosa.

En el despacho, Veronika se deja caer en la silla. Han superado tormentas juntos, pero esta vez el cirujano ve en sus ojos una tristeza que le parte el corazón. Él se levanta de su silla, rodea la mesa y le pone una mano en el hombro.

—Váyase a casa, necesita descansar, es evidente —le asegura—. No le digo que duerma, porque no va a poder. Aunque tenga aquí unas pastillas que la ayudarían, se negaría a tomarlas. De nada sirve verlo todo negro. Es una pequeña rebeldía, un grito de rabia. Caminará unas horas y, cuando ya no pueda con su alma, dará media vuelta. Ya verá, llamará a la puerta antes de que se haga de noche, quizá un poco más tarde, para hacerle a usted pagar lo enfadada que ella está. Lo cual no quita para que tome ciertas precauciones. Compruebe si se ha llevado muchas cosas, o comida, o si se ha marchado con lo puesto.

Veronika se levanta, sin mediar palabra. El cirujano no tiene el valor de dejarla a la puerta de su despacho. Sale del dispensario con ella, cruza el aparcamiento y camina a su lado. En el cruce, le pide que por favor no se desanime. Al subir la calle, él guarda silencio porque la cuesta es empinada. Un poco más allá, Veronika se detiene, le coge la mano entre las suyas. Le pide que vuelva al dispensario. Los pacientes necesitan más de sus cuidados que ella de su compañía. Ya está mejor, se ha recuperado. Seguramente tenga razón y Lilya va a volver pronto. Veronika insiste en que él puede irse, de verdad, sin miedo. El cirujano la observa, sabe cuándo la gente finge estar bien por temor a mostrar que está mal. Asiente con la cabeza y se va, con la satisfacción de estar en lo cierto.

Veronika acelera el paso.

Nada más llegar a casa, sube corriendo las escaleras, abre el armario de su hija y busca toda la ropa que pueda faltar. Luego se abalanza sobre la pequeña cómoda y cuenta sus pertenencias. El inventario termina pronto. Lilya se ha llevado unos vaqueros, dos jerséis, otras tantas bragas y sujetadores, su viejo cepillo de dientes y toda su paga. No tiene intención de regresar esta noche.

Veronika vuelve a bajar. La visión de la taza que Lilya ha dejado en la encimera la hace sollozar. Sigue con el abrigo puesto, lo tiene que colgar en el perchero, ¿y después? ¿Quedarse sentada en esta cocina, deprimiéndose? Piensa. Su jefe cree saberlo todo, pero no conoce a su hija.

A Lilya le ha cambiado el carácter en los últimos tiempos, pero siempre ha tenido la cabeza en su sitio. La adolescencia no le ha afectado para nada ese rasgo de personalidad heredado de su madre, quien no cree en absoluto que se haya largado por una simple ventolera. ¿Qué le habrá empujado a hacerlo? Veronika no lo sabe y se avergüenza.

Esperar cruzada de brazos es superior a sus fuerzas. Necesita sentirse útil, y solo hay un lugar para ello.

*

La intendente general se ha quitado la chaqueta y la ha lanzado sobre el respaldo de su sillón.

—No, no escribas nada. Es inútil y a la vez tan relajante hablar con alguien que no te responde —dice, y suspira.

Saca un pañuelo de papel de una caja que hay encima de su mesa, lo humedece con la lengua y limpia la mancha de aceite que Valentyn tiene en la frente.

—Si supieras lo sumamente agotadores que son mis días —prosigue—. Este había empezado mal, pero, gracias a ti, tiene pinta de que va a terminar muy bien. Y no me refiero solo a la reparación del coche. Tu prueba de evaluación es extraordinaria. A pesar de tu discapacidad, no habrá ningún problema en encontrarte una familia que quiera adoptarte. Si sigues así, se abrirán ante ti grandes oportunidades. ¡No pongas esa cara! Me imagino que ha sido tu padre el que te ha convertido en este pequeño gran mecánico, pero, como tú mismo puedes comprobar, él ya no está. —La directora le acaricia el pelo y le levanta la barbilla para que la mire a los ojos—. No estés triste, pronto te olvidarás de tus padres. A tu edad se olvida todo, o casi todo. Créeme, en manos de buena gente, serás más feliz de lo que nunca has sido. A condición de que no me decepciones, claro está.

Esta mujer es un demonio, como los que aparecen en las historias que le lee Lilya. Y, esta vez, la criatura no se encuentra encerrada en las páginas de un libro, sino que está ahí, en carne y hueso, una realidad aterradora. Tiene que salir de esta prisión y encontrar a su familia antes de que lo vendan como a un esclavo.

Valentyn no soporta más su mirada. Para que no perciba su desprecio y el miedo que siente, huye hacia la ventana.

¿Quién vendrá a socorrerlo? Nadie de su gente sabe dónde se encuentra. Solo puede confiar en sí mismo. Para entorpecer los planes de la intendente general, podría esforzarse en suspender los exámenes, pero es demasiado astuta como para caer en una trampa tan evidente. Si perdiera su confianza, pondría en peligro sus oportunidades.

Con la cara pegada a la ventana, Valentyn ha dejado de escuchar la voz del monstruo. Observa el jardín interior, las puertas de las clases al otro lado del corredor, concentrado en un solo objetivo: memorizar todo lo posible, como hizo durante el trayecto en autobús, camión y coche que le condujeron hasta aquí.

Sus ojos se detienen en la trampilla metálica que sobresale del suelo de piedra de la galería prohibida. Nada parece indicar qué hay debajo, pero basta un poco de inventiva para imaginarse una escalera que baja a los antiguos subterráneos. Al final de esta, esperaría hasta acostumbrarse a la penumbra para abrirse camino y encontrar el túnel que debía de pasar por debajo del internado y que conduciría al otro lado de la carretera, lejos, en el campo, donde alcanzaría la libertad. Es fantástico cuando la imaginación se pone en marcha. Para sortear la verja atravesará el jardín, aunque resulte difícil hacerlo sin que te descubran. Debería haberse largado cuando estaba en el cobertizo de los jardineros y el portón del patio estaba abierto, pero el monstruo se habría abalanzado sobre él para atraparlo.

—Ya va siendo hora de que vuelvas con tus compañeros —dice la intendente general—. Por mi culpa te has perdido dos horas de clase. Hablaré con tus profesores para que te ayuden a ponerte al día. Venga, esas escaleras pueden conmigo, sabrás encontrar el camino tú solito.

Valentyn coge una hoja de papel y escribe:

¿Quién me abrirá la verja que hay al fondo de la galería?

La intendente general se queda pensando mientras juega con el manojo de llaves que lleva colgado del cinturón.

—Te bastará con saltar el murete. Si te ve alguien, le dices que yo te he autorizado; bueno, lo escribes. Ya tendremos más ocasiones para vernos. Ahora vuelve a clase.

Valentyn baja la escalera. Tres tramos por piso, diez escalones por tramo, treinta en total. La puerta de madera que da al corredor no está cerrada con llave; en todo caso, no a esta hora del día. Sesenta pasos hasta la trampilla. Aminora el ritmo para estudiarla de cerca, mide su longitud pegando un pie por delante del otro sucesivamente, como un niño que juega a la rayuela. Le encantaría levantarla tirando de la anilla que está fundida con el metal, para descubrir lo que hay debajo, pero sería demasiado arriesgado. La intendente general podría pillarle desde la ventana.

Trepa por el murete, cruza el jardín, pasa la verja y llega al corredor.

*

La auxiliar de enfermería deja el libro; Veronika acaba de entrar en el dispensario.

—El vendaje es aparatoso. He preferido prevenir a que pudiera infectarse; pero te aseguro que no es grave —dice, y se levanta de su sillón. Veronika se la queda mirando, desconcertada—. No montes un drama, le juré que no te diría nada, y tampoco le he dicho nada a ella, por supuesto. Francamente, vuestros secretos me hacen la vida imposible.

—¿No le has dicho nada a quién? —pregunta Veronika.

—A tu hija, evidentemente.

—¿Has visto a Lilya?

—Sí, esta mañana, cuando le di los puntos.

—¿Los puntos?

La ayudante no sabe por dónde empezar. Primero la herida, se la cosió con maestría. En un mes no se verá siquiera la cicatriz. No entiende por qué a Veronika le interesa más la hora a la que su hija apareció por ahí que el motivo por el que estuvo. Así que prosigue. Una caída de la bici sin importancia; nada en la cabeza o en la cara.

—Le conté que estabas en quirófano. A la pobre le daba terror cruzarse contigo. ¿Y no quieres saber a qué hora la acompañó su novio a casa?

—¿Qué novio? —pregunta Veronika agarrando del brazo a su compañera.

—No te pongas así. Te digo que ella no se ha hecho nada.

—¿Qué novio? —repite Veronika, alzando la voz.

—El pequeño Vasylyk, el hijo del carpintero, que de pequeño ya tiene poco; menuda planta. Ha crecido muy rápido. Y tu hija también. Es increíble cómo ha cambiado. Bueno, ¿me dejas ya?

—¿Sabes dónde vive ese gran Vasylyk?

—Ni idea —responde la ayudante—. Espera, creo recordar que su padre nos vino a ver, pero no recuerdo para qué. Hace ya tiempo de eso; pero, si hiciera falta, debemos de tener guardado su informe. La letra uve se encuentra en el último estante, en la parte baja del armario —dice la auxiliar, que considera que ya ha hecho suficiente.

Veronika se agacha y se pone a buscar los informes que comienzan por la letra uve. Le tiemblan las manos. Nunca están clasificados como deberían. El señor Lechensko no pinta nada ahí, y menos aún la señora Gudzevich, que murió el año pasado. Se ha pasado de largo, así que vuelve atrás. Veremchuc, Vashenko (que tampoco debería estar ahí), Vasylchuk. ¡El siguiente es el bueno!

Abre la carpeta. La visita del carpintero se remonta a cinco años atrás, por un cólico nefrítico que le importa un pimiento; lo único que le interesa está apuntado en la solapa. El señor Vasylyk vive a doscientos metros de la estación.

Veronika mira a su compañera.

—Y ¿no crees que deberías haberme avisado de que Lilya había tenido un accidente?

—¿Cómo y dónde te iba a avisar?

—Pues, para empezar, enviándome un mensaje al busca. Cuando necesitas que vaya corriendo porque estás desbordada, sí que sabes cómo hacerlo, ¿no?

—Pues sí, pero que sepas que no tengo ni idea de dónde lo he metido y que, además, esta mañana había un montón de trabajo.

—Eso parece —responde Veronika.

—Me habría bastado un «gracias» por haberme ocupado de tu hija mientras tú andabas por ahí de picos pardos.

Dicho lo cual, la ayudante se enfrasca de nuevo en su libro y pasa de ella olímpicamente.

Veronika sale del dispensario, cruza el aparcamiento y corre hacia la vivienda del carpintero, en la calle Zelena.

Desde detrás de la puerta de un garaje llega el rugido de una radial. Veronika golpea con todas sus fuerzas en la persiana metálica. El aullido se ahoga en un tono grave, al cual le sigue el chirrido de la persiana al levantarse. El carpintero aparece con las manos en alto. Ha pensado que los milicianos llamaban a su puerta. La cara de esta mujer no le resulta desconocida, pero imposible ponerle nombre.

El taller es una leonera increíble. El serrín que recubre el suelo flota a la luz y se expande su olor. Muebles de todo tipo están apilados contra la pared del fondo, en un equilibro incierto. Hay planchas de madera amontonadas a la derecha, sin guardar ningún orden por tamaño, y la mesa de trabajo tampoco es que esté mejor ordenada.

Veronika se presenta. El señor Vasylyk suelta un suspiro. Ahora ya se acuerda: sufría un auténtico martirio cuando ella le suministró calmantes. Debería de haberse acordado (un pinchazo en el trasero crea lazos).

—Tengo todo lo que necesite en mesas, sillas, veladores y aparadores, y tirados de precio, por supuesto. No se vende nada en estos tiempos. Sigo trabajando para mantenerme ocupado, porque, si no, se me iría la cabeza.

—Necesito ver a su hijo.

—¿Está enfermo Stefan?

—No, no es eso. Tengo que hablar con él.

—Y ¿puedo saber de qué?

—De mi hija. Es urgente.

Vasylyk se rasca las sienes.

—No sé lo que le habrá contado ella, pero Stefan no ha hecho nada malo. Es un buen chico, un poco blandengue para mi gusto, pero su madre y yo lo hemos educado bien.

—Señor Vasylyk, mi hija ha desaparecido, y es muy probable que él haya sido el último en haberla visto.

—¿Cómo que ha desaparecido?

—Se ha ido de casa. ¿Dónde está Stefan?

—Desde luego, no en mi taller. Probablemente, enfrascado en sus libros. Pasa demasiado tiempo leyendo, si quiere que le dé mi opinión, pero a su madre le encanta, y yo no puedo decir esta boca es mía. Y nunca lo he hecho, curro y callo, ¡punto!

El carpintero no es un cascarrabias, pero le ha pillado por sorpresa y le ha molestado que metan a su hijo en semejante embolado; sobre todo, en los tiempos que corren. Ahora que se ha desahogado, se imagina cómo se sentiría él si hubiera ocurrido al revés. Levanta la cabeza hacia el techo y grita:

—¡Stefan! Baja, ¡y date prisa!

El chico aparece poco después. Veronika está impactada. ¿En qué momento se alejó de su hija para no saber que sus amigos ahora parecen hombres?

—Es la madre de tu amiga. Necesita hacerte unas preguntas, y tú vas a responder —anuncia el carpintero con los brazos cruzados para dejar claro que la conversación es seria.

Las mejillas de Stefan se sonrojan, como si le hubieran encendido una bombilla dentro de la boca.

—Fue ella la que quiso subir a mi habitación —balbucea—, se lo juro. ¡Y no pasó nada! Incluso la avisé de que estaba mi madre, pero necesitaba una base de retaguardia. Solamente al llegar aquí me lo explicó. Lo tenía todo pensado. He de reconocer que me dejó flipado; sobre todo, porque no me había dado cuenta de nada. No sé cómo lo hizo. El caso es que lo que quería era que le diera los códigos. Estaba totalmente decidida. En cuanto a la bici, no lo hizo aposta. Bueno, sí…, pero no pensaba que fuera a hacerse daño.

—Stefan —le interrumpe Veronika—, no entiendo nada, así que pon un poco de orden en lo que dices y construye frases inteligibles.

Stefan se queda mudo un segundo y mira fijamente a su padre, que no parece contento.

—Todo empezó cuando fue al centro de distribución esta mañana. Al pasar por delante del ayuntamiento, se fijó en el oficial, el que se supone que sabe dónde está su hijo.

—¿Porque su hijo también se ha ido de casa?

—Mi hijo tiene nueve años. Lo han secuestrado los rusos —responde seca Veronika.

El carpintero se siente fatal. Para una vez que se atreve a hablar, habría sido mejor que no lo hubiera hecho.

—Se tiró al suelo delante de él. Sabía que iría a ayudarla a levantarse. Se reía cuando me contó cómo le había engañado. Y su plan funcionó de miedo. El oficial ya no sabía cómo consolarla y, para no quedar mal delante de los mirones, le confesó dónde se encuentra Valentyn. Cuando Lilya llegó al punto de distribución, no me dijo nada. Solo me contó que se había caído de la bici. Debía de darle cosa que yo tratara de impedírselo.

—¿Impedirle qué? —interviene el señor Vasylyk, deseoso de hacer las paces.

—Bueno, lo que tenía pensado hacer en el dispensario. Creo que su idea era ir sola, justo después de dejar las provisiones en casa. Pero insistí en acompañarla. Aceptó porque le venía bien. Sin saberlo, distraje a la enfermera.

—A la auxiliar —rectifica Veronika, que va de sorpresa en sorpresa.

—¿Qué tenía pensado hacer? —interviene de nuevo el carpintero.

—Pues mangarle el busca a la enf… a la auxiliar de enfermería —rectifica Stefan.

—¿Qué es un busca? —pregunta su padre.

—Un cacharro.

—¿Un cacharro?

—Un aparatito que llevamos en el cinturón para estar localizables en todo momento —explica Veronika antes de volverse hacia Stefan—. Y ¿para qué lo ha robado?

—Para tener cada uno el suyo. Yo soy la base de retaguardia.

—¿Tú también has robado un cacharro? —se ofende el señor Vasylyk.

—No, el mío lo compré hace mucho, un modelo en oferta. No vale nada. En clase, varios tenemos uno, y nos comunicamos en código. Lo mejor es que siguen funcionando, incluso después de que hayan cortado las redes. Venid a mi habitación, que os lo enseño.

11

Cuando Valentyn ha vuelto a clase, ha visto rápidamente por la mirada de sus compañeros que no era bienvenido. Su amigo no le ha dirigido la palabra, ni en la cantina ni en el pasillo, donde se las ha apañado para caminar por detrás de él de camino al gimnasio.

No es un día cualquiera. A las 15 h, los alumnos dan un paseo en bici. Es la norma, dos veces por semana, desde que la comisionada para los Derechos del Niño publicara una nota llamando la atención a los educadores sobre la necesidad de incorporar actividades físicas al aire libre, esenciales para el crecimiento y la buena salud de los futuros niños rusos. La intendente general aplicó inmediatamente las consignas e hizo que les suministraran el material necesario.

Las salidas duran una hora por cada clase. Los alumnos más mayores están exentos, ya que tienen que asistir a un curso de entrenamiento en deportes de lucha, vestidos con un uniforme en el que han cosido en el hombro la bandera rusa.

Es la primera vez desde su internamiento que Valentyn cruza el portón por el que llegó. En fila con sus compañeros, caminando hacia el cobertizo de las bicicletas, junto al cobertizo de los jardineros,

Valentyn se percata de que no ha tenido en cuenta una parte importante de su plan. Hasta ese momento, lo único en lo que había pensado era en escaparse, pero, si lo consiguiera, tendría que refugiarse en algún sitio. Esta salida servirá para efectuar un reconocimiento de la zona.

Al primer pitido, los niños montan en sus bicicletas; el segundo da la señal de salida. Una vez cruzado el portón, Valentyn se queda impresionado por la austeridad del paisaje. Es una llanura triste, rasgada por la carretera que han tomado. El sol se pone a la derecha. En el coche que los llevó hasta allí, aparecía a la izquierda. Así que la carretera lleva hacia el norte, hacia su casa, aunque esta se encuentre demasiado lejos para tratar de escapar. No tendría ninguna posibilidad, pues el profesor abre la marcha, hay un vigilante en medio de los niños, y otro a la cola del pelotón, justo detrás de él, que se ha quedado el último aposta.

Un verano, su madre le enseñó a localizar los puntos cardinales a través de la posición del sol, así como a dar nombre a las constelaciones y las estrellas que brillan en las noches despejadas. Casiopea es su preferida. Se quedó con su nombre, tumbado en una hamaca entre su madre y su hermana, con un paquete de caramelos en las rodillas.

Al acercarse a un sotobosque, el profesor aminora la velocidad antes de bajar un pie al suelo. El grupo da media vuelta.

De regreso al internado, Valentyn calcula la distancia recorrida. La salida dura en total una hora, el sotobosque está a medio camino. Cuando iba con su padre a Petrivka para comprar tubos de pintura y pinceles, el paseo en bici duraba una hora. El vendedor de pintura de Petrivka vive a veinte kilómetros de su casa. Teniendo en cuenta que el profesor de educación física pedalea más despacio que su padre, Valentyn calcula que entre el sotobosque y el internado habrá una distancia de ocho kilómetros, o, lo que es lo mismo, unas dos horas andando. Será ahí, en el sotobosque, donde se esconderá cuando se escape, pero tendrá que acordarse de llevar provisiones.

Valentyn no ha perdido el tiempo. Debería estar contento; sin embargo, cuando el portón se cierra a sus espaldas, siente un nudo en el estómago, un nudo que se aprieta cuando mete la bici en el cobertizo. Piensa en esa noche, cuando la intendente general apague las luces del dormitorio.

*

Novoleksivka brilla de noche. Es una pequeña ciudad del sur, dos veces más grande que donde vive Lilya. Ha recorrido unos veinte kilómetros desde que se marchó, no lo suficiente para su gusto. La bicicleta la hace ir más despacio, le dan pinchazos en la rodilla cuando pedalea. En varias ocasiones ha tenido la sensación de que se le saltaban los puntos y ha tenido que parar para asegurarse de que el vendaje no estaba manchado de sangre. A fuerza de doblar la pierna, se le despega. Mañana comprará algo para hacerse otro nuevo. Si hubiera cogido la autopista, probablemente habría avanzado más rápido, pero por la E-105 suelen ir camiones que conducen a toda velocidad, y, además, si su madre decidiera alcanzarla antes de que ella llegue a la frontera, seguramente sería por ahí por donde lo haría. Por eso ha elegido la pista que bordea la vía del tren. Un camino de tierra, pedregoso y lleno de baches, que requiere de un gran esfuerzo para no caerse.

Cuando el sol ha desaparecido por la línea del horizonte, Lilya se ha puesto a buscar un lugar donde refugiarse antes de que se hiciera de noche. A las afueras de Novoleksivka se ha dirigido hacia las vías del tren, donde decenas de vagones de mercancías oxidados duermen en las vías muertas. Convoyes inmensos, sin locomotora, que forman un escudo de hierro. Por un breve instante, ha pensado en trepar a uno para pasar ahí la noche, pero los ladridos de un perro la han disuadido. Un perro grande y negro con el pelo estropeado y una larga cicatriz en el hocico, delgado y débil, pero todavía lo suficientemente fuerte como para hacerse respetar. Ella acababa de entrar en su territorio y no era bienvenida.

A Lily nunca le han dado miedo los perros; al contrario, le encantan los animales, y ellos lo notan. Se ha agachado tanto como ha podido, le ha puesto el primer nombre que se le ha ocurrido y le ha tendido la mano. Sobaka se ha acercado, con los belfos retraídos; Lilya no se ha movido, segura de que, si no se mueve y sonríe, no la morderá. Le ha hablado con dulzura, le ha prometido que no le haría daño. El perro ha dado unos pasos hacia atrás antes de acercarse a olisquearla. Le ha dejado cruzar las vías, pero los vagones son su territorio. Ella no se ha dado la vuelta hasta llegar a la carretera asfaltada que hay al otro lado del centro de recogida, y entonces le ha hecho un gesto con la mano antes de proseguir su camino.

Sube por una calle céntrica y pasa por delante de una tienda de alimentación con el cierre echado. Decide abandonar su bici: le duele demasiado la rodilla.

Pero, antes, busca un lugar donde esconderla, esperando encontrarla a la vuelta. En cualquier caso, si se la robaran, y la cosa le saliera bien, sus padres le perdonarían haber intercambiado una bici por un hermano.

La callejuela no es muy atractiva. Está bastante oscuro, pero Lilya, a la luz de la única farola que la ilumina, ha visto una casita abandonada. Está desprovista de techo, los escombros recubren el suelo agujereado por pequeños cráteres, las paredes desconchadas están agrietadas, han desaparecido las ventanas y la escalera que sube al piso de arriba ha perdido su barandilla. Probablemente haya sido una bomba lo que la ha dejado en semejante estado. Ni un mueble. Si sus habitantes han sobrevivido, se habrán llevado todo lo que hayan podido salvar; y, si no, los vecinos y soldados lo habrán saqueado. Reina un olor a cenizas y a polvo que nada tiene que ver con el que cubre el campo durante la cosecha.

El lugar le servirá. Nadie se atrevería a ir a buscarla ahí. Lilya pasa por el marco de la entrada. La puerta, arrancada por la explosión, descansa contra un muro de la callejuela. Levanta la bici, se la cuelga a la espalda y sube las escaleras, con cuidado de no caerse.

La planta de arriba está a cielo abierto, y se ven la luna casi llena y las estrellas. Lilya mira a través de una pared reventada. Un viento suave empuja hacia el sur unas nubes de tormenta que se alzan por encima de la llanura y hacen susurrar las espigas. No tardará en empezar a llover. Esconde la bicicleta, coge su alforja y baja de nuevo para resguardarse. Barre el suelo con el pie, y, cuando le parece lo bastante limpio, se sienta e inspecciona su alforja. Una manzana, una bolsa de patatas y una barrita de cereales, que guarda para el postre. Se para en seco antes de morder la manzana. Ha oído ruido de pasos en la callejuela, pasos amortiguados, como los de alguien que camina con cuidado. Se arrepiente de no haber metido en la bolsa nada con lo que defenderse, un cuchillo de cocina le habría servido. Subir a la planta de arriba sería demasiado arriesgado, pues el ruido que haría al pisar los escombros delataría su presencia. El halo de la farola se detiene en el umbral de la entrada. Lilya contiene la respiración. Una sombra se asoma en la penumbra.

—¿Me has seguido? —susurra Lilya.

El perro negro se detiene en el marco y levanta el hocico para olisquear el ambiente.

—No temas; tengo yo más miedo que tú.

Sobaka avanza lentamente, con el lomo agachado, casi sumiso.

—¿Tú también tienes hambre? Acércate.

El perro obedece. Lilya corta en dos partes iguales su barrita de cereales y le lanza una.

Se la zampa de un bocado, así que comparte también la manzana y la bolsa de patatas.

—De una en una —le dice—, que después se acabó.

Le da la sensación de que lo ha entendido, ya que, cada vez que le da una, él la atrapa con la punta de los dientes antes de masticarla.

Una vez terminada la comida, Lilya desenrosca el tapón de su cantimplora, bebe y vierte un poco de agua haciendo cuenco con la mano. El perro lame encantado, olisquea la venda de su rodilla, se la queda mirando con los ojos muy abiertos, se estira y se recuesta a sus pies.

Su compañía la reconforta, sobre todo, cuando se da cuenta de que no va lo suficientemente preparada para el viaje, que durará más de lo previsto; que habrá otras noches en las que tendrá que esconderse y enfrentarse a tormentas como la que ruge sobre su cabeza y golpea el suelo de la callejuela; que no sabe dónde encontrar a su hermano ni cuándo habrá recorrido cien kilómetros al sur; y, lo que es peor aún, que se siente completamente sola.

*

Valentyn se esfuerza en comer para demostrar al resto que sus novatadas no tienen ni tendrán ningún efecto sobre él. Con todo y con eso, le duelen un montón las costillas. A la hora de la ducha, le han dado una buena tunda. Se le han echado encima cuatro retrasados. No merecía la pena luchar. Se ha hecho un ovillo y ha apretado los puños mientras le llovían puntapiés. Han evitado la cara, para que los vigilantes no se dieran cuenta de lo que había pasado. Después de pegarle, le han advertido de que al día siguiente tenía derecho a lo mismo. No son las patadas las que han puesto furioso a Valentyn, sino que le hayan tratado de sucio ucraniano. Esos idiotas son todos ucranianos. Tiene que marcharse de ahí antes de que el maleficio le transforme también a él en un robot.

Llega la hora de volver al dormitorio. Antes de acostarse, Valentyn mira el ventanal que separa su cama de la de su amigo. Tiene un aspecto lamentable. Se ha unido a la jauría que observaba la escena sin mover un dedo, con una mezcla de preocupación y placer, un poco apartado.

La intendente general apaga la luz. Valentyn espera a que sus ojos se acostumbren a la oscuridad. Tumbarse de lado hace que le duela, pero es la única manera de agarrar el cuchillo que tiene escondido debajo de la cama. Lo coge y piensa.

*

Vital ha encajado el golpe mientras Veronika le anunciaba con voz rota que su hija se había ido de casa. Pero quizá no todo sea tan negro como parece. Saber que Valentyn se encuentra a cien kilómetros al sur de Rikove es muy valioso. Aunque no sea más que una estimación, esta información le va a permitir reducir de manera considerable el campo de búsqueda. En su pantalla aparece un mapa de la región y únicamente ve dos caminos posibles para llegar a Crimea. Uno rodea el puesto de control de Chongar, pero obliga a dar una vuelta gigantesca y prolonga el viaje unos trescientos kilómetros.

Lilya ha debido de elegir tirar en línea recta hacia su destino, lo cual tampoco explica cómo piensa cruzar la frontera. En cuanto cuelgue, estudiará detenidamente el itinerario, calculará la distancia que puede recorrer en un día y, con un poco de suerte, localizará los lugares donde podrá pasar la noche. De momento, lo que le interesa es el busca del que le ha hablado Veronika. Es una baza importante poder comunicarse con Lilya, y quizá también el medio para hacerla salir del enredo en el que se ha metido antes de que sea demasiado tarde. Con la condición de no alarmarla. No debe saber que su madre está al otro lado de la línea. Stefan debe seguir siendo su único contacto.

—No consigo dormir cuando estoy agotada; además, me habías dicho que te comunicara cualquier información, y no he mirado la hora —se disculpa Veronika, avergonzada por llamar tan tarde.

—No pasa absolutamente nada. Ese Stefan ¿le ha dado la tabla con los códigos?

—Sí, es tan anticuado que me ha costado entender cómo pueden escribirse así.

—La necesito.

Veronika mira el móvil que le entregó Vital, le da la vuelta, pero no ve nada que le permita hacer una foto. En cuanto al suyo, no tiene red.

—Hay un fax en el dispensario —dice—. Podría enviártela mañana.

—La necesito ya.

—Puedo volver ahora. Con mi documentación de enfermera puedo saltarme el toque de queda. No sería la primera vez.

—Vamos a hacerlo de otra manera.

—¿Cómo?

—Con paciencia —contesta Vital acercando su silla a la pantalla del ordenador.

Veronika va enunciando letra a letra, palabra a palabra, el alfabeto codificado que Vital va apuntando en su teclado. Cuando ha terminado, lo manda imprimir.

—¿Qué pasa? —se preocupa Veronika.

—Nada, un poco de nostalgia. Los buscas se han convertido en legendarios por su lado *vintage,* pero a quién se le va a ocurrir hoy día espiar sus conversaciones.

—Yo uso el mío todos los días. No tenía la sensación de ser tan vieja para considerarme *vintage* y mucho menos de formar parte de una leyenda.

—Quizá, pero los primeros servicios de mensajería se remontan a principios de los años cincuenta. Ya entonces estaban destinados a los sanitarios y tenían un alcance de unos cuarenta kilómetros, lo cual bastaba para localizarlos a cualquier hora del día y de la noche en caso de emergencia. Se volvieron muy populares en los años setenta. Incluso se veían algunos colgados de las chaquetas de los camareros en los restaurantes de las películas americanas. Mis padres tenían cada cual el suyo, se enviaban mensajes para avisarse de que llegarían tarde, para darse cita por teléfono o cuando uno quería decirle al otro que tenía que comprar algo antes de volver a casa. Uno aprendía rápido a memorizar todo un vocabulario encriptado en cifras. «Te quiero» se escribía «143». Mi madre solía escribírselo a mi padre y viceversa.

—¿Por qué «143»?

—Si observa los códigos de Stefan, verá que forman las letras «ILY», «*I love you*»; «123» significaba «Te echo de menos». Había palabras y expresiones en código. Se tecleaban frases enteras con cifras, y uno se equivocaba muchas veces, ya que algunas letras se designaban con la misma cifra, pero se terminaba entendiendo. El sistema cayó en desuso con la llegada de los móviles, salvo en las zonas rurales, gracias a una nueva generación de aparatos que funcionan con una cobertura por satélite. Siguen ofreciendo un servicio muy digno allí donde las redes de móvil fallan o son inexistentes. ¿No se ha fijado en que el suyo sigue funcionando incluso cuando los móviles no pillan señal?

—No, bueno. Ni se me había ocurrido —dice Veronika.

—A mí tampoco, lo reconozco. De haberlo pensado, habría sacado uno del cajón y le habría propuesto que nos comunicásemos así. El amigo de Lilya me acaba de echar unos cuantos años encima. Los atentados de Londres de 2005 pusieron de moda los buscas. Las autoridades, temiendo que los teléfonos móviles pudieran activar otras bombas, cortaron las redes. Los buscas tomaron el relevo y permitieron a los servicios de emergencia emitir y recibir. Esto sirvió de lección, y ya a nadie se le ocurre abandonar esta tecnología. Lo que es fiable y poco costoso no es fácil de reemplazar. Felicite de mi parte al amigo de su hija.

—¿Felicitarlo por qué?

—Por haber encontrado un medio de comunicación que no cuesta prácticamente nada para intercambiar mensajes que sus padres nunca entenderán. Es brillante. Casi me da envidia, y, cuando se lo cuente a algunos de mis amigos, le apuesto que les fastidiará tanto como a mí.

—Y, ahora, ¿qué hacemos?

—Hasta mañana, nada. Apáñeselas para estar cerca de Stefan, le llevaría demasiado tiempo teclear los mensajes. Y no lo intente. Es a él a quien ha elegido Lilya, y tenemos que evitar que se dé cuenta y que intente huir de usted. Podría ponerse incluso en más peligro de lo que ya está. —Vital se arrepiente de haber mencionado la suerte de Lilya de una manera tan sincera—. Perdón, me falta tacto, nunca he sabido mantener las formas.

—Lo sé, si empezaras a hacerlo ahora, me preocuparía aún más. Iré a buscar a Stefan a una hora conveniente.

—En cuanto esté con usted, enviaremos un mensaje a Lilya. Mientras tanto, intente descansar. Yo voy a pasar el resto de la noche tratando de averiguar dónde tienen retenido a su hijo. Si Lilya lograra, a saber cómo, entrar en Crimea, es ahí donde se dirigirá. Intentaremos pillarlos juntos y traérselos sanos y salvos.

—Vital, ¿en serio lo crees?

—Ya le he dado una muestra de mis dotes diplomáticas. No debería hacerme esa pregunta.

Vital cuelga. Veronika se queda un buen rato embobada en la cocina. Hacia las dos de la mañana, tres cifras en la pantalla la informan de que su hija se dispone a irse a dormir. Y, aunque el mensaje no esté dirigido a ella, le basta para darle fuerzas y subir a acostarse.

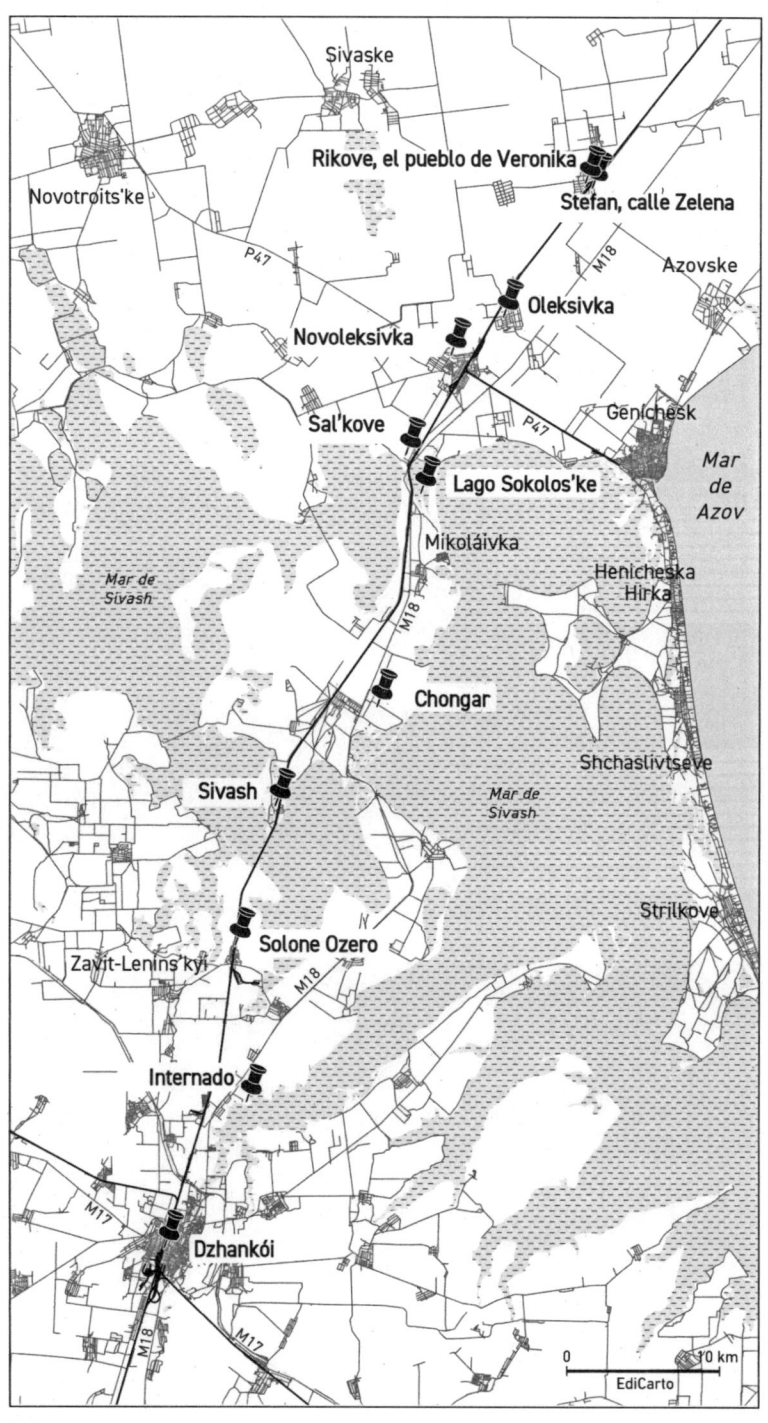

12

Es temprano en Londres. Queda mucho para que amanezca. Cordelia va y viene por el salón, con una taza de té en la mano. Se detiene frente al espejo que hay encima de la chimenea, observa sus ojos ojerosos y sus párpados hinchados. Da cien vueltas en la cama sin conciliar el sueño, y sabe quién tiene la culpa de ello.

No era un ramo de rosas, y mucho menos la carta de disculpas que llevaba esperando desde hacía meses; pero que justo antes de acostarse viera aparecer en la pantalla esa firma acompañando un mensaje ha hecho que su corazón se acelere. Y eso que no era nada personal, ya que no era a ella a quien Vital estaba escribiendo esa noche, sino al grupo del cual forma parte.

Como cada vez que pierde el control de la situación, necesita hablar con su hermano, su ancla, el único hombre ante el que le gusta quejarse.

—Creo que sé por lo que me llamas, pero ¿has visto qué hora es? —protesta Diego.

—No, y ¿qué más da?

Diego se incorpora en la cama y mira el marco con la foto de Alba que hay apoyado en su mesilla.

—Estoy perdiendo el tiempo, Diego. No merece la pena.

—Todo lo que has hecho hasta ahora ¿era por él o por ti? No creo recordar que él te haya pedido nada.

—No, pero...

—Pero el problema es que no tienes la más mínima noción del tiempo. Crees que lo estás perdiendo, pero te equivocas; por eso siempre tienes prisa. Entenderás el valor del tiempo cuando cuentes el que te queda en años; de momento, te queda más por vivir de lo que llevas vivido.

—No necesito que me des lecciones. Déjate de charlas. Te recuerdo que soy tu hermana mayor.

—Pues se nota cada vez menos. En Madrid, vivo a caballo entre mi restaurante y mi apartamento, con mis recuerdos como única compañía. La mujer a la que amo está muerta. Ya me hablarás de tiempo perdido cuando los días se te hagan tan largos como a mí los míos.

—Alba era... diferente. Vital no es la persona que yo pensaba.

—Y tú ¿qué clase de persona eres? El hombre al que amas está solo ¿y te parece una pérdida de tiempo entender por qué? No tengo ni idea de lo que ha podido pasar, pero la última vez que os vi juntos el amor te empujaba a hacer lo que había que hacer. Es la rabia lo que te hace renunciar. También el miedo engendra cobardía, y eso sí que es una pérdida de tiempo. Eres bienvenida si quieres venir a verme a Madrid, o puedes dejar Londres e ir a vivir tu vida, tú decides.

—No me jodas, Diego.

—Es lo que suele pasar cuando yo tengo razón, y lo que nunca pasa cuando tú te equivocas.

Diego cuelga y Cordelia se sienta en su escritorio para leer de nuevo el mensaje de Vital.

—Un mensaje solo para mí, una frase que me haga pensar que me echas de menos, ¿es demasiado pedir, imbécil?

Cordelia se da una ducha rápida, un poco de base de maquillaje y descuelga un traje del ropero. Pantalón negro, camiseta blanca y chaqueta.

El sol sigue sin brillar en Primrose Hill, pero el amanecer es claro. Se monta en su bici y se detiene de camino a comprar un cruasán para comerlo más tarde. Baja la colina, embriagada con la velocidad, zigzaguea entre los coches y se dirige a toda prisa hacia su lugar de trabajo, una agencia de seguridad informática. Mientras espera en un semáforo rojo, se pregunta quién de los 9 responderá primero a la llamada de Vital. Mateo y Ekaterina están demasiado lejos; Diego, quizá, por el placer de provocarla; o Maya, cuya especialidad son los niños desaparecidos; o, por qué no, Janice, a no ser que Noa se decida por fin a salir de la sombra.

Ata la bici, cruza el recibidor, muestra su tarjeta al agente de seguridad y se encierra en su despacho para consultar la agenda del día.

Tiene cita a las diez con un cliente muy importante. La idea de tener que revisar su informe la aburre enormemente. Esta mañana le molesta todo. Está de un humor de perros, hasta el punto de preguntarse qué está haciendo ahí, aparte de «ganarse la vida».

La última vez que sintió un subidón de adrenalina fue en bici, algo patético para una mujer de su temple. La inactividad se le ha vuelto insoportable; sueña con aventuras, momentos de gloria, un proyecto grandioso, pero sobre todo sueña con un paisaje diferente a esos edificios asépticos.

*

Lilya se despierta sobresaltada, el silencio la ha sacado de su sueño. La tormenta la ha mantenido despierta buena parte de la noche.

Había oído el crujido de los árboles en la llanura barrida por la borrasca. El perro se había escondido en la planta baja, mientras que ella había subido a la planta de arriba para ver ese espectáculo hipnotizador. Trombas de agua amenazaban como un ejército imparable, los relámpagos danzaban en el cielo, iluminando los campos que de golpe se apagaban. El viento soplaba cada vez más fuerte. A cada salva de relámpagos, los agujeros de las paredes parecían las fauces de unos monstruos dispuestos a engullirla. Hacia medianoche, cuando la lluvia arreció tanto que goteaba por la escalera, Lilya había vuelto a bajar para resguardarse. Había cogido su alforja y se había pegado a la pared del fondo. La tormenta había pasado por encima de la vieja casa, iluminando la planta baja, y un trueno había hecho retumbar las paredes. Sobaka jadeaba, soltaba pequeños gemidos, como de queja, y su mirada de perro perdido le había dado fuerzas a Lilya para abrazarlo.

Por la mañana todo ha vuelto a la calma, el perro ha desaparecido, ella lo ha llamado tres veces y se ha encogido de hombros.

—Presentiste la tormenta y viniste a refugiarte conmigo. ¡Me río yo de la fidelidad de los perros! Has hecho bien en largarte, porque, si creías que iba a encariñarme con un chucho tan feo como tú, lo llevabas claro.

Su alforja está húmeda, pero el interior está seco. Se frota las piernas para sacudirse la tierra del pantalón, coge el cepillo y se peina el pelo hacia atrás. Tiene que ir a comprar vendas para hacerse de nuevo el vendaje, y es preferible no parecer una vagabunda.

Al salir de la casa, ve al perro sentado al lado de la puerta, como si estuviera vigilando la entrada. Se pasa la lengua por los belfos y la sigue con la mirada, inmóvil.

—¡Y, encima, susceptible! —exclama Lilya al pasar por delante de él.

Al fondo de la callejuela, se da la vuelta, levanta la mirada al cielo y suspira.

—¿Qué, vienes?

Sobaka se levanta y la sigue.

*

Valentyn camina arrastrando los pies para ser de los últimos en entrar al comedor. Espera a que su amigo se haya sentado y se abre paso a codazos para sentarse con él. El amigo termina por preguntarle si ha dormido bien.

—*¿Oíste anoche? Había alguien llorando* —escribe Valentyn en su cuaderno.

—Sí, pero estaba demasiado oscuro, y no pude ver quién era.

—*Guzenko, el alto moreno, el que me pegó primero.*

—Te juro que quería impedirlo, pero no pude. Yo no tuve la culpa.

—*Lo sé, no te preocupes* —escribe Valentyn, que no se cree ni una palabra.

Es una paz calculada. Valentyn se acerca a su amigo disimuladamente para que nadie vea lo que quiere que lea.

—Tú estás loco. Es demasiado peligroso; no va a funcionar.

—*Y ¿quedarse aquí no es peligroso? Ellos o yo: tú eliges.*

—Y ¿cómo tienes pensado llegar a esa trampilla? ¿Sabes por lo menos lo que hay debajo?

—*Lo sabré tarde o temprano.*

—Ya hablaremos de eso cuando llegue el momento. Ahora rompe la hoja, o nos vas a meter en un buen lío.

Valentyn apoya la mina de su lápiz en lo que ha escrito: *Ellos o yo,* y añade un signo de interrogación.

—Vale, hablaré con ellos para que te dejen tranquilo. Por ahora es lo único que puedo hacer.

El desayuno ha terminado. La intendente general anuncia que esta mañana cantarán el himno en el comedor. Unos martillazos resuenan por encima de sus cabezas, están haciendo obras en la sala grande.

Cuando el profesor de música coge su guitarra —no han podido bajarle el piano— y toca los acordes del himno ruso, el que Valentyn entona en su cabeza es el ucraniano. Y recita en silencio palabras que nadie le obligará a olvidar.

La gloria y la libertad de Ucrania no han muerto.
El destino nos sonríe, hermanos ucranianos.
Nuestros enemigos perecerán como el rocío al sol.
Pronto reinaremos sobre nuestra tierra.
Entregaremos nuestros cuerpos y almas a la libertad.

*

Dormir, aunque haya sido poco, le ha sentado bien. Las noches en vela la han destrozado. En su trabajo, una aprende a gestionar la falta de sueño: una silla, una mesa donde descansar la cabeza, una pared contra la que apoyarse, cerrar los ojos, diez minutos de sueño, y como nueva. Es la única manera de resistir en esas guardias que se prolongan a veces más de cuarenta y ocho horas.

Se tira un buen rato bajo la ducha, todavía es pronto para llamar a la puerta del carpintero. Decide vaciar el capazo de Lilya. ¿Qué habrá traído esta vez del centro de distribución?

Al abrirlo se emociona. Si su hija ha metido un par de medias y ese tarro de crema con el que Veronika llevaba tiempo soñando, es que su hija tampoco está tan enfadada con ella como se temía. Espera que haya conseguido el cepillo de dientes que tanto quería.

Un biscote, el fondo de un tarro de mermelada de fresa y una taza de café es lo único que ha encontrado en los armarios de la cocina. El café le ofrece un poco de consuelo. Mira por la ventana. Todavía falta para que amanezca. Para matar el tiempo, se pone a lavar los platos y comienza a ordenar un poco la casa, empezando por el salón, antes de ponerse manos a la obra con el piso de arriba, pero no en la habitación de los niños, que dejará tal cual está hasta que ellos regresen. Ya la ordenará cuando vuelvan, no antes. Cada cual con sus supersticiones. Escobazo a escobazo, va arrastrando el polvo hacia la puerta de entrada. Fuera hace fresco; la bruma se ha posado sobre la ciudad dormida.

Coge una chaqueta de lana que hay colgada de una percha y sale. Necesita hablar con alguien.

*

—¡Justo a tiempo! —exclama el cirujano cuando Veronika entra en la sala de descanso.

—¿Tanto trabajo hay?

—No, al contrario, pamplinas, ¡un auténtico aburrimiento!

—Y ¿qué hace entonces aquí?

—Y ¿adónde quiere que vaya? Aquí me consumo, pero en casa me muero. De hecho, me pregunto si no será usted la que trae la negra —suelta, en tono burlón.

—¿Perdón?

—Pues eso, que, cuando está usted, el dispensario está hasta arriba.

—¿Está insinuando que la gente se hiere o se pone enferma por mi culpa?

—Yo no sugiero nada, sino que lo constato; eso es todo. Así que, si ha venido con la intención de hacer algo, se va a llevar un chasco.

—¿Está por aquí Danylo?

—¿Ha visto la hora que es?

Veronika se sienta al otro lado de la mesa. Se queda mirando al cirujano.

—Me apetecía un poco de conversación.

—Con el hombre de mantenimiento —responde el cirujano, y se cruza de brazos—. Puedo ofrecerle mis servicios, como segunda opción, por supuesto.

—Se han llevado a Valentyn a Crimea —le confiesa ella.

—Al menos, no está muy lejos; además, allí no hay combates. Hablando de combates, ¿tiene noticias del padre?

—Qué curioso: le cambia la voz cuando habla de mi marido.

—Me había parecido entender que… Bueno, no es asunto mío.

—Cualquiera lo diría.

—A veces me pregunto si no habremos pasado más tiempo juntos usted y yo que ustedes dos.

—No se lo pregunte.

—Su pareja empezó a estar de capa caída cuando la arrastré hasta este lugar perdido de la mano de Dios.

—La capa ya estaba caída antes de que usted me propusiera este puesto.

—Disculpe, tengo la mala costumbre de querer cargar con todos los males del mundo a mis espaldas. Lo siento mucho —dice el cirujano. Entonces, él se mira las manos, como un niño al que han pillado in fraganti, y trata de esquivar las miradas de Veronika—. Me aburro cuando no estoy operando.

—No, no es eso, sino que se siente inútil, y se subestima… Mi marido llama cuando puede. No se les permite usar el teléfono móvil. Los rusos rastrean las señales para localizar nuestras unidades, es un poco como encender tres cigarros con una misma cerilla. No tiene sentido buscarle una explicación; es una larga historia. Normalmente, una vez al mes se las apaña para informarme de que sigue con vida, pero hace cinco semanas que no lo hace, así que estoy preocupada.

—Lo hará pronto, estoy seguro. ¿Qué le va a contar de los niños?

—No sé.

—Él querrá hablar con ellos.

—Qué va —dice Veronika—. Solo llama al dispensario. Parece que lo haga aposta. A ver, siempre me pregunta por ellos, que ya es algo.

El cirujano se acerca a la mesa auxiliar. El café del día anterior se ha quedado frío, pero, aun así, se sirve una taza.

—Lo entiendo —observa.

—Ah, ¿sí? ¿Qué es lo que entiende?

—La cantidad de veces que la he oído decir que era un poeta, y no precisamente como un cumplido, sino como un mal recuerdo. Un poeta que, de un día para otro, acaba en una trinchera.

Cuando tienes delante al hombre que te va a matar, tu humanidad puede impedirte apretar el gatillo antes de recibir tú mismo la bala. Hablar con tus hijos es ponerte en peligro, arriesgarte a romper el caparazón que te protege al pensar que el tipo al que vas a cargarte quizá tenga también hijos esperándole Es complicado sobrevivir cuando se está en la guerra ¿Qué? ¿Qué he dicho esta vez? ¿Por qué me mira así?

—Lo miro… porque no lo había entendido. Mi marido es un soñador que está viviendo una pesadilla.

El cirujano se queda mirando a Veronika. Se puede leer la tristeza en sus ojos.

—Bueno, ¿y si vamos a la sala común a juntarnos con esa gentucilla? Seguro que hay algún paciente que nos necesita, y, si no, podemos apañárnoslas para que así sea —dice, y esboza media sonrisa.

Veronika sonríe también y se seca las lágrimas. Él le pasa el brazo por los hombros y la lleva al pasillo.

Está amaneciendo. Por las ventanas de la sala común entra una bonita luz que tiñe las camas de ámbar. Le gustaría decirle lo importante que es para él, aunque sabe que probablemente ella nunca lo amará como él la ama.

*

Lilya va y viene por la calle principal de Novoleksivka. El vendaje se le despega a cada paso que da. Los neones de una cafetería se encienden. Se vuelve hacia Sobaka, que la sigue diez metros por detrás.

—No te estoy abandonando, pero tengo mucho frío —le dice.

El perro se tumba en la acera, inclina la cabeza a un lado y la mira entrar en el establecimiento.

Sentada a la barra, Lilya devora con la mirada los bollos que hay apilados en un plato. Es demasiado orgullosa para preguntar el precio y no lleva suficiente dinero en el bolsillo. La mujer que le ha servido el café barre la sala y coloca las sillas sin prestarle atención. Lilya podría robar uno, o dos, para ofrecerle un desayuno al perro, bastaría con estirar el brazo. La tentación es fuerte cuando el hambre aprieta.

Diez minutos más tarde, paga su café con un billete de veinte grivnas que deja en la barra y sale después de despedirse de la camarera.

—Vale, no eres feo, pero eres muy interesado, y eso está feo —le dice a Sobaka, que no se aleja de ella ni un paso desde que ha salido de la cafetería.

Saca un bollo del bolsillo de su cazadora. El perro lo atrapa y se lo come de un bocado.

Ve una farmacia en la acera de enfrente, cruza la calle y empuja la puerta.

—Necesito rehacer un vendaje, el más barato que tengan —le pide a la farmacéutica.

En comparación con esta mujer, la cocinera del colegio de su hermano podría parecer enclenque. Es madre de familia numerosa y está harta de tonterías. Se ha fijado en los andares de Lilya y en la alforja que lleva al hombro.

—Siéntate en la silla que hay junto a la caja y enséñame dónde tienes la herida —dice.

De nada sirve discutir. Lilya obedece y se baja el pantalón hasta por debajo de la rodilla.

Se han saltado los puntos, pero la herida no se ha vuelto a abrir. La farmacéutica desinfecta la llaga y le pone unos puntos de aproximación y un apósito.

—No te he visto antes por aquí… ¿De dónde vienes? —le pregunta mientras le venda la rodilla.

—De Rikove.

—¿Sola?

—No —balbucea Lilya—, mi madre está visitando a una amiga, un poco más arriba en esta calle.

—Tiene que ser muy buena amiga para ir por carretera en este momento; sobre todo, con su hija. Venga, levántate, anda un poco y dime si te aprieta demasiado.

Lilya obedece. El vendaje elástico le sujeta la articulación. Camina casi con normalidad, lo cual no quita para que le preocupe cuánto le van a costar las curas.

—¿Cuánto le debo? —pregunta con voz tímida.

—Anda, tira. Ya me pagará tu madre cuando termine de hablar con su amiga. —Lilya se vuelve antes de salir. La farmacéutica la mira y se sube las gafas por la nariz—. ¿Sigues ahí?

—Gracias —le dice.

—Ten cuidado con las patrullas, por aquí los milicianos andan muy enfadados.

Lilya y Sobaka caminan hacia la tienda de alimentación que hay al fondo de la calle. Es una tiendecita de barrio; no parece gran cosa. Lilya recorre los pasillos, coge un paquete de galletas, un sobre de lonchas de jamón que no tienen demasiada buena pinta, pero está rebajado, un trozo de queso duro y un paquetito de pan de molde. Renuncia a un refresco y le pregunta a la cajera si le puede rellenar la cantimplora.

Paga y cuenta lo que le queda, que es con lo que va a tener que apañarse dos días, tres, si se aprieta el cinturón.

La próxima etapa está a veinte kilómetros. Si no pierde el tiempo, llegará allí en unas cuatro horas, siempre que vaya por la E-105, en línea recta. En el cruce, Lilya divisa a lo lejos un convoy militar cargado de hombres de la división Wagner. La farmacéutica ya la había advertido: moverse al descubierto es mucho más peligroso, sobre todo, para una adolescente que se desplaza sola con su perro. Sobaka no podría hacer nada contra esa clase de depredadores. Ir campo a través le haría acumular retraso, pero es la única manera de llegar a Nikolaevka.

*

Vital no ha querido el desayuno que le ha preparado Ilga. Aunque ella ha protestado, él se ha ido al despacho que tiene en el sótano de la mansión. Sus actividades para el Ejército Digital le llevan toda la mañana. Esta noche tiene que participar en una operación de interferencia, un ciberataque de los sistemas informáticos que transmiten información para guiar a una unidad móvil enemiga. Lanzamisiles instalados en camiones que hay que piratear antes de que los proyectiles alcancen sus objetivos, que son edificios residenciales. Hay vidas civiles que dependen de esta misión. El día anterior, Putin ha declarado por televisión que bombardear áreas metropolitanas no tenía ningún sentido. Su cinismo solo es comparable a sus constantes mentiras.

De vez en cuando, Vital deja su trabajo para analizar las imágenes por satélite en alta definición. Los paisajes que examina se extienden por un radio de cien kilómetros al sur de Rikove. Hace cálculos: si Lilya se mueve en bicicleta como le ha indicado su madre, probablemente haya llegado ya a Chongar, pero le llevará su tiempo encontrar un medio para cruzar la frontera. El puesto de control para pasar a la Crimea ocupada es una zona de alto riesgo.

Si después de tantos años viviendo al margen de la ley, Vital sigue siendo un hombre libre, es por su manía de anticiparse a los imprevistos, al más mínimo detalle que pueda retrasar o hacer que una misión se le vaya de las manos. Los pinchazos son frecuentes cuando se circula en bicicleta por caminos de tierra, y ni se le ocurre pensar que Lilya haya optado por tomar la carretera.

A pie, su media caería a cinco kilómetros por hora. Digamos unos dos o tres días andando hasta llegar a la frontera con Crimea. ¿Dónde pasará la noche? ¿En Molenska? ¿En Nikolaevka?

Echa un vistazo al reloj. Veronika no debería de tardar en ponerse en contacto con ella. Mientras espera a recibir noticias suyas, vuelve a leer el mensaje que le ha llegado una hora antes. Un mensaje corto que le ha hecho feliz, aunque hubiera preferido que procediera de Londres, y no de París.

Estoy contigo.

Ha sido Maya la primera en responder a su llamada.

13

Veronika llama a la puerta de la carpintería. La señora Vasylyk abre y se planta delante de ella, con las manos en las caderas.

—Y ahora ¿qué quiere?

—Hablar con su hijo.

—Stefan está ocupado.

—La vida de mi hija está en juego.

—Lo que usted tiene que hacer es vigilarla de cerca. Lo siento, no quiero que mi hijo se vea involucrado en sus problemas.

—Solo le quiero pedir que envíe un mensaje —suplica Veronika.

—De ninguna manera voy a poner a mi hijo en peligro —responde la señora Vasylyk, alzando el tono como acostumbra cada vez que se le lleva la contraria—. No es asunto nuestro.

—Pero sí lo es mío —protesta el carpintero, que acaba de aparecer, acompañado de su hijo—. Vas a recibir a esta señora como se merece y le vas a preparar un café mientras nosotros nos ocupamos de nuestros asuntos.

La señora Vasylyk se queda ojiplática y se pone rabiosa.

—¿Qué acabas de decir? —se desgañita ella.

—¿La maldad te ha dejado sorda?

Stefan no se puede creer lo que está oyendo: su padre plantándole cara a su madre, una novedad que le produce un placer inconmensurable.

—¡Te prohíbo que me hables en ese tono! —grita la señora Vasylyk.

—Me la trae al fresco. Prepararé el café yo mismo, y tú irás a trabajar al taller en mi lugar, puesto que sabes hacerlo todo.

Veronika pasa por delante de ella, impasible. No tiene sentido echar más leña al fuego. Stefan se sienta a la mesa de la cocina. Se le ha ocurrido bajar su busca.

—Bueno, ¿qué le escribimos?

—Intenta averiguar dónde se encuentra. No, primero pregúntale si está bien. —Está nerviosa, se retuerce los dedos, se muerde las uñas, se levanta y se vuelve a sentar inmediatamente—. Intenta convencerla de que vuelva —añade—. Dile… que has hablado conmigo…, que he ido a buscar refuerzos y, lo más importante, que unos amigos se están encargando de hacer que Valentyn vuelva, y que…

El carpintero, cargado de empatía, le da una palmadita en la mano.

—Yo creo que es mejor no entrometernos en sus conversaciones.

Stefan es el primero que así lo cree. Incluso preferiría irse a su habitación para estar a solas con Lilya. En medio de los adultos, teme no resultar natural y que Lilya se dé cuenta.

—Vale —dice Veronika—. Pero vuelve pronto o, mejor, tómate tu tiempo. Cuantas más cosas descubras, mejor.

El carpintero prepara cuidadosamente el café. Echa un vistazo por la ventana. Su mujer está tendiendo la ropa en el jardincito que hay detrás de la casa. Farfulla, levanta los brazos al cielo como si estuviera invocando a los dioses de la tierra como testigos de la afrenta que acaba de sufrir. El señor Vasylyk se ríe por lo bajo. Desde que su ciudad fuera ocupada, nunca se ha sentido tan feliz. Es posible que incluso tenga que remontarse a mucho antes de la invasión para encontrar un momento de semejante felicidad.

*

Aparece un «390» en el busca, que ella nota vibrar en su alforja. Tres cifras que le han bastado para, de repente, sentirse menos sola. Abre el cuadernito que le regaló Stefan. Dentro copió la tabla entera de códigos. Se promete a sí misma que se los aprenderá de memoria, aunque tener en las manos ese cuaderno la haga feliz.

«390» quiere decir «¿dónde estás?». Cuesta teclear el nombre de la ciudad donde se encuentra, pero lo consigue. «17-0-11-0-4-3-15-51-11-15-6».

Ha cometido una falta de ortografía, pero está segura de que él lo entenderá. Para decir que está bien, se contenta con teclear «yo bien». Escribir en lenguaje encriptado requiere sacrificar la sintaxis y el vocabulario. Lo importante es comprenderse.

«123», él le dice que la echa de menos. «001», ella le responde que sí, pero significa «yo también». Stefan decide no decirle nada de su madre. Sabe que Lilya no renunciará, al menos, no inmediatamente; además, es su primera comunicación, y quiere que quede entre ellos.

«372», a él le gustaría saber qué está haciendo. «189», Lilya dice que sigue de viaje. Le cuenta que se ha encontrado con un perro que no se aparta de ella. «312», ella le escribirá más tarde.

«393», responde Stefan para saber cuándo.

«17-0-0-4-3», contactará con él esta noche.

*

—¿Y esa cara? ¿Pasa algo? —se preocupa Veronika cuando Stefan vuelve de su habitación.

—Va todo bien, tranquila, pero… no va a volver sin su hermano.

—Y ¿dónde espera encontrarlo?

—Pues en el sur.

—¿Te ha dicho dónde estaba? —interviene el carpintero.

—No en concreto.

—Stefan, no me vengas con cuentos.

—Está en Novoleksivka, pero se estaba preparando para marcharse, os lo juro.

—¿Le has comentado lo de los refuerzos? —pregunta Veronika.

Stefan mira un segundo a su padre. Se queda pensando antes de hablar.

—No, no era buena idea. Se habría mosqueado. Confía en mí. Se lo diré esta noche. Me ha prometido que volverá a contactar conmigo entonces.

—¿Qué más te ha contado?

—Que estaba bien y que estaba con un perro.

—¿Un perro? ¿Eso es todo lo que teníais que deciros?

—Con estos aparatos, ya es mucho —responde Stefan.

—Dado que va a volver a contactar contigo, pasarás la noche en casa de la señora. ¿Puede quedarse a dormir en su casa? —le pregunta el carpintero a Veronika.

—¿Está seguro de que no le importa?

—De lo único de lo que estoy seguro es de lo que me espera

ahora, y prefiero pasar la noche en la cama de mi hijo que en el viejo sofá del salón.

*

Valentyn se ha parado en la puerta para observar la clase. El profesor de geografía e historia ha tomado asiento detrás de su escritorio.

—Y bien, ¿a qué estás esperando? ¡Entra! ¡Vas a llegar tarde! —exclama.

Valentyn sigue sin decidirse, pasar a la acción requiere echarle mucho valor, y sabe lo que esto conllevará. Guzenko está sentado en la tercera fila, arrogante y pendenciero hasta cuando sonríe. Es el jefe de la manada, un bruto estúpido que no le quita ojo mientras avanza por la fila. La tarea del día consiste en dibujar los nuevos contornos de la Federación de Rusia en un mapa donde Ucrania ha dejado de existir. El profesor ha clavado con chinchetas en la pizarra el modelo que tienen que reproducir. Copiar es algo de lo que Guzenko es capaz, así que desenrosca su frasco de tinta roja antes de mojar en él la pluma. Valentyn se para delante de él y se lo queda mirando. Guzenko no se lo puede creer; levanta lentamente la cabeza y le mira de manera desafiante.

—¿Qué pasa, imbécil?, ¿es que no sabes dónde está tu sitio? —le suelta.

Sus compañeros se ríen tontamente. El profesor les pide calma y le ordena a Valentyn que se siente de una vez. Pero Valentyn no se mueve, sino que apoya la mano en el pupitre de Guzenko, se acerca lentamente al frasco de tinta para que los demás entiendan que no le asusta lo que le va a pasar, y, con indiferencia, le da la vuelta al frasco y vierte la tinta en el cuaderno. La tinta se derrama por la hoja, chorrea y alcanza los pantalones del imbécil.

Guzenko se levanta furibundo y le agarra por el cuello.

—¡Esto lo vas a pagar caro! —grita.

Valentyn se libra de sus garras y le lanza un gancho en el bajo vientre. La pelea ha empezado, los dos niños ruedan por el suelo y llueven golpes. El profesor de geografía e historia corre hacia ellos para separarlos.

No se puede creer que Valentyn sea el causante del alboroto. Le coge por el lóbulo de la oreja y ordena a Guzenko, apuntándole con el dedo, que se siente inmediatamente. Sin dejar de sujetar a Valentyn por la oreja, lo arrastra hacia la salida.

—No sé qué mosca te ha picado, pero me has decepcionado. De verdad, no me esperaba este tipo de comportamiento por tu parte. Cuando pienso que te había traído los libros que me habías pedido… Vas a pasar la hora fuera, y prepárate para un severo correctivo como te pille la intendente general. Al finalizar la clase ven a verme para explicarme el porqué de esta conducta inadmisible.

Da un portazo y deja a Valentyn completamente solo en el pasillo desierto. Que es justo lo que quería.

Desde que llegó al internado, Valentyn lo memoriza todo. Ayer, en lo alto de la torre, aprendió mucho. A esta hora, a primera hora de la mañana, mientras los alumnos y sus profesores están en clase, y los jardineros atareados en el patio exterior, la intendente general está ocupada con sus quehaceres diarios en su despacho y no le gusta tener que bajar. Los responsables de mantenimiento inspeccionan los dormitorios, y los vigilantes desayunan en el comedor mientras las cocineras están con sus fogones. Es una hora ideal para una expedición.

Sube por el corredor, pasa por encima del murete, atraviesa los jardines interiores, cruza la verja y salta al ala prohibida.

La trampilla que le interesa pesa mucho más de lo que

imaginaba. Tiene que tirar con todas sus fuerzas de la anilla, pero apenas consigue levantarla unos centímetros. En esa posición, le resulta imposible ver nada, así que emplea sus últimas energías en bajarla sin hacer ruido. Le duelen los dedos, su plan ha fracasado, y se enfada doblemente al pensar en lo que le espera por haberse atrevido a humillar a Guzenko. No es momento para lamentarse. Tiene que regresar. Los vigilantes no tardarán en reanudar su ronda. Valentyn corre hacia el jardín interior. Al correr demasiado rápido, derrapa en una piedra cubierta de musgo y acaba entre dos rosales. Las espinas le arañan la cara, se lleva la mano a la mejilla, donde encuentra un poco de sangre en la parte que le escuece, se levanta, sale pitando hacia el corredor y para en seco. Se ha abierto una puerta. Dos vigilantes que han salido del comedor avanzan hacia él. Tan solo le da tiempo a esconderse detrás de una columna. Contiene la respiración mientras los escucha acercarse. Está demasiado lejos de clase para poder ofrecer una explicación válida. Uno de los vigilantes se palpa los bolsillos del pantalón. Ha debido de olvidarse algo en la mesa (probablemente el teléfono). Hace una mueca y regresa con su compañero.

*

—Habría apostado por Oleksivka. Si ya está en Novoleksivka, es más rápida de lo que pensaba —reconoce Vital—. Ha debido de andar toda la mañana.

—Ha cogido la bicicleta de su padre —le recuerda Veronika.

—En bicicleta habría llegado mucho más lejos. He analizado todos los itinerarios posibles para seguirle el rastro.

—En ese caso, ¿se puede saber qué hago yo aquí sin hacer nada? Dime dónde está. Tengo suficiente gasolina. Voy a buscarla.

—Va campo a través. Usted no la encontrará nunca, y, por mucho que pase día y noche conduciendo por las calles de Sal'kove, de Mikoláivka o de Novi, como su hija se esconda, no va a dar nunca con ella. Por no hablar de que podría caer en manos de una patrulla enemiga y la podrían arrestar. Déjela seguir con su aventura una noche más. Creo que dará media vuelta mañana por la mañana.

—¿Lo crees o estás seguro?

—Tengo mis buenas razones para creerlo.

—Al parecer, la acompaña un perro. Eso me ha dicho Stefan.

—Al menos, si alguien pretende ir tras ella, el animal le enseñará los dientes. Esperemos que sea un perro grande. Y, aparte de eso, ¿qué más le ha dicho?

—No mucho más; que estaba yendo hacia el sur y que daría más noticias esta noche.

—Si no se entretiene de camino, estará en Chongar, y es entonces cuando empezarán las contrariedades —comenta Vital.

—¿Qué contrariedades? —se alarma Veronika.

—Nunca podrá pasar el puesto de control. Por lo que tengo entendido, los que cruzan la frontera pasan a cuentagotas, y les miran la documentación con lupa. Lilya no vive en Crimea y no tiene edad para trabajar. Le impedirán el ingreso. Por eso digo que tendrá que volver a casa. Llámeme cuando ella contacte con Stefan, a la hora que sea. Mañana, cuando se haya rendido, será el momento de ir a buscarla. A no ser que usted la deje volver por sus propios medios, que es lo que habrían hecho mis padres.

—¡Que Dios te oiga!

—¿Ahora cree en Dios? En aquella época, me decía lo contrario.

—No estoy para bromas, Vital, pero gracias de nuevo por intentarlo.

—De nada. Tengo que volver al trabajo. Hasta luego.

Ahora que Veronika ha colgado, Vital amplía el mapa en la pantalla para estudiar la zona de paso de Chongar. A un lado y otro del viejo puente, han construido muros coronados con alambradas. Han edificado una torre de vigilancia en medio del puente nuevo, el único que sigue transitable. La fotografía por satélite revela asimismo la presencia de dos puestos fronterizos, uno, en el lado de Ucrania, y el otro, tres kilómetros más allá, en la Crimea ocupada. Entre ambos se extienden marismas atravesadas por una franja de asfalto que bordea ciénagas y arenas movedizas.

—¿Qué se te puede ocurrir para cruzar esta tierra de nadie? —murmura Vital.

Mira el reloj. Lilya tardará cuatro o cinco horas en llegar a Chongar. Por mucho que haya querido tranquilizar a su madre, no las tiene todas consigo. El puesto de control es un lugar peligroso. Hay muchos depredadores, rusos y milicianos de la Wagner patrullando, pero también salteadores y traficantes de seres humanos que rondan por ahí día y noche. Un montón de buitres para los que una adolescente sola sería una presa fácil.

*

—Vamos, no perdamos tiempo —le susurra Lilya al perro.

Desde que dio media vuelta en las inmediaciones de la autopista, se siente vigilada. Está casi segura de haberse cruzado ya antes con la camioneta que acaba de adelantarla. Uno de los milicianos ha sacado la cabeza por la ventanilla y le ha echado el ojo. Duda si continuar. Con una vuelta a la manzana, les bastaría para llegar de nuevo hasta donde está ella. Cambiar de dirección, pero ¿para ir adónde? Las calles que se adentran en la ciudad están desiertas y resultan poco atractivas. Si no hubiera robado dos bollos, habría vuelto a refugiarse en la cafetería. Piensa en la farmacéutica, pero tendría que darle explicaciones —la mujer no es tonta, y Lilya se arriesgaría a que la retuviera y avisara a su madre—.

—Esto me huele mal —le confiesa a Sobaka—. Mi hermano me necesita, así que, en lugar de mirarme con la lengua fuera, muéstrame el camino.

Nunca sabrá si Sobaka la entendió o si su intención era meterse por ese callejón que ella no había visto. Por primera vez, es él quien abre la marcha. Ha recorrido cien metros cuando un chirrido de frenos la obliga a darse la vuelta. La camioneta se ha parado al fondo del callejón. Lilya nota cómo el corazón le empieza a latir a toda velocidad. Ya no hay duda: los milicianos van a por ella.

Arrancan de nuevo a toda pastilla y desaparecen por la calle principal. Lilya corre tan rápido como puede, como alma que lleva el diablo, frena en seco y le grita a Sobaka:

—¡Por la otra dirección! ¡Nos van a rodear!

Baja corriendo a toda velocidad por la calle principal. Sobaka la sigue a grandes zancadas; le queda más fuelle que a ella. Ve la estación a lo lejos. Quizá allí haya suficiente gente para disuadir a los milicianos de llevársela. Pero todavía tiene que pasar cuatro cruces y otras tantas calles por las que ellos podrían aparecer. Los pocos peatones que se encuentra a su paso se apartan. Deja atrás la cafetería, la farmacia, el centro cultural…; sofocada, tuerce a la izquierda por la calle Tsentral'na, luego a la derecha por la calle Narodiv, y de nuevo a la derecha por la calle Zaliznycha. Cien metros más y llegará a la pasarela peatonal que cruza por encima de las vías del tren.

Los milicianos han esquivado el plan de Lilya para burlarlos. La camioneta va directa hacia ella, la adelanta y frena en seco en la acera. Tres hombres bajan inmediatamente y la agarran del cuello. Sobaka gruñe enseñando los dientes. Uno de los milicianos saca un revólver.

—Dile que pare o le disparo —dice apuntando con su arma al perro.

—¡Largo, Sobaka!

El perro se queda quieto, con los belfos levantados; suena un silbato y sale corriendo.

14

Los alumnos salen en fila. Valentyn espera delante de la puerta de clase. Guzenko le fulmina con la mirada y, al pasar delante de él, jura entre dientes que le dará su merecido cuando llegue el momento.

—Entra —dice el profesor de geografía e historia.

Valentyn obedece y sube al estrado.

—Tu amigo me ha contado lo que te pasó ayer en las duchas. Ahora lo entiendo mejor, aunque me temo que no hayas hecho más que empeorar la situación. Lo siento, pero estoy obligado a castigarte por tu comportamiento. Te quedarás esta tarde en la sala de estudio, en lugar de ir a jugar al patio. Le he puesto el mismo castigo a Guzenko, así que tendréis la oportunidad de limar vuestras asperezas amistosamente.

Valentyn asiente con la cabeza. La idea de que Guzenko quiera solucionar lo que sea amistosamente, o incluso de que sepa lo que eso significa, le podría hacer gracia si no fuera porque es él quien está en su punto de mira. Se despide del profesor y va a clase de matemáticas.

—Espera, tengo algo que te mantendrá ocupado durante el

castigo —dice el profesor, luego suspira y abre su cartera—. No tiene nada que ver con castillos fortificados, pero es lo único que he
encontrado —añade, y le entrega un libro sobre la obra del arquitecto ruso Semenov.

Valentyn no puede resistir la tentación de hojear las páginas.
Están llenas de reproducciones de planos y de fotografías de edificios estalinianos.

—¿Es que no has tenido suficiente por hoy? ¡Venga, antes de
que tu profesor de matemáticas te mande a por un justificante por
llegar tarde!

Valentyn se marcha corriendo con el libro bajo el brazo.

*

El policía se acerca a los cuatro milicianos que retienen a Lilya.

—¿Qué está pasando aquí? —pregunta.

—¿Y a ti qué te importa? —replica el jefe del grupo, que no tiene la más mínima intención de dejarse impresionar por un poli con
uniforme—. Estaba callejeando y, si ha salido pitando al vernos, es
porque algo malo habrá hecho. La vamos a llevar al cuartel general
para interrogarla.

—No hace falta. Yo sé por qué está huyendo. Nos han informado de un robo en una cafetería cerca de aquí, y ella encaja con
la descripción. Es menor, así que es asunto de la policía.

—Es posible, pero ¡somos nosotros los que la hemos arrestado!
—protesta el miliciano.

—Y yo te lo agradezco. Un hombre con tu talento seguramente tendrá otras misiones más importantes que interrogar a una cría.

—¿Qué ha robado? —pregunta otro miliciano, apoyado contra el coche, que masca despreocupadamente tabaco.

—Por lo que me han dicho, un bollo. Y, a no ser que le abramos la tripa, dudo mucho que podamos devolvérselo a su propietaria.

El jefe mira a sus hombres. Una ladronzuela de bollos es una presa mísera.

—Vale, toda tuya —dice, desenvuelto—. No olvides que hoy te hemos hecho un favor. Nos debes una.

—Por supuesto —responde el policía, y agarra a Lilya del brazo.

Los milicianos vuelven a subirse a la camioneta y arrancan a toda velocidad.

El policía espera a que se hayan alejado para soltar a su presa.

—¿Cómo te llamas?

—Lilya Khodova.

—¿Tienes tu documentación?

La chica busca en el bolsillo de su cazadora y se la entrega.

—¿Qué haces aquí, Lilya Khodova?

—He venido a buscar medicinas para mi madre.

—¿Desde Rikove?

—Donde vivo ha muerto el farmacéutico.

—¿Has recorrido cuarenta kilómetros desde esta mañana por unas medicinas?

—En bicicleta, he tardado solo dos horas.

—Y ¿dónde está esa bici?

—Al lado de la farmacia. Cuando se pusieron a perseguirme, me entró miedo y salí pitando antes de que me diera tiempo a desatarla.

—Digamos que vale. Enséñame la receta.

—Se la ha quedado la farmacéutica. Tengo que volver a por las medicinas en dos días.

—Claro. Y, si te llevo a verla, ¿me confirmará todo lo que me acabas de contar?

—Sí, porque es la verdad.

—Lo del robo en la cafetería ¿fuiste tú?

—Tenía hambre —explica Lilya.

—Yo también tengo hambre, y no por eso me convierto en ladrón. Tienes suerte de que haya sido yo el que pasaba por aquí y más aún de que tenga una hija de tu edad. Ve a por tu bici y que no te vuelva a ver rondando por ahí, ¿entendido?

Lilya, abrumada por lo que acaba de pasarle, le da las gracias al policía y se marcha con la cabeza gacha, sin saber adónde ir.

En la parte de atrás de la camioneta, uno de los milicianos mira fijamente la pantalla de su móvil.

—¿Se puede saber qué estás mirando de esa forma? —pregunta su jefe volviéndose hacia él.

—A la chica; le he hecho una foto mientras la detenías.

—¡Yakov! —dice su compañero, y suspira—. Debe de tener, como mucho, trece años.

—Un poco joven, pero estaba bien buena, con esas tetitas.

—Yo he pensado lo mismo —encadena el miliciano que va conduciendo, divertido—. ¿Os habéis creído la historia esa del bollo?

—A saber —responde Yakov, y escupe la mascada por la ventanilla—. ¿Cuánto tiempo creéis que se la va a quedar el policía?

—Dos horas —responde el vecino de Yakov—. Pero, si la esperamos a la salida, nos van a ver.

—Envía su foto al cuartel general para que la hagan circular. Tarde o temprano se cruzará con una de nuestras unidades o con algún soplón. Que sepan que es nuestra.

Yakov esboza una amplia sonrisa desdentada. Al igual que sus compañeros, estaba en chirona antes de enrolarse en las tropas de Wagner a cambio de una liberación anticipada y de un expediente limpio. Un acuerdo que uno no rechaza cuando ha sido condenado a cadena perpetua por crímenes de sangre.

*

Ilga llama a la puerta del despacho y entra sin que la hayan invitado a hacerlo.

—No tengo hambre; demasiado trabajo —refunfuña Vital, con los ojos clavados en las pantallas—. Déjelo en la mesa, ya comeré más tarde. Muchas gracias, Ilga.

Ella no responde, así que Vital levanta la cabeza y ve que el ama de llaves tiene las manos vacías.

—Tienes visita —le informa antes de salir.

—¡¿Qué tipo de visita?! —grita Vital.

—¡Sal de tu madriguera y sube al salón si quieres averiguarlo! —responde ella gritando también desde la parte baja de la escalera.

Vital suelta un largo suspiro y echa para atrás su silla. Le lleva tiempo acoplarla a la cremallera mecánica, y aún más subir del sótano a la planta baja. El esfuerzo merece la pena. Se queda boquiabierto al ver a la mujer que está acodada en la campana de la chimenea.

—Un avión hasta Leópolis, un tren en el que, por supuesto, he viajado en segunda y un taxi de mierda que me ha traído hasta aquí. ¿Vas a cruzar la habitación para decirme hola, o piensas quedarte ahí plantado mirándome?

—¿Qué avión? Todos los aeropuertos están cerrados. Y ¿por qué llevas un uniforme de técnico de primeros auxilios?

—Algún día tendría que servirme de algo contar con una gran ONG entre mis clientes. Sobre todo, cuando mis servicios son gratis. Me contrataron la noche anterior y, mira tú qué suerte, inmediatamente me han enviado en misión. Un convoy humanitario con destino a Leópolis. Ya te he contado el resto del viaje y lo siento si no me ha dado tiempo a cambiarme en ese taxi de mierda. Ahora que ya lo sabes todo, ¿vas a darme un beso, o tengo que enseñarte la documentación?

La emoción de Cordelia es visible, y la de Vital, casi palpable. Ella nunca le había abandonado. Vital podía sentir su presencia por toda la mansión; en cada instante de su vida, estaba ahí, con él.

Avanza con la silla, ella da un paso hacia él, se miran, ella le acaricia la cara, él la besa, ella le besa a su vez, sus labios se tocan, sus lenguas se juntan, se quieren.

—No creo que este beso baste para perdonarte por el daño que me hiciste cuando me dejaste plantada en Londres.

Ella se vuelve hacia la ventana y deja que un halo de misterio envuelva el resto.

—Yo no te abandoné —murmura Vital.

—Si tú lo dices…, pero igualmente te fuiste como un ladrón. Pensé que tenías aquí una amante.

—Me sobrestimas. ¿Lo pensaste mucho tiempo?

—Tenía que encontrar una razón por la que te fuiste.

—¿Y esa fue la única que encontraste?

—No, pero era la que más me enfadaba. Necesitaba odiarte. Si no, era demasiado doloroso.

—¿Sabes la de veces que he entrado en este salón esperando oír tu voz?

—¿Cómo lo iba a saber, si te negaste a que te siguiera?

—Los rusos bombardearon Kiev. No habría podido soportar que te pasara algo.

—Eso parece. Me ha costado un poco de tiempo reconocerlo.

Bueno, para serte sincera, ha sido Diego el que ha hecho que me diera cuenta.

—Y tú ¿tienes a alguien en Londres?

—Te quiero porque eres inteligente, así que haz un esfuerzo, por favor. —Le besa de nuevo. Le apetece quitarse el uniforme, darse un baño y ponerse algo más seductor—. Me acuerdo perfectamente de lo que quedaba en el tarro de sales de baño cuando me fui de aquí. Si una mujer lo ha usado, lo sabré enseguida. —Vital sonríe tontorronamente. Le encantan sus socarronerías, su boca, su piel y su presencia—. Me reuniré contigo en el torreón un poco más tarde. Me imagino que no te falta trabajo —le dice, antes de dejarlo.

—Ahora la sala de informática está en el sótano.

—Pues claro, por las bombas —contesta ella, y suspira—. Por cierto, ¿es verdad que te has unido a las filas del IT Army?

—¿Cómo lo sabes?

—Intuición.

*

Lilya lleva horas caminando, obsesionada por lo que le habría podido pasar de no haber intervenido el policía. Se tranquiliza pensando que debe su aparición providencial a su buena estrella, una visita de su abuela que vela por ella desde el cielo; pero, aun así, sigue teniendo miedo. Ha vomitado mientras recorría las calles de Novoleksivka buscando a Sobaka. Con la alforja al hombro, ha vuelto a la casa abandonada, esperando que quizá se hubiera escondido ahí. Lo ha encontrado en el patio trasero de un supermercado, con el hocico metido en una bolsa de basura. No ha querido ir con ella hasta que no ha terminado su comida. Ella le ha reprochado que estaba sucio y comía cualquier cosa. Después han retomado el camino juntos. En los atajos, Lilya se asegura de apartarse de las roderas que han dejado los tractores. Los hombres de Wagner se divierten dejando minas en los campos. Se tronchan de risa cada vez que oyen cómo explota una a lo lejos. Al parecer, por la noche dibujan cruces en las paredes de su cuartel general, una por cada ucraniano que han matado sin necesidad de tener que dispararle.

Va avanzando, con la espalda encorvada, entre las altas espigas de trigo que se extienden hasta donde alcanza la vista, y se endereza de vez en cuando para asegurarse de que sigue rumbo al sur.

Es entrada la tarde cuando llega a Sal'kove. Los campos se terminan a la salida de la aldea. En este punto, la vía del tren se acerca a la E-105 para atravesar una franja de tierra estrecha que bordea el lago Sokolos'ke. Dos kilómetros de campo abierto antes de poder resguardarse entre la alfalfa. Cuatro horas más antes de llegar a Chongar.

Una campesina tiende la ropa en una cuerda delante de su casa, saluda a Lilya con la mano y le hace un gesto para que se acerque. Es una mujer muy anciana. Su cabello trenzado, bajo un sombrero de paja, le llega hasta la mitad de la espalda. Lilya duda, lleva soñando con un vaso de agua que sacie esa sed terrible desde que la cantimplora se quedó vacía. Alza la vista al cielo; sigue creyendo en su buena estrella.

*

Veronika mira el reloj a cada hora. Quizá la broma del cirujano no fuera del todo falsa. Un hombre, que se ha caído de una escalera, se ha roto una pierna; un accidente de carretera ha ocasionado un herido grave y otro leve. A las 15 h, ha llegado un niño con apendicitis. Tiene la edad de Valentyn, y Veronika ha tenido que ausentarse un momento e ir a la sala común para recobrar la calma necesaria y poder ocuparse de él. Danylo se encarga del triaje; cuando no está empujando una camilla, se esfuerza en limpiar el quirófano lo más rápido que puede entre intervención e intervención. El cirujano está feliz; no deja de haber urgencias en el dispensario; en cambio, a Veronika nunca se le ha hecho tan largo el día. Aunque una lluvia de bombas se abatiera sobre Rikove, en dos horas dejaría su puesto de trabajo para ir a buscar a Stefan y llevarlo a su casa.

*

Al fondo de la sala, Guzenko parece tan despiadado como el vigilante que ha ordenado a Valentyn colocarse al lado de su enemigo. De este modo, los tendrá a los dos a la vista sin necesidad de tener que esforzarse. El vigilante se sienta detrás del escritorio y exige silencio.

Valentyn apoya sus libros y su cuaderno en el pupitre. Desata la cinta que los sujeta y abre el manual de arquitectura de Semenov. Hojea las páginas, hace como si admirara los primeros rascacielos de la era soviética, se detiene en las reproducciones de planos de edificios.

Guzenko gira lentamente la cabeza y le espía antes de darle un codazo para llamar su atención.

—¿Qué te interesa de eso? —susurra.

Valentyn escribe que espera poder ser arquitecto algún día.

—Mierda, es verdad que también eres mudo. Oye, la naturaleza no ha sido generosa contigo.

Guzenko arrima suavemente la silla para poder ver más de

cerca. A su vez, examina el plano y mordisquea su lápiz, como sumido en una profunda reflexión.

—Estás mintiendo. Si quisieras ser eso, no estarías mirando edificios tan feos.

—*¿Eres experto en arquitectura?* —escribe Valentyn.

—Mi padre era maestro cantero, así que sí, un poco sí que sé de construcción.

A Valentyn no se le ha escapado el uso del imperfecto, y renuncia a seguir haciéndole más preguntas.

—¿Qué tramas, Khodova? No te quito ojo desde que llegaste. No eres como los demás, y no solo porque tengas el pico cerrado.

—*No lo entenderías.*

—¿Piensas que soy imbécil?

—*No, pero tú sí que piensas que yo lo soy.*

—Te equivocas.

—*¿Por qué llorabas ayer por la noche en la habitación?*

—¿Tú estás loco o qué? Yo nunca he llorado. ¡Como se te ocurra contarle ese cuento chino a alguien, te hago picadillo!

—*Entonces, sería otro. Aun así, había alguien que lloraba por donde tú duermes.*

—Seguramente sería Krivik, que es un auténtico gallina.

—*Yo también lloré, pero a mí nadie me oye.*

—Qué raro eres, Khodova. ¿Por qué me lo cuentas? ¿No te da miedo que les vaya contando a los demás que tú también eres un gallina?

—¡Silencio! —grita el vigilante.

—*Ellos son los únicos que me dan miedo* —escribe Valentyn levantando la vista a la pizarra.

De repente, Guzenko descubre las virtudes de la escritura cuando uno quiere charlar en la sala de estudio sin llamar la atención. Señala con su boli el cuaderno de Valentyn y se pone a escribir.

—*Vale, es verdad que no estoy tranquilo. Bueno, ¿qué diablos haces con ese libro? ¡Dime la verdad o pensaré que no confías en mí!*

—*¿Después de lo que pasó ayer por la noche, quieres decir?*

—*No te pases, Khodova. Suelta lo que tienes en esa cabecita.*

Valentyn se queda pensando. Necesita unos brazos fuertes para levantar esa maldita trampilla y su amigo no tendrá el valor de arriesgarlo todo para escapar. Se toma su tiempo para formar las letras, como lo haría oralmente alguien que quisiera dar importancia a cada palabra pronunciada.

—*¿No te apetece volver a casa?*

Guzenko entorna los ojos y acerca lentamente la cabeza a Valentyn para asegurarse de que este no se está burlando de él.

—Venga, continúa —susurra.

—*Creo que he encontrado la forma de salir de aquí.*

—*¿Estás seguro de lo que dices? ¿Cómo?*

—*Todavía no estoy seguro; por eso estudio estos planos. Lo que me interesa no son los edificios altos, aunque me parecen bastante impresionantes, sino ¡estos!* —Valentyn pasa las páginas y se detiene en una serie de grabados que representan edificios que hace años ocupaban los ejércitos del «zar», y que Semenov rehabilitó—. *¿No crees que este se parece al internado?*

—*No es de la misma época, pero se parece un poco, efectivamente. Sigo sin ver adónde quieres llegar.*

—*He localizado una trampilla en el ala prohibida. Creo que debajo debe de haber una escalera que conduzca a un sótano y un túnel que saldría a la cuneta de la carretera.*

El asunto parece tan serio que Guzenko vuelve a coger el lápiz.

—*Del túnel, no tengo ni idea, pero del sótano estoy seguro. He visto a los jardineros bajar por esa trampilla cargando con cajas llenas de provisiones.*

El vigilante los observa. Valentyn se apresura a tachar su conversación con Guzenko.

*

Al entrar en casa de la campesina, Lilya se pregunta si no ha llegado al final de su aventura. La casa es sencilla, el ambiente, apacible, y el agua está fresca. Está tan cansada.

—¡Madre mía, mi niña, estabas muerta de sed! —exclama la campesina, y ríe mientras llena de nuevo el vaso que Lilya se ha bebido de una vez.

Incluso el perro parece apreciar la calma del lugar; se ha tumbado junto a la estufa y ya está cerrando los ojos. La campesina deja en la mesa una caja de galletas que abre con dificultad. Lilya mira sus dedos torcidos e hinchados por la artrosis que le recuerdan las manos de su abuela.

—Qué difícil es hacerse viejo. Disfruta de la juventud mientras puedas. Siento curiosidad por saber qué te trae por Sokolos'ke. No vienen muchos visitantes. ¿En qué casa vives?

—Estoy de paso —responde Lilya—. Los rusos han secuestrado a mi hermano, y he venido a buscarlo.

La anciana le acaricia la mano, con la mirada llena de compasión.

—Lo siento. Imagino que lo echas de menos, pero seguro que no es tan terrible como piensas. A menudo veo pasar un autobús escolar que lleva niños a unas colonias en Crimea, y cuando vuelven tienen todos muy buen aspecto. El aire de las salinas les viene muy bien. A veces paran delante de nuestra casa para estirar las piernas. Ahora que lo pienso, hace mucho que no pasan. Vamos, que estoy segura de que te estás preocupando por nada. Seguro que se está divirtiendo mucho.

—¿Dónde están esas colonias? —pregunta Lilya enfebrecida.

—En la península que hay a la entrada de Prydorozhnje. Es un lugar maravilloso. Pero, en estos momentos, está complicado llegar allí. No es fácil cruzar la frontera, por los terroristas. Al menos, cuando estemos en paz, ya no existirá.

—¿Qué terroristas?

—Los que quieren seguir siendo ucranianos a toda costa. ¿Qué más da para gente como nosotros ser rusos, si todos los que vivimos aquí hablamos ruso? Los acusan de todos los males del mundo, pero conmigo siempre han sido amables. Me pregunto a qué viene tanto drama. Unirnos a un gran país no nos va a hacer más pobres de lo que ya somos, sino probablemente lo contrario. Toma, coge más galletas; eres guapa, pero estás muy delgada, me parece a mí.

Lilya prefiere no responder (no serviría de nada). Las palabras de la campesina han acabado con sus dudas y con su cansancio. En lo único en lo que piensa es en su hermano, en el miedo que debe de estar pasando y en lo solo que debe de estar en su prisión de Crimea. Ha recorrido la mitad del camino. Ahora que sabe dónde tienen retenido a Valentyn, solo le queda encontrar la forma de sacarlo de ahí. Si fracasa, se entregará para que la encierren con él. Se levanta y explica que tiene que marcharse antes de que se haga de noche. Sobaka duerme profundamente. Abre un ojo, se despereza y se incorpora sobre su patas.

—Pero ¿adónde vas así? Ya te lo he dicho, no se puede ir más allá de Chongar.

—Voy a probar suerte. Yo también necesito vacaciones —responde Lilya desde el umbral—. Gracias por su acogida.

La campesina levanta el visillo de la ventana para observar cómo Lilya se aleja por la carretera junto a su perro. Le preocupa verla marchar hacia ese lugar al que es mejor no ir. Se pregunta si no debería prevenir a las autoridades para que no le pase nada a esa chica tan educada y que ha apreciado tanto sus galletas.

En cuanto pierde de vista la casa, al doblar la carretera, Lilya saca un puñado de su bolsillo y se las lanza a Sobaka. Las ha mangado cuando la campesina preparaba té.

*

Cordelia entra sin llamar a la sala de informática, se sienta en el sillón que hay al lado de Vital y observa lo que va apareciendo en las pantallas.

—No deberías estar viendo esto —dice él con voz calma.

—Una pregunta rápida, solo para asegurarme: cuando les robamos ciento cincuenta millones de dólares a los responsables del escándalo de la insulina para ingresárselos a sus víctimas, ¿te pareció sensato? Hackear a millonarios y denunciar ante la prensa las pruebas de su corrupción ¿estábamos obligados a hacerlo o no? ¿Y chantajear al entorno de un dictador para liberar a un prisionero político? Todo lo que hemos hecho desde que somos forajidos ¿no estaba justificado? ¡Así que cuéntame de qué se trata!

—Es una operación militar —responde Vital impasible—. Estamos interfiriendo en los sistemas de guía de los lanzamisiles enemigos. A veces conseguimos redirigirlos contra sus propios tanques.

—Pero ¡qué idea más buena! —exclama Cordelia, jovial—.

Entonces, si haces tantas locuras, ¿es posible que me esté acostando con un pez gordo del IT Army, y yo sin saberlo?

—¿Podrías tomártelo en serio, dos minutos?

—¿Contigo? Lo más tarde posible, querido, o nos morimos de aburrimiento. Lanzamisiles… Te lo suplico, Vital, déjame ayudarte.

—Puedes ayudarme a buscar a Valentyn mientras yo me ocupo de mi misión —propone él. Cordelia coge su bolso y lo deja delante de Vital—. ¿Me has traído After Eight?*

Ella levanta la mirada al cielo y saca un carpetón.

—Historial del sistema de campamentos para niños, metodología completa, cómo y por qué se los llevan a Rusia o a territorios que han ocupado. Programas de reeducación, formación académica y militar. Encontrarás también la lista de los responsables federales implicados en este tráfico de menores y de los que trabajan en el seno de los Gobiernos de ocupación alineados con Rusia. Nombres y fotos. Y, por último, lo cual es fundamental, la localización de los centros de reeducación.

—¿Cómo has conseguido todo esto?

—No haciendo locuras —responde ella con tono distante.

*

Stefan ha apoyado a los pies de la escalera las cosas que se ha traído para pasar la noche y se vuelve hacia la madre de Lilya.

—¿Sabes dónde está la habitación?

—No, señora. Nunca hemos pasado más allá del salón.

—Llámame Veronika; es más fácil. Arriba, la primera puerta del pasillo a la derecha. Coge la cama de Valentyn.

---

* Marca de chocolatinas inglesas con menta. *(N. del A.)*.

—El sofá me parece bien, si no le importa.

—Tienes razón. No he sido capaz de entrar en su habitación desde… Bueno, siéntate a la mesa. Voy a preparar la cena.

—¿Quiere que la ayude?

—¿Cocinas?

—Una tortilla, ¿le parece bien?

—Encontrarás huevos en el frigorífico —dice ella con voz cansada.

Le muestra dónde están los utensilios y pone dos cubiertos mientras él se afana. La ausencia de Lilya se hace más evidente ahora que él está en casa. Stefan deja la tortilla en la mesa, se sienta enfrente de Veronika y espera a que ella se sirva.

La cena empieza en silencio. Los dos tienen los ojos clavados en el busca que preside el hule. Veronika ha descorchado una botella de vino, llena su vaso y mira a Stefan.

—No es muy bueno, pero, si quieres un poco, no diré nada, te lo prometo —le asegura Veronika.

Lo acepta sin dudarlo. El alcohol que destila su padre es mucho más fuerte.

—Háblame de ella; cuéntame cómo es su día a día en el instituto. ¿Tiene muchas amigas? Conmigo es tan reservada.

—Sí, es muy popular; es lo menos que puedo decir.

—¿De verdad?

—Sí, de verdad.

—Pues me alegro mucho.

El busca vibra, ellos aguantan la respiración y Stefan se lanza sobre él.

«372», «¿qué haces?», pregunta Lilya.

—Se encuentra bien —dice inmediatamente su madre.

«0-3-17-0», «ceno», responde él.

«7-3-17-9-0 4-6-2-8-12-3», «tiene hambre».

Se escriben todo lo rápido que el intercambio de códigos les permite. Ella le cuenta su periplo; «440», reconoce que está cansada. Menciona lo que se ha encontrado de camino, pero sin entrar en demasiados detalles. Cada vez que Veronika interviene para sugerir una pregunta, Stefan tiene la impresión de que está traicionando a Lilya. A veces se abstiene de copiarlo, y, cuando ella menciona a los mercenarios que han querido capturarla, evita decírselo a Veronika y teclea con rabia «404», «déjalo». «12317123», «vuelve». Y al instante se culpa por haberlo escrito. Así que prosigue y le pregunta cuál será su próxima etapa, cuándo espera llegar a su destino. Le pide que por favor no se ponga en peligro de manera innecesaria. Se le quedan paralizados los dedos cuando se entera de que sabe exactamente dónde se encuentra su hermano y de que está pensando en un plan para ayudarlo a escapar. Tiene que encontrar un lugar donde refugiarse antes de que anochezca; definitivamente el mundo se ha vuelto loco —cuanto más al sur se dirige, más frío hace—. Promete contactar con él de nuevo mañana cuando se despierte, le desea buenas noches, teclea «143» y lo borra antes de dar a la tecla «enviar». Ya se lo dirá en persona cuando vuelva…, si lo sigue pensando.

*

—Pues ya te lo he contado todo —dice Veronika.

Vital escribe en el teclado, y en la pantalla aparece una foto por satélite de la zona de Prydorozhnje.

—Lo tienen retenido en los antiguos cuarteles, que han convertido en centros vacacionales. Debido a la estructura de los edificios, aunque agrandemos la imagen, nos será imposible ver lo que se cuece ahí dentro, a excepción del patio exterior. Dame unas horas, lo que tarde en hacerme con unas fotos antiguas que nos darán más información sobre las actividades de ese centro.

—¿Y Lilya?

—Probablemente llegará a Chongar de noche, en dos horas.

—Cojo el coche y voy a buscarla.

—De noche, con patrullas rondando por las carreteras, es una locura.

—Pero es mi hija.

—Cuando vuelva necesitará a su madre más que nunca. No se ponga en peligro inútilmente. Le pido por favor que se quede en casa y que me deje a mí.

Veronika ha colgado. Cordelia lo ha oído todo. Vital ha puesto la llamada en manos libres.

—Va a hacer todo lo posible para ir a Crimea.

—¡Evidentemente, con tal de salvar a su hermano! Yo haría lo mismo por Diego.

—No lo dudo, y es justo eso lo que me preocupa —responde Vital.

—A no ser que su madre vaya a por ella antes de que sea demasiado tarde.

—¿Qué harías tú en mi lugar?

—Para empezar, los dos estamos en el mismo lugar; y, por otra parte, me estás haciendo una pregunta cuya respuesta ya sabes.

Vital mira fijamente a Cordelia y una sonrisa maliciosa se dibuja en sus labios.

—Vale —dice—, vamos a ayudarla, pero su madre nunca debe enterarse.

—Y ¿cómo piensas hacerlo estando a miles de kilómetros de distancia de ella?

—Voy a ponerme en contacto con la resistencia ucraniana que actúa en esa parte de Crimea. Si Lilya consigue pasar, ellos irán a buscarla.

—¿Y si no lo consigue?

—Vamos a intentar que no sea el caso.

*

Han pasado dos horas desde su conversación con Stefan. Sentada en un murete, Lilya observa la multitud de personas que se extiende a lo largo de tres kilómetros desde la salida de Chongar hasta el puesto de control. Hombres con una maleta en cada mano, mujeres con un niño en un brazo y uno o dos de la mano, ancianos apoyados en un bastón. Sucios, exhaustos, esperan desde hace horas, a veces todo un día, delante del puesto de control por el que los hacen pasar de uno en uno. Cuando la multitud se acerca demasiado a la verja, un soldado dispara una ráfaga al aire.

Ella podría colarse entre ellos, encontrar la mirada cómplice de una madre y pegarse a ella esperando que le siga el juego. No sería la primera menor que viaja con unos padres que no son los suyos. Pero le repugna unirse a ese rebaño, seres humanos a los que tratan como a bestias. Incluso Sobaka parece más orgulloso.

El perro salta a un murete, olisquea el ambiente y vuelve la cabeza en dirección a las salinas.

—Yo, si fuera tú, no iría por ahí.

Lilya se sobresalta. El hombre con el rostro surcado de arrugas que le ha dado este consejo lleva un paletó de marinero, una camisa de lino, un pantalón de hilo y zapatos gastados. Bajo unas cejas enmarañadas tan blancas como su barba, sus ojos están llenos de melancolía. Sobaka no parece desconfiar de él.

207

Posiblemente se lo haya cruzado cuando vagabundeaba por las calles, y posiblemente también se haya aventurado ya en Chongar.

—Acarícielo. Si no, va a pensar que no le gusta —responde Lilya.

—Me llamo Dimitri —dice, y le da al animal unos golpecitos cariñosos en la cabeza—. Está plagado de minas —explica—. Ya no podemos atracar nuestras barcas por la zona, de todas las que hay. Tu perro no pesa lo suficiente para activarlas, pero tú sí.

—Está mucho más gordo que yo —protesta Lilya.

—Es posible, pero su peso está repartido sobre cuatro patas, y el tuyo, solo sobre dos pies. Nunca he visto a un perro saltar por los aires, salvo con las minas de hilo. Pero a hombres y mujeres, sí, y te puedo asegurar que no es un espectáculo agradable. —Al decir esto ha puesto cara de asco—. Menuda tormenta la de anoche. Espero que te pillara a cubierto. —Lilya asiente con la cabeza, no muy decidida aún a entablar conversación—. Si quieres ir a Crimea, hoy ya es demasiado tarde. Te va a tocar dormir en el puente, pero, con la brisa marina que se levanta por la noche, hace un frío que pela. —Lilya no responde—. A la entrada de las marismas, verás una casita azul. Hay una barca tumbada de lado justo delante de la puerta. Si no sabes adónde ir, puedes llamar a la puerta. No le diré nada a nadie.

—¿Por qué? —pregunta Lilya.

—Yo no te he hecho preguntas; no me las hagas tú a mí tampoco. Porque se hace así, supongo. No te quedes mucho por aquí, vigila con discreción la torre de control que hay al final del puente. Los chavales que hay apostados ahí arriba lo observan todo, y tienen prismáticos de largo alcance.

El viejo pescador se va, bordea el dique y toma un camino que conduce a su casa. Una vez allí, coge el móvil que lleva en el bolsillo de su paletó.

—Ya está; la he localizado. Ha mordido el anzuelo. De aquí a una hora hará demasiado frío para estar fuera y aparecerá en mi casa.

—No deje que se marche bajo ningún concepto. Un poco más adelante se le comunicarán nuevas instrucciones. Nadie debe ponerle la mano encima antes de que todo esté listo.

—Por supuesto, no se preocupe. La entretendré el tiempo que haga falta.

—Gracias por su colaboración. Será recompensado —promete su interlocutor.

15

La banda estaba al completo. Andriy, Romanyuk, Krivich y Guzenko, con sus aires de tipo duro, le esperaban delante de las duchas. Valentyn no se había hecho ilusiones. Aunque la hora en la que habían estado castigados los hubiera unido, Guzenko no iba a quedar mal delante de los demás. Durante la hora de estudio habían acordado que los golpes serían menos fuertes que los del día anterior. Pero la promesa no había sido respetada al pie de la letra. A Valentyn le dolían un montón las costillas. Ya poco importaban las novatadas. Los recuerdos de lo que estaba soportando en ese internado quedarían para siempre enterrados en los secretos de su infancia.

A su amigo no le llegaba la camisa al cuerpo, y todos los niños presentes en el comedor podían sentir esa angustia que te invade al caer la noche. Valentyn no había terminado su cena y se había levantado para abandonar la sala.

El jardín interior estaba sumido en una oscuridad profunda, y algunas luciérnagas brillaban entre las begonias. Había bordeado el corredor, dispuesto a escaparse esa misma noche.

Ya estaba acostado cuando los alumnos invadieron el dormitorio. Guzenko había pasado escoltado por delante de su cama, sin tan siquiera mirarlo.

—Te juro que no voy a dejar que se salgan con la suya —había murmurado su amigo desde la cama de al lado—. Ya se cansarán, te lo prometo.

Valentyn le había sonreído y se había dado la vuelta para llorar en silencio, con la cara hundida en la almohada.

*

Valentyn no es el único que llora. Delante de su coche, en el aparcamiento del dispensario, después de haber intentado arrancar un montón de veces, Veronika descubre que el tapón del depósito ha desaparecido y que le han trasvasado la gasolina.

Se sienta de nuevo al volante y lo golpea con rabia derramando todas las lágrimas que le caben en el cuerpo.

—Y ¿qué le pasa? —pregunta Danylo, que estaba fumando un cigarro, sentado en un banco, no lejos de ahí.

Veronika vuelve la cabeza hacia él y se echa de nuevo a llorar. Danylo rodea el coche y se sienta en el asiento del pasajero.

—Y, si le dijera que hay un gran bidón de gasolina en el sótano, ¿eso le consolaría? Y, aunque esté reservado para el generador del dispensario, puedo sacrificar unos litros.

—Es muy generoso por tu parte, pero ya es demasiado tarde. En lo que llego a Chongar, ella ya se habrá escondido para pasar la noche. Nunca la encontraré.

—¿Es para ir a buscar a la niña por lo que se va a arriesgar a conducir de noche?

—Hemos hecho cosas peores juntos, ¿no?

—Pues sí, eso es verdad, pero no debería convertirse en costumbre. Y mañana por la mañana, ¿seguirá escondida? —pregunta Danylo con voz ingenua.

Veronika se seca las lágrimas con el dorso de la mano, su cara ha recobrado el color.

—Y he aquí el plan que le va a devolver la alegría de vivir: mientras usted está durmiendo, yo meteré lo que haga falta en el depósito y le pondré un tapón con llave, que es lo que usted debería haber hecho hace siglos, puesto que la gente está dispuesta a partirse la cara por un litro de gasolina. Y, si sale cuando amanezca, llegará allí cuando su hija asome el morro. Y, como Chongar no es muy grande, seguro que se cruzan. Y estarán de vuelta las dos a la hora de comer.

Veronika coge a Danylo por los mofletes y lo besa como a un bendito. A él le sorprende esta muestra tan efusiva de alegría, lo cual no significa que le disguste.

—Y le recuerdo que, en mi plan, usted tiene que irse a dormir, así que vuelva a su casa, ¡que yo me encargo del resto!

*

Lilya se queda en la puerta, indecisa. El anciano le muestras sus manos callosas.

—Ya no pueden arreglar mis redes. Como ves, soy demasiado viejo para seguir siendo una amenaza. Ven a calentarte y cierra la puerta, que esta noche hace un viento que hiela.

La casa del pescador es humilde. El tiempo ha cubierto con su pátina el suelo, y, aunque se note el tufo a pescado, el interior está en mejor estado de lo que la fachada desconchada por la sal y el viento haría suponer. El mobiliario es sencillo: una mesita, dos sillas y un sillón usado que está junto a la estufa. Al fondo de la sala de estar, una pila y un viejo hornillo hacen las veces de cocina. Una escalera tan empinada como las que suben a los graneros permite llegar a un altillo donde Lilya ve un colchón.

—¿Me puedo quedar un rato? —pregunta, y contempla las llamas que bailan tras el cristal de la estufa.

—Todo lo que quieras. ¿Tienes hambre? —Ella se encoge de hombros—. He puesto un buen mújol y unas patatas en la sopa, seguro que te gusta.

Lilya piensa en Sobaka, que está sentado a sus pies.

—Puedes compartir tu comida con él. No veo inconveniente. Hace tiempo tuve uno, no tan grande, pero muy buen compañero de pesca. Cuando navegaba, le encantaba ponerse en la proa, con el hocico al viento. Por supuesto, me tapaba la vista. Mis compañeros se burlaban de mí; decían que lo que tenía que hacer era poner rumbo a su lomo para volver a la orilla.

—¿Siempre ha vivido aquí?

—No me apetece hablar de mí. Mi vida no es demasiado bonita para contarla. Pero nada te impide decirme qué haces tú por aquí con tu perro.

Se aleja hacia el hornillo, huele el aroma que escapa de una cacerola, llena dos platos hondos, saca de un armario un comedero un poco oxidado y sonríe al servir la sopa.

Primero le sirve a Sobaka y luego pone los platos en la mesa.

—No eres muy habladora —dice Dimitri y se ríe, mirando a Lilya zamparse su comida con un apetito voraz.

Ella levanta la cabeza y lo evalúa.

—Tengo que pasar a Crimea.

—¿Tienes familia ahí?

—Mi hermano.

—¿Y tus padres?

—Vivimos en Rikove.

—Nunca he estado —confiesa el pescador—. En realidad, nunca me he aventurado por tierra, pero, por mar, he navegado lejos.

—¿Cómo de lejos? El mar de Azov no es más grande que un lago —señala Lilya con tono insolente.

Rebaña el fondo de su plato, el pescador se lo quita, vuelve al hornillo y se lo llena de nuevo.

—No, pero hace tiempo, cuando tenía un pequeño arrastrero, cruzábamos el estrecho de Kerch para pescar furtivamente en aguas turcas. Más valía que no te pillaran, te lo puedo asegurar. Ya solo para llegar hasta allí, eran más de trescientas millas marinas. Añádele a eso un centenar para bordear las costas y otras trescientas de vuelta. Nos tirábamos hasta dos semanas en el mar. Si sois de Rikove, ¿qué hace tu hermano en Crimea?

—Ese es el problema. ¿De qué lado está usted?

—No entiendo tu pregunta, pequeña.

—No soy pequeña, y usted sabe perfectamente a qué me refiero.

—En ese caso, empieza por aprender a no hablar tan alto. En esta región no hay mucha gente que piense como yo.

—Y ¿qué piensa usted?

—Y a mí ¿quién me dice que puedo confiar en ti?

—¿Tengo cara de espía? Hace un momento me llamaba usted pequeña.

El pescador se rasca la cabeza.

—No te falta razón —reconoce—. Digamos que no les tengo demasiado cariño a los que han transformado las marismas en campos de minas. ¿Te parece buena respuesta?

La conversación ha arrullado a Sobaka, que bosteza, se estira y se tumba a los pies de Lilya. Su calma le hace confiar.

—Valentyn está ahí porque lo han secuestrado.

—¿Los milicianos?

—No, los rusos.

—¿Y quieres llevarlo de vuelta a casa?

—Sí.

—Tienes suerte.

—¿De que los rusos se hayan llevado a mi hermano?

—De tener en tu vida alguien que te dé ese valor.

Dimitri se levanta para quitar la mesa, Lilya le coge de las manos los dos platos y los lleva al fregadero.

Solo hay una pastilla de jabón en la pila, la rasca con las uñas para sacar unas virutas que diluye en el agua. El pescador se sienta en su sillón. Hace tiempo que es el único que se ocupa de su casa, y ver a Lilya lavando los platos le entretiene.

Después se levanta, va a buscar una toalla al armario y le señala la puerta del cuarto de baño.

—Parcccs incluso más cansada que tu perro. Tengo la costumbre de pasar la noche en el sofá. Sube al altillo. Puedes dormir a pierna suelta. Si hubiera querido hacerte daño, ya te lo habría hecho hace rato.

*

Cordelia ha imprimido unas treinta fotos y las ha alineado encima de la gran mesa del torreón. Todas están marcadas con la fecha y la hora en que fueron tomadas.

—Mira —dice después de haber seleccionado seis—, el martes y el jueves, entre las 14 y las 17 horas, hacen una salida en grupo.

Vital muestra las fotos en su pantalla y las amplía al máximo.

—¿Van en bici?

—Tiene toda la pinta —responde Cordelia—. Una treintena de niños, a los que veo que acompañan cada vez solo tres adultos, uno delante, uno en medio, y otro cerrando la marcha.

—Tres vueltas sucesivas, noventa cabezas. La resistencia podría intervenir, a condición de que sean capaces de identificar a Valentyn entre todos esos niños.

—Sé de alguien para quien no será un problema.

—¿Cuándo tienen lugar esas salidas?

—La próxima, mañana.

—Demasiado pronto para prepararlo. Todavía no ha llegado ahí.

—Pero tienes un plan para ayudarla a cruzar la frontera mañana por la mañana, ¿no?

—Primero tengo que ocuparme de una operación militar.

—Si me dejaras ayudarte, iríamos más rápido, ¿no te parece?

—¿Sigues sin entender lo que significa «operación militar»?

—Sí, precisamente por eso. ¿Me das los códigos?

A falta de argumentos, Vital termina cediendo. Ella nunca le dejaría actuar solo, y él no tiene ni el valor ni las ganas de pedirle que salga del torreón.

En cuanto le autoriza el acceso a su consola, Cordelia se pone manos a la obra. Engañar a los cortafuegos y entrar en los servidores enemigos sin activar las líneas de defensa le produce un placer indescriptible. Desde hace meses sueña con dar un gran golpe. Los ataques que lanza en el seno de su agencia de seguridad no son más que simulaciones sin consecuencias, lo cual no es el caso esta noche, y no puede imaginarse nada más romántico que un hackeo a solas con Vital.

Es una partitura a cuatro manos, tocada por dos virtuosos. Las líneas de códigos aparecen en la pantalla, en cada fase de la intrusión, la tensión aumenta. A ratos, Cordelia se detiene para crujirse los dedos y retomarlo con más ganas.

Tras una hora jugando al gato y al ratón, entran en el corazón del sistema y reprograman las coordenadas de los objetivos. Una vez finalizado el trabajo, Vital se queda mirando fijamente la pantalla, en silencio.

—¿Y ahora? —pregunta Cordelia.

—Nada, sabremos si ha funcionado cuando los disparen.

Ella se lo queda mirando, atónita.

—¿Lo dices en serio?

—¿Qué esperabas, que se los hiciéramos explotar en la cara?

—Pues algo así no me hubiera importado, y no me digas que no es posible.

—Sería contrario a nuestra línea de acción, y no tardarían en sospechar. La belleza de lo que hemos hecho esta noche radica en que, cada vez que los misiles fallen sus objetivos, pensarán que su material es defectuoso. Lo cual los desmoralizará y les hará dudar de su cadena de mando. Y nosotros habremos matado dos pájaros de un tiro.

—¿Subes conmigo al jardín a fumarte un porro? Una bocanada de aire no nos vendría nada mal.

—¿Porque fumarse un porro es una bocanada de aire? —pregunta Vital, y promete ir en cuanto acople su silla a la cremallera que sube por la escalera.

*

El dormitorio lleva un rato sumido en la oscuridad. Valentyn vigila la respiración de los demás niños. Esta noche está todo tranquilo, no se oye ningún llanto. Sus ojos se han acostumbrado a la penumbra. Su amigo duerme plácidamente, y Valentyn se levanta sin hacer ruido. Muy despacio, se quita el pijama, se pone la ropa que ha escondido debajo de la almohada y se dirige de puntillas hacia Guzenko. Le da unos golpecitos en la espalda. Guzenko se gira y susurra:

—¿De verdad pensabas que iba a ir contigo? Eres tonto del culo, mudo. Lárgate y déjame dormir.

Valentyn se queda un segundo inmóvil, con los brazos colgando; sus esperanzas se han esfumado, él solo no podrá levantar la trampilla. Los ojos se le empañan de lágrimas.

Recupera el pijama que había escondido debajo de su cama. Pensamientos oscuros cruzan su mente mientras acaricia el cuchillo que robó en el comedor. Una vocecita hace que se sobresalte.

—¿Vamos? —le murmura su amigo, completamente vestido.

*

Lilya se ha pegado un susto de muerte cuando le ha puesto la mano en la pantorrilla. La cabeza de Dimitri aparece en lo alto de la escalera. La mira raro.

—Levántate y ven conmigo abajo.

No tiene ni idea de la hora que es y menos aún de las intenciones del pescador. Baja porque no le queda más remedio. Dimitri se ha puesto su paletó y la está esperando, apoyado en la puerta, absorto en sus pensamientos. Sobaka, sobre sus cuatro patas, parece feliz de poder salir. Lilya se tranquiliza un poco al verlo mover la cola, hay un pacto entre ellos.

Antes de marcharse, Dimitri le lanza un viejo jersey de lana gruesa y una bufanda.

—Ponte esto. Está soplando un viento gélido fuera.

—¿Qué vamos a hacer?

—¿Sigues con la idea de ir a Crimea? Pues sígueme, y en silencio.

Abre la puerta y se queda en el umbral, con los ojos puestos en Sobaka.

—No puedes llevártelo; es demasiado peligroso.

—Ni hablar, yo no voy a ninguna parte sin él. Si no, nos vamos los dos. Déjenos tranquilos.

—¿Me tienes miedo?

—Tengo miedo, sin más. Me quedo con mi perro.

—Imposible, va a ladrar.

—¡Sobaka, ven aquí! —grita Lilya.

El perro salta y se interpone entre ambos, gruñendo a Dimitri.

—¡Dile que se calme! —masculla el pescador, con las mandíbulas apretadas—. ¿Qué te piensas? Si hubiera querido librarme de él, con haberle echado matarratas en el comedero habría bastado.

—Le juro que no le va a hacer daño.

—Bueno, si es lo que quieres, pero ya lo entenderás cuando estés ahí —protesta el pescador, y sale de la casa.

Lilya mete la cabeza por el jersey. Le cuesta ponerse las mangas, demasiado largas. Se anuda la bufanda alrededor del cuello, coge su alforja y sale, sujetando a Sobaka por el cuello.

La bruma cubre las salinas.

—¿Adónde me lleva?

—Vamos a bordear la orilla. Tienes que pisar donde yo pise, por las minas, y, cuando estemos de camino, no digas ni pío. ¿Entendido?

Todo está sumido en la oscuridad y el silencio. Lilya se siente culpable por haber acabado en semejante situación. No debería haberle hecho caso cuando la abordó en el dique, y menos aún haberse dejado tentar por el calor de su hogar. No ha mentido al hablar del frío que azota la noche. Ella lo habría pasado muy mal si se hubiera quedado en el puente, aunque nada podría ser peor que estar a merced de este hombre.

Piensa en salir corriendo con Sobaka como alma que lleva el diablo. Dejaría atrás al pescador sin problema, pero ¿cuánto podría correr antes de hacer estallar una mina? Y, aunque él hubiera mentido y no hubiera minas, ¿adónde iría? Aún falta para que amanezca, y el campo se halla desierto.

Con el corazón a mil, tropieza con dos troncos de árbol que los rayos han derribado. El estrecho camino está en cuesta. Dimitri comprueba que no se ha escapado e indica la dirección que hay que tomar.

Al acercarse a una carretera, le hace un gesto para que se agache. Dos camiones pasan por delante de ellos.

—Vale, cruzamos y bajamos al otro lado de la cuneta, que ya no está muy lejos.

—¿Adónde me lleva? —repite Lilya.

—Ya hablaremos después. Hay que darse prisa si no quieres llegar tarde.

Dimitri sale corriendo, y Lilya se queda parada en medio de la carretera. El momento de escapar es ahora o nunca, pues en el asfalto no hay minas, pero Sobaka ya está en la ladera, siguiendo los pasos del pescador.

Cuando cruzan un descampado llegan a una vía de tren. Se produce un cambio de agujas, y la vía se separa; luego otro, y los raíles se enmarañan.

—Es la playa de vías. El tren de mercancías estacionado en la vía de en medio sale en menos de quince minutos. Acaban de cargarlo. Los chicos están rendidos y les apetece más descansar que quedarse al fresco vigilando el convoy. Voy a ayudarte a trepar al vagón de cola. Transportan un cargamento de pescado. Te lo digo solo para prevenirte de que el olor es fuerte, pero los perros no olerán tu presencia.

—¿Adónde va ese tren?

—Te bajarás en Dzhankói, a cuarenta kilómetros, al otro lado de la frontera. ¿Sigues queriendo ir a Crimea?

Lilya mira a Sobaka, que parece estar esperando sus instrucciones.

—Escúchame bien. La primera parada será en Solone Ozero. Los rusos comprobarán todos los vagones para asegurarse de que a nadie se le ha ocurrido esconderse dentro.

—¿Con perros?

—Pues sí, con perros muy entrenados. Quédate escondida detrás de las cajas de pescado ahumado, que es lo que huele más fuerte, y los perros no detectarán tu presencia. ¿Entiendes ahora por qué no puedes llevarte a Sobaka? Se pondrá a ladrar y hará que te pillen.

—Pero no puedo abandonarlo...

—Yo me quedo con él. No me disgusta la idea de tener un nuevo compañero. Y, cuando vuelvas con tu hermano, siempre podrás pasar a recogerlo. Ya sabes dónde está mi casa. Ahora ven, y no hagas ruido.

El trío se cuela entre dos convoyes, uno de los cuales partirá otra noche. El balasto cruje bajo los pies de Lilya, y Dimitri le enseña cómo andar por las traviesas. A lo lejos ve un resplandor rojo de cigarrillos que se recorta en la noche: cinco trabajadores ferroviarios fuman y conversan, sentados en los parachoques de los trenes.

—Perfecto, están ocupados —dice el hombre antes de dirigirse al vagón de cola.

Dimitri levanta la palanca de bloqueo y empuja la puerta corredera lo suficiente para que Lilya pueda colarse dentro.

Ella trepa y se sienta en el reborde, Sobaka se ha puesto sobre sus patas traseras, a la espera de que le deje el suficiente espacio para subir también él.

—No puedo llevarte, amigo. Por favor, no te vayas por ahí; quédate con él. Volveré a por ti, te lo prometo.

Sobaka no parece estar de acuerdo y suelta pequeños gemidos.

—Shhh —susurra Dimitri. El pescador mira a Lilya para hacerle entender que tiene que meterse en el vagón—. Escóndete al fondo y acuérdate de bajar en la segunda parada. Sobre todo, no te duermas. El frío es terrible para eso. La terminal de carga de Dzhankói está a las afueras de la ciudad. Los rusos no inspeccionarán el vagón, pero descargarán una parte de la mercancía, así que no pierdas el tiempo en las vías. En cuanto abras esta puerta, salta y sal a todo correr.

Lilya le echa un último vistazo a su perro y otro a Dimitri, que le responde guiñándole el ojo. La puerta se desliza y se vuelve a cerrar, sumiéndola en la oscuridad.

*

—Ven, no perdamos el tiempo —le dice Dimitri a Sobaka, que sigue esperando delante del vagón.

El perro se sacude y le sigue el paso.

En lo alto del terraplén, el viejo pescador se detiene para mirar cómo se pone en marcha el convoy. Saca el teléfono del bolsillo de su paletó y marca un número.

—En el vagón de cola. Es toda vuestra; ya solo tenéis que atraparla —dice antes de colgar. Luego se inclina hacia Sobaka—: Venga, perro, vamos a casa a dormir.

16

La puerta del dormitorio se cierra a sus espaldas, tan despacio como la han abierto. Valentyn lleva en los bolsillos todas las galletas que ha ido apartando en cada merienda. Una lámpara encendida en la consola del recibidor apenas logra vencer la oscuridad, pero es suficiente para mostrarles la dirección que deben seguir. Valentyn le indica a su amigo que está despejado. Los dos niños rodean el tramo de escaleras, abren otra puerta y salen al corredor.

El viento es gélido, y su amigo tirita, le castañetean los dientes y se frota los brazos. La trampilla está al otro lado del jardín. Él es el primero en saltar el murete; luego le toca el turno a Valentyn. Ambos se deslizan entre los setos. De repente, Valentyn señala con el dedo la ventana iluminada en lo alto de la torre. Acaba de apagarse, la intendente general ha debido de quedarse despierta hasta tarde. Valentyn recuerda que a él le bastaron unos minutos para bajar las escaleras cuando le echó de su despacho. Empuja a su amigo detrás de un arbusto. Casi no les da tiempo a agacharse cuando el haz de una linterna barre las paredes de la galería prohibida, y luego se pasea por el jardín. Los niños aguantan la respiración, e, incluso con el frío terrible que hace, el amigo siente cómo le cae el sudor por la espalda. La sombra que avanza es sin duda la de un vigilante. Lo que ha ido a hacer a semejante hora al despacho de la intendente general es un enigma que Valentyn nunca tendrá que resolver. Mañana estará lejos de ahí.

El vigilante abre la verja, la vuelve a cerrar tras de sí y continúa con su ronda. Valentyn espera que no vaya a inspeccionar los dormitorios. El pijama que ha enrollado bajo las sábanas no engañará a nadie, sobre todo si Guzenko se despierta y se va de la lengua. No hay tiempo que perder. Ha vuelto la calma. Valentyn se levanta, cruza el jardín, bordea el murete y salta al otro lado. Su amigo va pegado a él, muerto de miedo.

Cuenta las columnas, se detiene en la cuarta. Una mancha negra aparece en el suelo. Los dos niños agarran la anilla y tiran con todas sus fuerzas. La trampilla se les resiste, las bisagras lanzan un terrible chirrido en medio del silencio de la noche. Tras dos intentos, la apertura se hace más grande. El amigo sonríe y murmura:

—Está tan oxidada que se sujeta sola.

Los goznes están tan agarrotados que vuelven arduo la manipulación de la trampilla, hasta el punto de impedir que caiga de nuevo bajo su propio peso. Valentyn no había previsto aquello. Y no hay anilla por debajo, ni ningún agarre para cerrarla cuando se hayan metido dentro. En su próxima ronda, el vigilante la descubrirá abierta. El amigo mira cómo Valentyn observa la maldita trampilla, y termina por entender la dimensión del problema.

—Mira, no te enfades conmigo, pero no puedo bajar a ese sótano. Está demasiado oscuro para mí. Lo sabía ya cuando te he acompañado, al igual que sabía que ese cagón de Guzenko se iba a rajar. Es un cobarde, más gallina que yo cuando me pillaron los rusos en el baño. No es nadie sin su banda y, si quieres mi opinión, ni siquiera escoltado por esos tres cenutrios, Guzenko es alguien.

Voy a cerrar detrás de ti. Eso podemos hacerlo. Échame una mano y tira desde abajo, y, cuando tengas que retirar los dedos, yo empujo con todo mi peso. Estoy seguro de que tengo fuerza suficiente.

Valentyn se niega a que su amigo se sacrifique, pero este último sonríe con una ternura inusual.

—Venga, no pongas esa cara; estamos en paz. Cuando vuelvas a casa, les dices a mis padres que estoy bien, que me acuerdo todo el tiempo de ellos y, sobre todo, diles que no se está tan mal aquí dentro. Así no se angustiarán tanto. Y, cuando llegue el momento, ya encontraré yo la forma de escapar; bueno, eso no lo tengo tan claro, pero al menos ello me mantendrá la mente ocupada cuando tú no estés. Eso sí, tienes que conseguirlo. Te vas a convertir en un héroe, y yo también por haber sido tu compañero de fuga. Me lo prometes, ¿verdad?

Valentyn saca el cuaderno y el boli del bolsillo y, temblando, le escribe que tiene que ir con él, que él le guiará por la oscuridad, que el túnel no tiene que ser muy largo, que simplemente tendrá que enfrentarse a su miedo un ratito para recuperar la libertad. Cuando se hallen al otro lado, podrán correr por los campos y llegar al sotobosque en dos horas. Lo ha calculado, y, tras dos días de caminata, estarán en casa...

—Tú y tu cuaderno... ¿Qué quieres que lea sin luz? Venga, más vale que no tarde en volver al dormitorio. No te olvides de darles el mensaje que te he dicho a mis padres.

El amigo apoya las dos manos en la trampilla, las bisagras sueltan un chirrido estridente, el rayo de luz disminuye y desaparece. Valentyn se sume en la oscuridad.

Baja la escalera a tientas, se vale de la pared para guiarse y el salitre se le pega a la mano. Hace menos frío que fuera, pero la humedad del aire es insoportable; en el suelo, la tierra está tan húmeda que tiene la sensación de estar andando por fango.

Valentyn esperaba que sus ojos se acostumbraran a la oscuridad, pero no ve absolutamente nada, así que trata de imaginarse el lugar para no pensar en las dos ratas que le han rozado antes de salir pitando.

En el libro de las obras del arquitecto Semenov, los subsuelos constaban siempre de sótanos que, según las escalas que figuraban en los planos, medían entre veinte y cien metros de largo. Y, como Semenov no tenía ninguna necesidad de complicarse la vida diseñando lugares tan poco frecuentados, por sistema eran cuadrados o rectangulares.

Los cimientos de los grandes complejos contaban con varios en fila, separados por bóvedas de sujeción donde los muros se hacían más estrechos.

El internado no era tan inmenso. Valentyn solo había descubierto un acceso, y había estimado que habría un único sótano, de unos cincuenta metros de largo, es decir, la distancia entre el centro de la sala prohibida y el muro que daba al patio exterior. Un cálculo que habría dejado pasmado al gilipollas de Guzenko.

Apoyándose en la pared, Valentyn decide seguir la dirección que han tomado las ratas, que probablemente hayan salido corriendo hacia la entrada del túnel. Para darse ánimos, se imagina a Lilya, sentada en su cama, contándole historias de terror Ningún libro estará ya a la altura de lo que está viviendo.

A Valentyn le pilla desprevenido que el muro se curve para después continuar hacia la derecha, y le entra un miedo terrible a perderse.

Las ratas vuelven a manifestarse, pero esta vez los ruidos son diferentes: flic-floc, han debido de pasar por un charco. Aguza el oído, y los flic-flocs se aceleran, como si los roedores corrieran por un chorrito de agua. Quizá las ratas no le tengan miedo, quizá incluso le estén tratando de mostrar el camino.

Ya no hay nada que perder, abandona el muro y da un paso a un lado, un paso que produce el mismo flic-floc. Otro detalle del libro de Semenov le había llamado la atención, uno concerniente a la evacuación de las aguas residuales. Las del jardín corren bajo sus pies, lo cual explica que los muros estén cubiertos de salitre y que haya tanta humedad en el aire. Las aguas residuales se vierten siempre fuera. No hay más que seguir el riachuelo.

Valentyn ya no tiene miedo, avanza, aprende a orientarse de oído en la oscuridad. Está seguro de haber rebasado ya hace rato la puerta principal. A partir de ahí, el subterráneo debe de discurrir junto a la carretera.

De repente, entrevé una lucecita al fondo, una apariencia de claridad que va aumentando a medida que se va acercando a ella.

Ahora incluso puede distinguir las paredes. No es el túnel que había imaginado, sino el conducto del alcantarillado; y, al percibir un trocito de cielo estrellado, piensa que jamás en su infancia se ha salido tanto con la suya.

Echa a correr y choca contra una verja que deja pasar el riachuelo de aguas residuales, pero no su cuerpo de niño.

Valentyn pega la cara a los barrotes. La luna ilumina el campo; se imagina trepando por el pequeño talud de la cuneta, cruzando la carretera, corriendo por los campos. En una hora debería de haber superado la enorme granja que vio desde el coche; pero ya no tiene sentido esperar. El aire se ha vuelto glacial, y la libertad parece fuera de su alcance.

Dar media vuelta, volver a cruzar el jardín para llegar a su cama antes de que amanezca y de que llegue la intendente general al dormitorio

Pero ¿qué sentido tiene desandar el camino? La trampilla pesará demasiado para poder levantarla sin la ayuda de su amigo.

Valentyn se sienta a los pies de los barrotes, mira el agua que corre, se mete la mano en el bolsillo y muerde una galleta.

*

Desde que dejó la playa de vías, el tren va a paso de tortuga. Cada vez que pasa por un cambio de agujas, Lilya se zarandea. Las ruedas sueltan chirridos metálicos. Dimitri la ha hecho subir a un vagón oxidado. Unos agujeros en las paredes dejan pasar la claridad de la luna que dibuja en las cajas unos circulitos de luz a la que los ojos han terminado por acostumbrarse. El olor a pescado le da arcadas a Lilya. El convoy acelera y ralentiza sin parar, como si el conductor no terminara de encontrar su velocidad de crucero.

El tren serpentea por las vías, los *bogies* bailan, y Lilya se agarra como buenamente puede. Pega un ojo a uno de los agujeros para mirar fuera. Percibe las salinas y, de repente, el armazón de un viejo puente. El tren ha entrado en el tablero. Las vigas de acero se van sucediendo. Cuenta ocho y, cuando la última desaparece, aprieta los puños en señal de victoria: ha cruzado a Crimea.

Ahora los raíles corren rectos por el campo, a ritmo lento y regular; el balanceo la mece y le pesan los párpados, pero el pescador le advirtió ya de que el frío es traicionero.

*

Lilya se sobresalta; unos ladridos la han sacado de su estupor. El convoy está en la estación de Solone Ozero. Se mete al fondo del vagón, se acurruca detrás de una pila de cajas de espuma de poliéster y aguanta la respiración. El cerrojo hace un ruido siniestro, la puerta se desliza, un soldado suelta un gruñido de asco y la vuelve a cerrar inmediatamente. Sus pasos se alejan por el balasto, el pitido de un silbato suena y el vagón se pone de nuevo en marcha.

Ella se sienta en una caja, tirita, esconde la cabeza en las mangas demasiado largas del jersey, se apoya contra la pared y se va hundiendo lentamente. Sus ojos se cierran; pronto llegará a Dzhankói.

En su pesadilla, Valentyn se tumba a lo largo en el sofá, lee un libro, le lanza miradas por el rabillo del ojo con aire burlón mientras mastica un caramelo de regaliz con la boca abierta, para chincharla. Su madre está fregando una cacerola, y el roce del estropajo de acero la altera. ¿Cómo va a poder concentrarse en sus deberes con semejante escándalo? Está harta; en esta familia nadie la respeta. Su madre tiene que estar haciéndolo aposta, para rascar tan fuerte. Y ¿qué pinta Dimitri en su casa?, y ¿por qué su madre no le presta ninguna atención? El viejo pescador se le acerca, mueve los labios, sus mandíbulas desdentadas la asustan cuando examina los deberes que ella ha hecho. Le quita el bolígrafo de las manos y, con tinta roja, le dibuja un cero en la hoja. La casa se ensombrece; todo se vuelve oscuro. Valentyn ya no está en el sofá, su madre ha desaparecido, y el pescador está delante de la puerta.

Te dije que no te durmieras, idiota. Lo vas a estropear todo. Eres realmente estúpida.

Y desaparece en medio de la ventisca.

Lilya está aterida de frío, le pesan las extremidades, se está asfixiando; Dimitri le ha enseñado el camino: debe llegar a esa puerta y salir para encontrar oxígeno y luz. Suelta un grito y aspira una gran bocanada de aire.

Ruidos, voces: hay movimiento en la cabeza del convoy. El vagón no se mueve. Se frota las mejillas, que apenas siente, se restriega los hombros, con las manos heladas y los dedos entumecidos.

Tiene que realizar un esfuerzo sobrehumano para levantar el pestillo. La puerta se desliza lentamente, Lilya se sienta en el reborde, se pasa la alforja al cuello y salta. Se queda agachada en la grava, el tiempo suficiente para recuperarse. Le da vueltas la cabeza.

Una linterna se agita en la noche, cuatro sombras caminan hacia ella.

En cuanto estés en las vías, corre a toda velocidad.

Se levanta, echa a correr titubeante hacia el descampado que bordea la estación de mercancías, pasa por encima de la barrera y se lanza entre la maleza.

—¡Detente!

Tiene demasiado miedo para darse la vuelta. Los contornos de un granero se recortan en la noche. Si llega hasta ahí, podrá esconderse dentro. Cruza un riachuelo. El jersey demasiado grande la hace ir más despacio; las mangas pesan como dos anclas.

—¡Deja de correr!

Las voces se acercan. Lilya suelta un grito animal, la rodilla le duele como un demonio, se tuerce el pie en una rodada y tropieza; se reincorpora y retoma su carrera tambaleándose antes de encontrar el equilibrio. Ya casi ha llegado al granero, cuando le viene a la mente el recuerdo de la casa del pescador. Ni hablar de acabar acorralada entre cuatro paredes. Sigue corriendo.

—¡Alto! ¡Detente inmediatamente!

—¡Vamos por la derecha para atraparla!

Son varios los que la están persiguiendo, tan cerca que oye

cómo cruje el barro seco con sus botas. Ha llegado al pie del talud del que le habló Dimitri. Si llega a la cima, podrá deslizarse por la ladera y dejarlos atrás.

Coge impulso, pero una mano la sujeta por el hombro y otra la tira al suelo. Lilya se debate, grita, da puñetazos. El viaje no puede terminar ahí; no ahora, cuando está tan cerca de su hermano.

—Deja de morderme o te suelto un bofetón. —El hombre que la está sujetando mide dos cabezas más que ella. La levanta; los pies de Lilya se agitan en el aire—. Oye, cálmate, que estamos aquí para ayudarte a encontrar a Valentyn.

Lilya para en seco. Tiene un sabor a cuero y a sangre en la boca y barro por la cara y le duele por todas partes.

—Ya era hora —gruñe el guerrillero—. Iremos a buscar a tu hermano mañana, pero antes vas a lavarte y a cambiarte de ropa. Hueles que apestas.

*

Vital ha recibido un mensaje de los guerrilleros informándole del éxito de la misión. Inmediatamente llama a Dimitri para darle las gracias por el papel que ha desempeñado en este rescate. El viejo pescador, que está paseando con Sobaka, se sorprende contándole a un perro que todo ha salido como estaba previsto.

—Pareces satisfecho contigo mismo —ironiza Cordelia nada más colgar él.

—El plan ha funcionado: ella ha cruzado a Crimea y está en buenas manos. Es para alegrarse, ¿no?

—Depende de para quién. ¿A qué esperas para llamar a su madre?

—A que sea una hora decente.

*

Cuando las primeras luces del alba entran por la ventana de su habitación, Veronika abre los ojos, como si le estuvieran apretando las sienes con un torno. Su cabeza es presa de una migraña propia de una resaca.

Se arrepiente de haber emborrachado a Stefan. A pesar de que le había jurado que no era la primera vez, que su padre le había hecho probar cosas mucho más fuertes, tiene tan solo quince años, aunque él diga que tiene casi dieciséis. Pero, cuanto más le servía, él más se soltaba, y quizá sea eso lo que le hace sentir culpable. Hablaron mucho de Lilya, y esa conversación le confirmó lo que ya sabía. Pudo comprobar lo mucho que su hija había cambiado, que se había ido convirtiendo semana tras semana en una joven reservada y solitaria. Entre su pareja, que se estaba yendo al traste, la guerra y su trabajo en el dispensario, se le fue de las manos. Stefan es un buen chico, como se dice en el campo, un espíritu de poeta que le recuerda a su marido. No es de extrañar que Lilya se haya encaprichado de él (tiene la misma relación difusa con el mundo que su padre).

Le pican los ojos y siente un gusto amargo en la boca. Se mete en la ducha para aclarar sus ideas. A continuación, irá a despertar a Stefan y preparará café, mucho café, y llegarán a un acuerdo para que no le diga nada de la noche anterior a su madre. Luego cogerá el coche para ir a buscar a Lilya a Chongar. Quiere llegar allí a las 8 de la mañana.

Se peina, se maquilla un poco para que Lilya la vea guapa; en su cara se dibujará una sonrisa llena de ternura y de amor y la consolará.

Stefan está tumbado en el sofá, con los brazos en cruz. A

238

Veronika le hace gracia que un joven de su edad ronque ya tan fuerte, y vaticina un sueño reparador.

Los ruidos de la cocina le despiertan. El chico se despereza, y su mirada trata de determinar dónde se encuentra; finalmente se levanta de un salto, se entremete el faldón de la camisa en los pantalones, se pasa la mano por el pelo e inmediatamente se ofrece a ayudar.

—No puedes estar tan en forma —protesta Veronika.

—Pues sí, he dormido muy bien.

—¿Sabes que nos hemos ventilado dos botellas?

—Creo que usted se cepilló la segunda solita.

—¿En serio? Eso lo explica todo. ¿Tenemos noticias?

—Es demasiado pronto, pero voy a comprobarlo.

Stefan saca el busca del bolsillo y se queda mirando a Veronika con los ojos redondos como los de un búho.

—Está en Crimea; dice que traerá de regreso a Valentyn esta noche.

A Veronika se le cae de las manos la taza aún vacía, que se estrella contra las baldosas del suelo y se rompe. Se agarra a una silla. Stefan la ve vacilar y se levanta corriendo para ayudarla a sentarse.

—Estoy bien —dice ella recuperando el aliento—. Y ¿qué más dice?

—Nada.

Stefan recoge la porcelana rota del suelo, coge dos tazas que hay al lado del fregadero, las llena de café y se sienta enfrente de Veronika.

—Me he dejado el teléfono en la mesilla de noche. ¿Puedes subir a buscarlo, por favor? —le pide ella.

—¿Tiene cobertura aquí?

—Ya te lo explicaré; date prisa.

*

Vital está durmiendo el sueño de los justos, de lado, estrechando a Cordelia con un brazo. En sus sueños, las piernas aún le sostienen, camina, sube escaleras, corre por el jardín de la mansión, pasea con ella por las calles de Kiev, en paz. En otros sueños, ella le mira mientras juega al fútbol con su hermano.

Oye el teléfono, abre los ojos con dificultad, busca a tientas su móvil en la mesilla de noche y descuelga. Hacer como si nada no va a ser fácil, así que, cuando Veronika va a decirle que Lilya está en Crimea, él suelta un pequeño gruñido, la tranquiliza enseguida y se inventa un cuento que tiene que resultar creíble.

—Tuve el presentimiento de que Lilya podría probar suerte al amparo de noche. Y, como solo había dos pasos fronterizos posibles, les pedí a mis amigos guerrilleros que fueran a hacer guardia, por si acaso. No le dije a usted nada ayer porque no quería que se preocupara en vano. Pero era mejor cubrirnos las espaldas.

—¿Cómo lo has hecho? Tú mismo me explicaste que era imposible cruzar el puesto de control.

—Digamos que la subestimé.

—Y ¿crees que tus amigos la encontrarán?

—No lo creo, lo sé. Debían de ser más o menos las cuatro de la mañana cuando me enviaron un mensaje avisándome de que la habían encontrado en la estación de Dzhankói.

—¿Ha conseguido llegar a Dzhankói?

—Lo único que importa ahora es que está a salvo. Van a tratar de liberar a Valentyn esta misma tarde. Yo estaba esperando a que fuera una hora decente para contarle todo y me quedé dormido como un ceporro.

Dicho esto, Vital promete volver a contactar con ella en

cuanto tenga noticias, cuelga sin darle tiempo a hacer más preguntas y se vuelve hacia Cordelia, que le mira atentamente, con los brazos cruzados y cara extraña.

—¿Qué te pasa? —pregunta él.

—Si un día llegas tarde o me das plantón, haz el favor de no
darme ninguna explicación.

—Mi puntualidad es infalible.

—¡Para, ya estás otra vez!

—¿Otra vez qué?

—Mintiendo.

—Pero ¡si no te he mentido!

—A mí todavía no. Pero a la madre de Lilya… es tremendo ver
cómo te la camelas con semejante aplomo. Ni te has inmutado.

—¿Qué querías que le dijera?

—Si la hubieras llamado ayer por la noche en lugar de organizarlo todo a sus espaldas, habrías podido informarla de que su hija
estaba pasando la noche en Chongar, en la casa de un viejo pescador, lo cual no habría estado mal para empezar. Que Lilya estaba
realmente a salvo y que podía ir a buscarla cuando se despertara o
dejar que se aventurara en una operación arriesgada para salvar
a Valentyn. Creo que era una decisión que le correspondía tomar a
ella. Se le llama «patria potestad».

—¿Y la patria culpabilidad? Si hubiera decidido ir a buscar a
Lilya, y su hijo no hubiera vuelto nunca, se lo habría reprochado
toda la vida; pero, si hubiera tomado la decisión de no ir a buscarla y le hubiera pasado algo malo a su hija, se lo habría reprochado
igualmente toda su vida. Así que me tomé la libertad de no obligar
a una madre a tomar una decisión tan cruel —explica Vital.

—¿Y si ahora, que la chica está tan cerca de su hermano, les
pasa algo a los dos?

—Entonces, seré yo quien me lo reprocharé toda la vida.

Cordelia aparta las sábanas, se levanta sin mediar palabra y entra al baño. Vital oye cómo se cepilla los dientes con rabia.

—¿Y ahora qué he dicho para enfadarte tanto?

—Tu delicadeza es insoportable, ¿cómo se te va a resistir una mujer?

*

Nada más despertar, Lilya se olisquea las manos, los brazos y los hombros. Por mucho que se frotara en la ducha, el tufo persiste. Se jura a sí misma que nunca más volverá a acercarse al pescado. Los cuatros guerrilleros que están sentados alrededor de una mesa la observan divertidos.

—Hemos preferido dormir al raso —dice Artëm, y ríe— y, aun dejando la puerta abierta, no ha entrado ningún mosquito.

—Pero qué gracioso —gruñe Lilya.

—Venga, acércate; vamos a explicarte los siguientes pasos.

Artëm vuelve a encender la colilla de un cigarro, se rasca su tupida barba y despliega una hoja de papel sobre la mesa. Tendrá unos cuarenta años, pero su rostro de yesero se ve ya consumido. A su derecha se encuentra Petro, un ferroviario gracias al cual han podido rescatar a Lilya sin demasiados problemas. Petro es un sindicalista empedernido del más importante de los ferrocarriles del norte de Crimea, en los cuales los rusos no han perdido nunca su autoridad. Junto a Petro, está Taras, su socio, conductor de camión y gran contrabandista. Alcohol, cigarrillos, puros y chocolate, cuando la cosecha en los vagones rusos es fructífera; pero nunca droga ni desvío de medicamentos, salvo cuando van destinados a las tropas rusas. Por último, a la izquierda de Artëm, está Bodhan el

Gordo. Él mismo se denomina así (se siente orgulloso de su corpulencia). De un golpe de barriga o de hombro, Bodhan puede noquear a un adversario y acabar con él sin mancharse las manos. Levanta cien kilos sin mayor esfuerzo y, contradiciendo cualquier prejuicio, es un gran amante de la lectura. Un apasionado de los románticos rusos, Lérmontov, Dostoievski, Chéjov; Gógol nunca le ha enganchado, aunque venera a Tolstói y a Solzhenitsin.

Lilya abandona su jergón. Tiene el cuerpo baldado de agujetas, la rodilla, hinchada, y las mejillas, llenas de arañazos.

Artëm le cuenta el plan que él y sus compañeros han elaborado para rescatar a Valentyn. Le dibuja un croquis para respaldarlo.

—Según la información recibida de Kiev, tres grupos de niños se turnan para salir en bici. Tendrás que participar en la operación —le dice a Lilya—, para indicarnos en cuál se encuentra tu hermano. Los niños abandonan el internado por el gran portal y toman esta carretera, una línea recta de unos seiscientos metros. Pasada una curva en ángulo recto, la bordea una zanja. Ahí es donde intervendremos nosotros. Petro y Taras se esconderán en ella, mientras Bodhan y yo, que estaremos revisando el motor de la camioneta, haremos creer que se nos estropeado. Tú estarás escondida en la parte de atrás, de manera que puedas ver las bicis. En la curva irán más despacio. En cuanto veas a tu hermano, silba. ¿Sabes silbar?

Lilya se pinza los dedos entre los labios y demuestra sus habilidades.

—Perfecto, esa será la señal, y pasaremos a la acción. Mientras nosotros nos ocupamos de los acompañantes, tú te lanzarás a por tu hermano. Tiene que verte enseguida; si no, puede pensar que se trata de un nuevo secuestro; debe de estar todavía traumatizado y prefiero no tener que perseguirlo campo a través como a ti ayer.

—¿Y después? —pregunta Lilya.

—Haces que suba a la parte de atrás y arrancamos. La frontera está a cuarenta kilómetros. Si le damos caña, llegamos en treinta minutos.

—¿Y los rusos nos dejarán pasar?

—En ese momento, estaréis escondidos en el doble fondo del suelo. Petro y Taras se ocuparán de los guardianes. Están acostumbrados a sobornarlos. Dos cartones de cigarrillos, y la barrera se levanta. A continuación, os dejaremos en Rikove y volveremos a casa. ¿Te ha quedado claro?

—¿Cuánto espacio hay en el suelo de vuestra camioneta? —pregunta Lilya.

—El suficiente para tu hermano y para ti. ¿Por qué?

—Porque a Valentyn se lo llevaron con un amigo.

Artëm se rasca el pelo y echa una mirada a sus cómplices, que asienten con la cabeza en señal de aprobación.

—Vale, a ver cómo sale, pero os tendréis que apretar. Mientras tanto, vamos a papear algo antes de ir a echar un vistazo a la carretera con el coche de Bodhan.

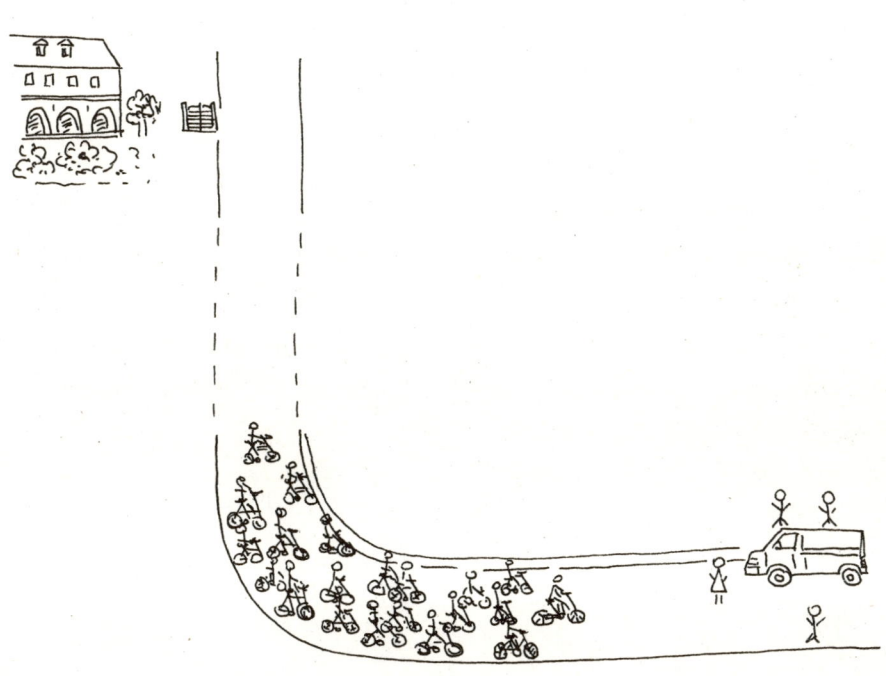

17

Los topillos entran y salen por los barrotes. Valentyn prefiere su compañía a la de las ratas. Los observa pensativo. Hacia mediodía, cuando el sol estaba en lo más alto del cielo, se ha terminado su última galleta y se ha quedado dormido. Cuando despierta tiene hambre y también una sed asfixiante. Mira el riachuelo de agua con anhelo. Es una tortura no poder beber de esa agua. No sabe cuánto tiempo más podrá aguantar. En el momento de escapar, ha tenido la fuerza de atravesar el sótano oscuro, pero le falta valor para internarse en la negrura del túnel, aunque sepa que al final del camino le espera su prisión. Tendrá que dar media vuelta y aporrear la trampilla hasta que alguien lo oiga; pero, más que el miedo a perderse en el dédalo de subterráneos, o a los castigos que padecerá, lo que le retiene son las burlas de Guzenko. Incluso detrás de esa reja, se siente más libre que en el internado.

Está tan agotado que le cuesta levantarse. Cuando por fin lo consigue, le fallan las piernas y vuelve a caer sentado.

De repente, ve pasar en bicicleta al profesor de educación física. Los alumnos que le siguen no son los de su clase. Se alegra de haber escapado de esa salida estúpida. En treinta minutos, volverán a pasar otra vez todos en sentido contrario, y se alegrará aún más cuando vea a Guzenko pedalear, con las mejillas coloradotas. Espera ver a su amigo, aunque al final prefiere esconderse para que él no lo vea (se sentiría tan decepcionado al darse cuenta de su fracaso). *Menudo héroe,* se lamenta Valentyn en su silencio. Pero su naturaleza decididamente optimista prevalece y le lleva a contemplar la posibilidad de que el simple hecho de haber intentado semejante hazaña haga subir su cuota de popularidad.

Esta idea le trae a la mente el recuerdo de su padre. Quizá los rusos le hayan hecho prisionero también a él. Algún día, cuando los ucranianos hayan ganado la guerra, compartirán sus batallitas, sentados a la mesa de la cocina, en casa. A Lilya le dará un poco de envidia, pero se sentirá orgullosa de ellos. Echa tanto de menos a su hermana y a su madre como a su padre.

Antes de sumirse en las tinieblas, Valentyn se acerca a la verja, necesita respirar hondo por última vez antes de armarse de valor para enfrentarse a lo que le espera: el túnel del alcantarillado, el sótano con las ratas y la intendente general, que le va a hacer pagar su valentía.

Con la cara pegada a los barrotes, Valentyn divisa una camioneta aparcada en el arcén. Debe de estar averiada, porque hay dos hombres asomados al motor. Si simplemente pudiera alcanzarlos, les echaría una mano y, a cambio, ellos le llevarían a casa.

Se incorpora de un salto, sus piernas han recuperado las fuerzas, se agarra al metal, con los ojos muy abiertos. ¡La joven que está apoyada contra la parte trasera de la camioneta es Lilya!

Ella está a veinte metros de él, con la vista clavada en la carretera. Bastaría con que girara la cabeza para que lo viera. Llena los pulmones, trata de soltar un grito, lo vuelve a intentar tan fuerte que le arde el pecho, pero ningún sonido sale de su garganta. Agita los brazos, salta, golpea la verja hasta que le sangran las manos. Lilya sigue mirando fijamente la carretera.

Rebusca en su bolsillo, coge el cuchillo que ha robado del comedor y golpea con el filo en los barrotes. El segundo grupo asoma por la curva (una multitud de niños en bicicleta pasan entre su hermana y él).

*

Lilya se mueve con impaciencia mientras el pelotón se acerca. Se le iluminan los ojos; ha reconocido al amigo de Valentyn. Todo va tan rápido que no puede seguir pensando. Tienen la misma edad y forman parte del mismo grupo; Valentyn debe de ir a la zaga. Lilya silva con los dedos. Artëm y Bodhan se abalanzan sobre el profesor de educación física, Bodhan le hace caer de la bici y le aplasta contra el suelo. Petro y Taras hacen lo mismo con los vigilantes. Artëm se cruza en la carretera, para a los niños y se vuelve hacia Lilya.

—¡¿Dónde está tu hermano?! —grita.

—¡No lo veo!

—Entonces, ¿por qué has dado la señal? —se cabrea Artëm.

Ella señala a un niño.

—Porque ese es su amigo —contesta.

Artëm corre hacia él.

—¿Dónde está Valentyn? ¿No está con vosotros? —le pregunta.

—No —balbucea el amigo, asustado—, se escapó anoche.

Artëm, estupefacto, lanza una mirada a sus compañeros.

—¡Nos lo llevamos y nos largamos! —exclama.

Lilya coge al amigo de Valentyn de la mano y lo lleva corriendo hacia la camioneta. Petro y Taras comprueban los nudos de las cuerdas con las que han atado a los adultos. Los niños asisten al espectáculo, impotentes y fascinados por lo que está ocurriendo ante sus ojos. Algunos están aterrorizados, y otros pegan saltos y gritan de alegría.

—Está bien —confirma Petro.

Bodhan se pone al volante, Artëm hace subir a los dos jóvenes a la parte trasera y se sube también él. Petro se corre al medio del asiento de atrás para dejar sentar a Taras, que cierra la puerta, y la tripulación sale pitando.

*

Al otro lado de los barrotes, Valentyn llora y sonríe. Gracias a su amigo, será igualmente un héroe. Lilya y su madre estarán orgullosas de él, como él lo está de su hermana.

Si regresa al internado, lo echaría todo a perder. La fuga de su amigo bien vale pasar una noche al raso. Ya no se sentirá solo.

Su familia no lo ha abandonado. Lilya volverá de nuevo a buscarlo.

*

Un silencio sepulcral reina a bordo. Ni Artëm ni sus compañeros saben qué decirle a Lilya, así que el amigo de Valentyn, todavía excitado por la acción, toma la iniciativa.

—Lo tenía todo calculado, salvo que Guzenko se rajara. La trampilla pesaba demasiado; hacían falta dos personas para levantarla, así que yo le ayudé. Lo que pasa es que no me atreví a ir más lejos. Soy claustrofóbico; no pude bajar al sótano. Él sí. Ni siquiera cuando Guzenko y su banda le zurraban se quejaba. Al revés, sonreía para que creyeran que le daba igual.

Lilya no puede contener más la emoción.

—No llores. Es un héroe; os lo juro.

—¿Te dijo adónde tenía pensado ir? —pregunta Artëm.

—No, era su secreto, pero sé que tenía anotado el itinerario en la cabeza cuando nos trajeron aquí.

—¡Dejadme bajar! —suplica Lilya—. Llevadle a Rikove. Yo me quedo. Ya os alcanzaré cuando haya encontrado a mi hermano.

Artëm la mira fijamente a los ojos.

—Escúchame bien. No sé cuánto tiempo tardarán los niños en desatar a sus profesores o si irán a avisar, pero los responsables del centro no tardarán en enterarse de lo sucedido. Ellos mismos darán la voz de alarma, y no les doy ni una hora para que acordonen la frontera. Tenemos que cruzarla ya. He recibido órdenes y tengo pensado cumplirlas. Has llegado al final de tu aventura; siéntete orgullosa. Piensa en los padres de este crío. En cuanto a tu hermano, tenemos su foto. Batiremos el campo, iremos a todos los pueblos, tenemos muchos amigos por la zona. Avisaremos a todo el mundo. Pronto sabremos dónde está y te lo llevaremos de vuelta. Y, si lo vuelven a atrapar, aunque dudo mucho que retomen las salidas en bici enseguida, tarde o temprano las cosas terminarán por calmarse y lo pillaremos en cuanto tengamos ocasión. Ten paciencia. Ya has visto de lo que somos capaces. Confía en nosotros. Te doy mi palabra de que no lo vamos a abandonar. Ahora os llevo a casa, y no se hable más.

Artëm no bromea, y, aunque a Lilya se le pase por la cabeza saltar de la camioneta en marcha, traicionar la confianza de estos hombres reduciría las posibilidades de salvar a Valentyn. Sabe que está al límite de sus fuerzas, y, cuando el niño se la queda mirando con insistencia y le pregunta si de verdad va a volver a casa, ella le responde que sí y lo abraza para tranquilizarlo.

Artëm levanta dos planchas. El niño mira el doble fondo y se queda blanco.

—Yo también soy claustrofóbica —le dice Lilya—. En serio, necesito que me cojas de la mano. Tú y yo vamos a ser valientes. No va a durar mucho, te lo prometo. Cierra los ojos y recuerda que pronto vas a volver a ver a tu familia.

Se colocan. Lilya le coge la mano a su compañero y le dedica una última sonrisa, y Artëm vuelve a poner las planchas al acercarse a la frontera.

—He olvidado tu nombre —susurra Lilya.

—Me llamo Mykolái —responde el amigo.

18

Quiere permanecer despierto hasta que termine el día, ver cómo el sol se pone tras los campos. Solo entonces cerrará los ojos; no antes. Hace tiempo que la camioneta se ha marchado. Al son de gritos, risas y reproches, los alumnos han desatado al profesor, se han vuelto a montar en sus bicis y luego todo ha quedado en silencio.

Valentyn rumia. Su imaginación y su valentía le han costado la libertad, pero se niega a autocompadecerse, así que saca el cuaderno y escribe, más decidido que nunca:

Me llamo Valentyn Khodova, me escaparé otro día y, cuando sea libre, volveré a casa.

Para luchar contra el cansancio, mueve los brazos como si fueran alas, imaginando una vez más que sobrevuela la carretera y los pueblos, portando consigo sus hazañas antes de que caiga la noche.

Oye unos flic-flocs, demasiado fuertes para ser de ratas, vuelve la cabeza y entorna los ojos. Unos pasos se acercan, una silueta asoma por el extremo del conducto, el haz de una linterna le golpea la cara. Un vigilante le levanta del suelo.

Con luz, el camino de vuelta parece más corto, y el sótano, menos grande. La trampilla está abierta, y el vigilante, que sigue sin decir nada, le empuja hacia las escaleras.

Los niños tienen las cabezas pegadas a las ventanas del comedor que dan al corredor. Le miran, algunos con admiración, otros con sorna, y otros más con estupefacción. El vigilante le sujeta fuerte por el brazo y le arrastra hacia el recibidor. Valentyn se prepara para enfrentarse a la intendente general, pero el vía crucis continúa hasta las duchas.

Mientras su prisionero se lava, el vigilante espera con los brazos cruzados. Le lanza una toalla e, impasible, señala un banco donde han dejado un uniforme en su honor.

Un pantalón azul, una camiseta de tirantes de rayas, una chaqueta y unos mocasines. Valentyn se viste y se mira al espejo. Parece un suboficial de la Marina rusa.

El vigilante hace un gesto de satisfacción y le ordena que le siga.

La verja de la galería prohibida se cierra tras ellos. Mientras sube la escalera de la torre, Valentyn se imagina el castigo que le espera. Los golpes con el cinturón que le infligirán en el estrado, delante de todos los niños del internado, reunidos en la sala donde cantan el himno. Probablemente le hayan puesto esa ropa especial para el suplicio. A continuación, le obligarán a permanecer de pie toda la noche en el patio exterior, hasta que se desplome, como en *La gran evasión*. Unos escalones más, y su suerte estará echada.

Sentada en su despacho, la intendente general despide al vigilante con un gesto de la mano. Cuando este se marcha, deja flotar un silencio sepulcral. A Valentyn le gustaría mostrarse arrogante, pero tiembla como cualquier niño aterrorizado.

—Me has decepcionado —dice el monstruo, y suspira.

Se levanta, pasea por la habitación, mira por la ventana, evitando dirigirle la mirada.

—Te había acogido bajo mi ala, y así es como me lo pagas. Ya le puedes dar las gracias a tu camarada Guzenko. De no haber dicho él nada, habrías muerto de hambre y de sed antes de que te encontráramos. ¿Se puede saber en qué estabas pensando?

Sabe que él no puede responder, y de hecho es lo que espera, ya que aparta los bolígrafos de su escritorio.

—No me puedo creer que quisieras volver con los que te han abandonado. ¡Sería de una ingratitud total hacia mí!

Para mostrar su enfado, ha dado un pisotón en el suelo. Cuando se le acerca, su cara da miedo, pero lo da aún más cuando de pronto se le ilumina.

—Eres muy inteligente, demasiado para tu edad, pero una buena educación remediará este problema. Y esta inteligencia, tan particular como tu silencio, va a venirnos muy bien a los dos. ¿No te parece maravilloso que haya un proyecto que nos una a ambos? Puesto que estás de acuerdo, consideremos este incidente como un error de juventud, cosas de chicos, ¿no? Pero tienes que jurarme que no se lo dirás a nadie. Tu fuga será nuestro secreto. ¿Me lo prometes?

No espera ninguna respuesta por su parte; ella habla, con la mirada perdida en el vacío, hasta el punto de que Valentyn se pregunta, aterrorizado, si se está dirigiendo a él o a una asamblea de monstruos invisibles.

—Muy bien —prosigue—, estás perdonado. He de reconocer

que siento cierto alivio. No me gusta tener que tomar medidas serias, aunque a veces no quede más remedio.

Contempla su miedo y trata de calmarlo.

—Venga, siéntate en esta silla. Te he dicho que te perdono, así que tranquilízate.

Apenas toma asiento, saca un pañuelo de su bolsillo y le seca la frente con gran delicadeza.

—Cada vez que pienso que has estado a punto de echarlo todo a perder, ¿cómo habría quedado yo? Qué día más movidito, pero lo importante es que ha terminado bien y justo a tiempo.

Valentyn no entiende nada de lo que le está contando, salvo que la intendente general está mucho más loca de lo que suponía. Aun así, ha escapado a los golpes de cinturón, que ya es algo; aunque la idea de tener que darle las gracias a Guzenko por haberle delatado le revuelva el estómago.

—Seguramente te estarás preguntando por qué llevas esta ropa tan bonita, ¿no? —pregunta la intendente general, y mira su reloj—. ¿No te había prometido un gran destino? Pues mira tú; yo cumplo mis promesas.

Se gira hacia la ventana y pega la cara a los cristales. Dos berlinas negras acaban de cruzar el portón y aparcan en el patio.

—Te vas a dar cuenta de la suerte que has tenido de haberme conocido.

Vuelve hacia él, le coloca la chaqueta y lo observa, satisfecha, y le pide que se ponga derecho.

Llaman a la puerta. El vigilante deja entrar a una mujer acompañada de su asistente. Durante un breve momento de silencio, la intendente general admira la autoridad que ella desprende. Lleva atado un pañuelo de seda al cuello, y unos pendientes de plata lucen bajo su melena rubia.

La intendente general coge de la mano a Valentyn y dice con voz suave:

—Te presento a una gran dama y amiga íntima de nuestro presidente. María Alexeyevna Lvova-Belova. Tu nueva mamá.

Apartando con un gesto de la mano el faldón de su abrigo blanco, María Alexeyevna Lvova-Belova se agacha para darle un beso en la mejilla, mientras el asistente les hace a los dos una foto.

—Me alegro mucho de conocerte. El informe que la intendente general nos ha enviado es impresionante. Esta misma noche te llevo a Moscú, donde vivirás en una casa magnífica. Ya no eres huérfano. Vas a hacer tu primer viaje en avión, ¿no es una noche extraordinaria?

19

Vital ha tratado de tranquilizar a Veronika lo mejor que ha podido, con palabras torpes. Qué dura es la realidad cuando hay que explicarle a una madre que su hija va de camino, pero que su hijo se encuentra perdido en medio del campo.

Cordelia percibe en su voz una mezcla de ternura y escrúpulos que no la deja indiferente. Le quita el móvil y toma el control de la situación.

—El regreso de Lilya y del niño debe mantenerse en secreto —explica—. Los responsables del internado tendrán sed de venganza. Buscarán en sus historiales dónde vive Mykolái y, para dar ejemplo, es posible que envíen milicianos para volver a llevárselo.

—¿De cuánto tiempo disponemos para encontrarles un sitio al que puedan ir? —pregunta Veronika, con voz tranquila.

—De poco. Artëm y sus amigos ya habían pasado Chongar cuando nos han llamado. Deberían de llegar a Rikove en una hora.

—Iré a ver a los padres de Mykolái y les propondré que se queden en mi casa —sugiere Veronika.

—No es buena idea. Después de la fuga de Valentyn, es muy probable que los rusos os hagan también una visita a vosotros. De hecho, cuando los guerrilleros lo encuentren y os lo lleven a casa, habrá que esconderos.

—¿Cuándo lo encontrarán?

—Artëm ha difundido su descripción a la resistencia, y se las ha arreglado para que se hagan batidas por el campo y por los pueblos que hay entre Dzhankói y la frontera. Todos los simpatizantes han sido alertados. Los rusos no tienen tantos hombres disponibles. Será cuestión de horas, estoy segura.

—Y, si no lo encuentran, ¿dónde pasará la noche?

—Lo encontrarán.

La seguridad de Cordelia parece tranquilizarla.

—Vale —dice Veronika—, le pediré al padre de Stefan que nos reunamos en su casa, y luego ya veremos.

Veronika le da la dirección del taller del señor Vasylyk y cuelga. Cuando está a punto de abandonar el dispensario, el cirujano, que no ha dicho nada hasta ese momento, la coge de la mano y le entrega un manojo de llaves.

—Mi casa es grande y está increíblemente vacía. Instale a la familia del niño en ella. Son bienvenidos. Y usted también, si le apetece.

Veronika descubre su vulnerabilidad.

—Es muy generoso de su parte, pero seguramente Lilya quiera dormir en su habitación esta noche, y yo necesito estar a solas con ella.

—Por supuesto —murmura el cirujano—. Felicítela de mi parte. Lo que ha logrado es admirable.

—Gracias —responde ella.

—¿Por qué?

—Por haberme dicho las palabras que yo no habría encontrado.

Cruza el aparcamiento del dispensario azotada por el viento, y corre hacia la casa de los padres de Mykolái.

Se han cruzado un montón de veces en el patio del colegio, en las reuniones de padres de alumnos, en las fiestas de fin de curso, sin llegar nunca a conocerse de verdad. Después de la redada, la tragedia los unía, pero el dolor era demasiado fuerte para verse, y los días, marcados por la pena, fueron pasando en silencio. Hanna tiene treinta años, es más bonita que un sol. Al abrir la puerta de su casa, palidece de pronto, como esas madres de soldados cuando ven acercarse gente en uniforme. Veronika, con una débil sonrisa en los labios, la informa del regreso inminente de su hijo. Hanna se emociona tanto que a punto está de desmayarse. Su marido la sujeta de milagro. No se atreven a preguntar si Valentyn vuelve también, aunque la mirada de Veronika les hace comprender que esta no comparte su alegría.

—No hay tiempo que perder —explica Veronika—. Preparen una maleta para unos días; no pueden quedarse en su casa.

Hanna y Marko se apresuran a hacer lo que se les dice. Hanna mete unos juguetes en su bolso, tres cochecitos, dos aviones en miniatura y el peluche de Mykolái. Desde que entró en primaria, ya no se lo lleva a todas partes, pero sigue necesitando sentirlo en su almohada para dormirse.

«Pronto, todo volverá a la normalidad», piensa Hanna al salir de su casa.

Acelerando el paso por las calles de Rikove, el trío se dirige hacia la calle Zelena. Hanna camina tan deprisa que Marko tiene que dar grandes zancadas para no quedarse atrás. De camino, Veronika les aclara que será mejor ir a ver al carpintero.

—Su mujer es lo peor —añade.

En la planta baja de la casa de los Vasylyk está la luz encendida. La señora Vasylyk abre la puerta y mira con desdén a Veronika y a esa pareja que no conoce. Marko toma la iniciativa, explica la situación, y apela a la solidaridad local y a la indispensable cooperación y ayuda mutua. Por supuesto, le estarán eternamente agradecidos si acepta alojarlos.

Y, de repente, al escuchar al padre de Mykolái, la señora Vasylyk cambia su actitud. Si una amiga de su hijo ha conseguido traer a un niño secuestrado de vuelta al país, la fama de sus hazañas salpicará a su familia, que se habrá puesto en grandísimo peligro al ayudarlos. Ello suscitará admiración en su entorno, lo cual será beneficioso para los negocios de su marido. Cuando llegue la liberación, incluso podrá presumir de haber estado en la resistencia.

Los hace entrar en el salón y corre a la cocina para prepararles una merienda, para acoger como es debido a esa gente valerosa que ha rescatado al pequeño. Seguramente estarán muertos de hambre después de tales aventuras. Le ordena a su marido que vaya a buscar dos botellas del alcohol que destila él mismo, una para celebrar la llegada de los héroes y otra para que se la lleven de recuerdo.

Pone un mantel, saca los vasos más bonitos del aparador y unos platos, da unos golpecitos a los cojines del sofá y se asegura de que las cortinas estén entreabiertas para que sus vecinos sientan curiosidad al ver gente en su casa. Mañana le preguntarán, y, puesto que ella debe ser discreta, tendrá la satisfacción de dejarlos con la intriga.

Después de quitarse el delantal, se para delante del espejo, se arregla la blusa, echa un último vistazo al salón y se pone casi tan roja como Stefan cuando llaman a la puerta.

Mykolái corre hacia su madre, y su padre los abraza a los dos.

Veronika contempla sus caras y admira con amor y envidia la emoción que los une. Su mano reproduce los mismos gestos que la de Hanna, como si acariciara las mejillas de Valentyn y lo abrazara también para asegurarse de que está ahí.

Después entran uno a uno Artëm, Bodhan, Taras y Petro.

—La está esperando fuera —indica Artëm, que ha comprendido de un vistazo quién era Veronika.

Y, mientras la señora Vasylyk sirve chupitos, Veronika se escapa.

Lilya está de pie bajo la luz del porche y rasca el suelo con la punta del zapato.

—Te pido perdón —dice.

Y se lanza a los brazos de su madre. Veronika la rodea con un mar de amor, se hunde en su pelo, la besa, la abraza, la vuelve a besar. Su hija parece tan débil. Lilya solloza. Su vagabundeo y sus miedos son arrastrados por esta ternura que solía rechazar antes de irse.

—He alardeado tanto con tu padre de haberte enseñado a ser valiente… que ¿qué quieres que te perdone?

—Estoy tan cansada, mamá.

—No tienes muy buen aspecto.

—Tú tampoco. Tengo tantas cosas que contarte.

—Lo sé, yo también tengo muchas cosas que contarte. No me apetece nada interrumpir este momento. Llevo tanto tiempo esperándolo…, pero tengo que ir a darles las gracias. ¿Quieres acompañarme, o prefieres ver primero a Stefan?

—¿Puedes decirle que venga aquí? No quiero hablar con él delante de todo el mundo.

Veronika le da un beso en la frente a su hija, le acaricia la mejilla y se decide a entrar en la casa.

Los vasos se vacían tan rápido como se llenan; la señora Vasylyk no da abasto. Su marido ha hecho buenas migas con Taras, ¿o ha sido al revés? El contrabandista le encuentra grandes cualidades al alcohol destilado de su anfitrión, tanto que el producto merecería ser conocido al otro lado de la frontera. Le gustaría saber qué cantidades podría producir al mes. Él se encargaría del envío. Si dividen los ingresos entre tres, ya que Petro y él son socios, el carpintero podría ganar mucho más que con los muebles. La conversación, mantenida lejos de los oídos de la señora Vasylyk, termina con un apretón de manos.

A Bodhan y Petro no les parecería mal brindar una vez más por la resistencia, pero Artëm tiene la intención de volver a cruzar la frontera antes del cambio de guardia y del reemplazo de los hombres a los que han sobornado. La señora Vasylyk insiste y les vuelve a llenar los vasos.

*

Fuera, lejos del ruido que reina en el salón, Stefan avanza hacia Lilya. Ella le hace un gesto con la mano.

—Por favor, no te acerques más.

—¿Qué pasa?

—Nada, simplemente que… —duda, pero teme más un malentendido que una confesión humillante— ni siquiera yo aguanto mi olor. Me voy a arrepentir un montón de habértelo dicho. Tuve que viajar con pescados apestosos, y se me ha quedado pegado a la piel. Y, en cualquier caso, ¡nunca he estado tan fea!

Stefan tiene ese aspecto peculiar que a ella le resulta irresistible. Da un paso hacia ella y le coge la mano.

—No es para tanto —le asegura.

Inclinando la cara hacia ella, se salta su consentimiento antes de robarle un beso. La mirada de Lilya ya no es la de una adolescente;

266

se ha convertido en una mujer. Le pone las manos en la nuca y lo mira fijamente.

—¡¿Qué hacéis ahí fuera, niños?! —grita la señora Vasylyk desde el umbral de la puerta—. Nuestros amigos se marchan. Venid a despediros; ¡es lo mínimo!

Las mejillas de Stefan se han puesto rojas, Lilya se ríe y le besa descaradamente delante de la mujer del carpintero, que da media vuelta, indignada.

*

Llega el momento de la despedida. Petro y Taras se guiñan el ojo con el señor Vasylyk. Bodhan no se encuentra en el mejor estado para ponerse al volante, pero se las ha visto en peores situaciones.

Cuando todo el mundo sale para acompañar a los cuatro hombres a la camioneta, Artëm le da la mano a Stefan y se lleva a Lilya aparte.

—Entiendo que sientas un gran pesar —empieza a decirle—, pero has tomado la decisión correcta. ¿Has visto qué alegría había en esa habitación? Es gracias a ti. Esta noche, cuando te vayas a dormir, no pienses en nada más. Te traeremos a tu hermano, te doy mi palabra. Me alegro de haberte conocido, Lilya Khodova. Cuando el país haya sido liberado por completo, vendrás a verme y te enseñaré lo bonita que es Crimea.

Stefan y sus padres entran en casa. Los padres de Mykolái los siguen para recoger sus cosas antes de instalarse en casa del cirujano. A Veronika no le disgusta la idea de acompañarlos; tiene curiosidad por descubrir dónde vive.

Desde la acera, Lilya no aparta la mirada de la camioneta que desaparece al final de la calle.

—¿Quién los ha enviado? —le pregunta a su madre.

—Un amigo de Kiev.

—Se lo pediste tú, ¿verdad?

—Actuó por iniciativa propia, e hizo bien, ¿no te parece?

—Quizá. Bueno, sí, la verdad es que ya estaba agotada cuando me encontraron.

—¿Me contarás tu viaje? —dice Veronika.

—Sí, pero no ahora.

—Y ¿qué te apetece hacer ahora?

—Volver allí para darle una patada en el culo a Guzenko.

—¿Es algún ruso que te ha hecho daño?

—Es un niño que la ha tomado con mi hermano, y no empieces otra vez a preocuparte por nada. Valentyn no se ha dejado.

—Y, aparte de darle una patada en el culo a un niño de once años, ¿tienes otros planes?

—Quedarme un poco con Stefan esta noche —contesta Lilya.

—Vale, entonces ya hablamos mañana.

—¿Cuándo vas a volver del trabajo?

—Por la mañana, y me quedaré contigo todo el tiempo que quieras.

—¿Todo el día?

—Y el siguiente, si te apetece.

—Entonces, mañana cogeremos tu coche y me llevarás a un sitio. No nos quedaremos mucho, te lo prometo —dice la joven.

—¿Para ir adónde?

—Ya lo verás cuando estemos ahí.

*

Lilya vuelve a casa a medianoche. Su madre, que se ha quedado dormida en el sofá, abre los ojos.

—¿Tienes hambre? —pregunta.

—Soy incapaz de comer nada. Nos hemos terminado las sobras. ¿Qué tal la casa de tu cirujano?

—Muy diferente a como me la imaginaba.

—¿Es decir?

—Elegante, con decoración minimalista, pero sorprendentemente refinada; tiene mucho gusto, no me imaginaba ver un ramo de flores en su mesilla de noche.

—¿Porque estuviste en su habitación?

—Sí, bueno, no. Me equivoqué de puerta cuando buscaba la habitación para instalar a los padres de Mykolái —responde Veronika divertida.

—Tiene gracia; no te veía tan radiante desde… Bueno, quiero decir que hace mucho que papá no te hace sonreír así.

—No he sonreído. ¿En qué estás pensando?

—Ya, pero que no me disgusta verte sonreír. Cuando Valentyn vuelva, ¿tendremos que dejar también nuestra casa?

—Probablemente.

—¿Adónde iremos?

—Me imagino que a Kiev, pero solo por una temporada.

20

Valentyn no ha tenido miedo; simplemente se ha quedado un poco decepcionado al no haber sentido nada especial al despegar. Una vez que la pista de aterrizaje desapareció, todo se sumió en la oscuridad. Y tampoco es que hubiera variado en el aire. Esperaba tocar las estrellas y ha descubierto que, vistas desde el cielo, son tan pequeñas como cuando las miraba desde el jardín con su madre. Pero la cosa ha cambiado en el descenso. Con la cara pegada a la ventanilla, se ha quedado deslumbrado por el espectáculo más maravilloso que ha visto en su vida: Moscú, inmensa y minúscula, con millones de luces extendiéndose a lo largo de kilómetros. Todo titilaba, como si el cielo se hubiera derramado. También las turbulencias le han parecido muy divertidas, y, cuando las ruedas han tocado el suelo, el ruido ensordecedor de los reactores le ha parecido excitante.

En la pista, al pie de la pasarela, ha descubierto su vocación: ser comandante de a bordo. Su discapacidad no debería suponerle ningún problema. La puerta de la cabina ha permanecido abierta durante todo el vuelo y ha podido constatar que el copiloto podía encargarse perfectamente de hablar con la torre de control.

El asistente los hace subir a un lujoso coche que los espera al bajar del avión.

En la parte de atrás hay cuatro asientos enfrentados en cuero blanco, a juego con el abrigo de la señora Belova. Es la primera vez que Valentyn se sienta en sentido contrario al de la marcha. Ella lleva sin hablar desde que salieron del internado. Apenas ha levantado la vista de su lectura para asegurarse de que él sigue ahí. El asistente es más hablador.

—El chófer de la señora te conducirá al colegio y te recogerá de vuelta cuando las clases hayan terminado —susurra para no molestar a su jefa.

Desde el coche, las ciudades dormitorio de las afueras le parecen siniestras. Pasada la circunvalación, todo vuelve a cambiar: las fachadas se visten de rojo, de amarillo, de verde y de azul; inmensas avenidas iluminadas como si fuera pleno día, gigantescas cúpulas de oro que brillan en la noche. Y, cuando el coche se adentra por la orilla del Moscova, el palacio presidencial parece salido de un cuento de hadas.

—Magnífico, ¿verdad? —dice el asistente.

Valentyn asiente con la cabeza. El olor del cuero le ha revuelto el estómago. La berlina entra en el barrio de la Milla de Oro, el más caro de la ciudad, sube por la calle Ostozhenka y se detiene delante de la verja de hierro forjado de una suntuosa residencia.

—Tu nueva casa. Estoy seguro de que te va a parecer más bonita que la tuya —se complace el asistente.

La señora Belova lo fulmina con la mirada, ya que está prohibido hacer referencia al pasado. A partir de ahora, para Valentyn solo existe el futuro.

No solo el Kremlin parece salido de un cuento de *Las mil y una noches*. El inmenso recibidor está decorado con mármol blanco, y su techo, con pan de oro. Valentyn recibe otro bautismo, esta vez a bordo de un ascensor, en el que sube hasta el último piso y que es de espejo.

Para entrar al apartamento, hay que marcar un código en un teclado. Valentyn no deja de sorprenderse. Tres puertas dan al vestíbulo, el cual es más grande que su casa entera. La señora Belova deja el bolso en un aparador y desaparece tras la puerta de la izquierda, sin decir adiós.

—Son sus habitaciones —explica el asistente—. Nunca debes entrar ahí sin haber sido invitado. Detrás de la puerta del centro, están las salas de recepción, el salón azul y el pequeño salón.

Valentyn se pregunta qué será un salón azul, y se atreve a hacer la pregunta escribiéndola en el bloc de notas que ha birlado en el *jet*. El asistente le mira con condescendencia.

—Los suelos del gran salón son de lapislázuli, una piedra semipreciosa cuyo color azul ha dado nombre a esta habitación. El pequeño salón está hecho *en boiserie*. No hace falta que te explique lo que es *en boiserie*. Por lo que tengo entendido eres muy inteligente.

Puede reírse de él todo lo que quiera, pero su casa de Rikove tiene más alma que este palacio de hielo. Con o sin piedras semipreciosas.

—Y, al fondo, las cocinas donde comerás —prosigue el asistente imperturbable.

Abre la tercera puerta y conduce a Valentyn por un largo pasillo.

—Esta es la zona de los niños. Cada habitación tiene su propio baño. La tuya está al fondo, ya que has sido el último en unirte a la familia. Mañana te presentaré al personal, las cocineras, el mozo, las mujeres de la limpieza y, sobre todo, a Anatoly, el mayordomo que manda aquí. Tus hermanos y hermanas son todos más mayores Bueno, ya te los cruzarás en algún momento.

Valentyn cuenta seis habitaciones; por lo tanto, hay allí muchos menos niños que en el internado, lo cual no le disgusta; pero que quede bien claro que su única hermana es Lilya.

—Y he aquí tus nuevos aposentos —dice el asistente, y entra en la habitación—. El despertador está puesto a las 8 horas. Encontrarás ropa de tu talla en el armario. Mañana te pondrás la que está en el sillón. Vendré a buscarte después del desayuno. Iremos con la señora Belova a una rueda de prensa. No te preocupes, es a mí al que harán las preguntas. Tú solo tendrás que portarte bien y sonreír. No es difícil, ¿verdad? Una última cosa: la señora Belova está muy ocupada. No la molestes bajo ningún pretexto. Si lo necesitas, dirígete a Anatoly, el mayordomo del que ya te he hablado. No me queda más que desearte las buenas noches. No tardes en acostarte, que mañana el día va a ser largo.

El asistente se retira y cierra la puerta tras de sí.

No le falta de nada a esta gran habitación, ni el escritorio para hacer los deberes, ni el sillón para tumbarse, e incluso hay una alfombra de juego con calles y pasos de peatones; pero, entre esas paredes blancas de las que cuelgan grabados de conejos y de pájaros, Valentyn tiene la impresión de haber sido transportado a un mundo más estrecho que el suyo.

Aquí no hay barrotes en las ventanas —en un sexto piso de poco habrían servido—. Valentyn se sienta en la cama, se quita los zapatos y observa la indumentaria que tendrá que ponerse mañana, más sobria incluso que el uniforme. No le desagrada tener que ponerse corbata, pero no tiene la más mínima idea de cómo anudarla. ¡Qué se le va a hacer! Se la pondrá como una bufanda.

Se desviste, se da una ducha, se pone el pijama que está doblado a los pies de la cama, apaga la luz y se mete bajo las sábanas.

El sueño no llega, y esta vez, no por culpa de la oscuridad. Casi echa de menos la presencia de los demás niños en el dormitorio. Piensa en Mykolái, que debe de haber llegado a su casa, y también en su hermana Lilya. La echa de menos muchísimo, casi tanto como a su madre. Aprieta los puños, se da la vuelta y, arrastrado por los sollozos, hunde la cabeza en la almohada.

La puerta se entreabre, un hilo de luz acaba de tocar su cama. Valentyn se incorpora. Hay un hombre delante de él.

—¿Te encuentras bien? —le pregunta con un fuerte acento—. Oh, veo que no te encuentras para nada bien. ¿Tienes hambre? ¿Sed? ¿Te has hecho pis en la cama? ¿Miedo a la oscuridad? ¿O todo al mismo tiempo? Veamos, empecemos por orden, ¿qué es lo que va peor?

Para Valentyn, un tipo que enuncia problemas tan alegremente solo puede ser un aliado. Se seca las mejillas.

—No nos quedemos aquí, levántate y ven conmigo.

*

Hay una lámpara encendida en el despacho del mayordomo. Valentyn esperaba encontrarse con un hombre refinado, delgado, atento, con una indumentaria impecablemente cortada. Es justo al contrario: Anatoly es un anciano turco, con un sobrepeso considerable. Lleva un pantalón bombacho morado, una camisa muy colorida y tiene dos dientes de oro. Su cara arrugada es atemporal, y sus grandes y dulces ojos le dan un aspecto afable.

El mayordomo se deja caer en su sillón, y Valentyn le pide permiso con la mirada para utilizar la pluma que hay en el escritorio, una negra lacada con la plumilla de plata, lo cual Anatoly autoriza inmediatamente, como algo evidente. Incluso le tiende una bonita hoja de papel de cartas, que Valentyn no puede resistirse a acariciar.

—*¿Qué es una rueda de prensa?* —escribe.

Anatoly apoya las manos en sus caderas regordetas.

—¡Es verdad, si no hablas! La señora me lo precisó ayer, por supuesto, pero lo he debido de olvidar. Bueno, antes de contestarte, te voy a decir un secreto. Si te lo digo, tienes que prometerme que no se lo dirás a nadie. Bueno, que no lo escribirás, quiero decir. Los que viven aquí piensan que estoy un poco teniente, sordo, si lo prefieres. Pero eso no es en absoluto cierto. Solo oigo lo que me interesa. Es muy práctico en mi oficio. No te puedes ni imaginar la cantidad de respuestas que las cocineras, el mozo, los hijos de la señora y su asistente encuentran por sí solitos cuando les hago repetir tres veces las preguntas. No voy a pedirte que escribas hojas y hojas cada vez que tengas un problema; por eso te he hecho esta confesión. —Anatoly inclina la cabeza, frunce el ceño y, de repente, parece sumido en profundas reflexiones—. Lo que estoy diciendo no tiene ningún sentido. Nunca he fingido ser miope. Bueno, a ver, ¿por qué quieres saber qué es una rueda de prensa?

Valentyn escribe que hace dos días que no estudia. ¿Tiene que repasar alguna asignatura antes de la rueda?

Para reírse tan fuerte, un poco duro de oído sí que tiene que estar este Anatoly.

—*Porque me llevan a una mañana por la mañana* —precisa Valentyn.

—Ya veo —dice Anatoly, y suspira—. Bueno, pasas un rato muy aburrido; no, incluso más aburrido que aburrido. Invitan a periodistas, que vienen sobre todo por los pequeños sándwiches de caviar y por el champán. Una vez saciados, escucharán religiosamente lo que la señora o su asistente tengan que contarles. Por cierto, no te fíes de él, es un maldito hipócrita. ¿Por dónde iba?

—*Por los periodistas* —escribe Valentyn.

—¿Qué periodistas? —pregunta el mayordomo mirando al techo—. Ah, sí, por supuesto. Pues bien, tomarán notas, y los primeros de la clase incluso levantarán la mano. Ya verás cómo se estremecen cuando el asistente los elija para que hagan sus preguntas; después harán fotos, te pedirán que sonrías, y listo. Nada malo, pero aburrido, muy aburrido.

Valentyn asiente con la cabeza. Anatoly no ha debido de estar nunca en el internado. Si hubiera estado, su definición de «aburrimiento» sería sin duda muy diferente.

—Y dime: ¿tú no deberías estar en la cama a estas horas? Pobre de ti como mañana bosteces en público. La señora se enfadará mucho. ¿Quieres saber una cosa?

Valentyn dice que no con la cabeza. El mayordomo se levanta con dificultad y lo conduce de vuelta a su habitación.

—El asistente de la señora es una serpiente, y no de la familia de las culebras, no sé si me explico.

Anatoly se para en medio del pasillo para hacer la danza de la cobra, pasando la lengua bajo sus dientes de oro, lo cual hace reír mucho a Valentyn.

—Por lo menos, cuando te ríes a carcajadas no hay peligro de que despiertes a todo el mundo.

Anatoly le arropa en la cama, le obsequia con una última mueca para la noche y se retira.

De repente, Valentyn ya no se siente tan solo. Se duerme pensando en el día que le espera. A partir de mañana, volverá a explorar el lugar, y esta vez, para encontrar una salida que no sea un conducto de alcantarillado.

21

A la luz del día, la habitación parece aún más espaciosa. Han llamado a la puerta a las 8 h, y Valentyn se ha puesto la ropa. Al salir al pasillo, se ha cruzado con una mujer de la limpieza, que se ha parado para anudarle correctamente la corbata y le ha llevado a la cocina.

Nunca ha visto nada igual; todo está duplicado: dos hornos, dos frigoríficos, dos lavavajillas, dos fregaderos. Una gran ventana deja entrar el sol. Las baldosas del suelo brillan. La cocinera le sienta a la mesa. Hay un montón de cosas buenas, rebanadas de pan, yogures, una macedonia de fruta y, sobre todo, napolitanas de chocolate. Le encantaría poder meterse una en el bolsillo para Lilya (la vuelven loca, y hace tanto que no las hay en casa). Las devora con los ojos, hasta que Evgenyia aparece y se sienta enfrente de él.

Debe de tener tres años más que Lilya, quizá cuatro, y es tan guapa que Valentyn llega a la conclusión de que la naturaleza la ha creado para enmendar todos los errores de los rusos. Su pelo rubio refulge, su frente, sus ojos azules, sus labios son de tal armonía que su rostro podría atribuirse a la imaginación de un pintor. Y su discreción impresiona enormemente a Valentyn. Evgenyia parece incómoda por estar ahí. Cuando la cocinera se dirige a ella, palidece, a pesar de que su piel es ya de por sí blanca. No debe de ser consciente de su esplendor, dado que parece tan triste.

Valentyn se pregunta si uno se puede enamorar de una hermanastra, porque nunca ha sentido su corazón latir tan deprisa cuando su hermana biológica desayunaba con él.

Sin pensárselo dos veces, le ofrece la mitad de su napolitana. Evgenyia sonríe y acepta. Ella coge un yogur, y Valentyn también; ella se sirve un vaso de zumo de naranja, y a él no le gusta, pero esa mañana lo beberá igualmente, y probará la macedonia de fruta, aunque la piña le dé escalofríos. Saca una hoja de su bolsillo y, con trazo decidido, le pregunta a Evgenyia si piensa que ser piloto de línea es una bonita profesión, sobre todo, cuando se es comandante de a bordo.

—A mí —responde ella con una voz tan dulce que le hace estremecer incluso más que la piña— a veces me gustaría ser un pájaro.

Y Valentyn concluye que la vida en Moscú no es tan mala como pensaba.

*

La señora Belova ha sustituido su abrigo blanco por un vestidito de flores y se ha recogido el pelo en un moño. En el coche, presta más atención a Valentyn que la noche anterior; incluso le pasa la mano por el pelo para arreglárselo un poco, le ajusta el nudo de la corbatita, le mira atentamente y se vuelca en su lectura. Debe de tener una insaciable sed de conocimiento para gustarle tanto leer. De repente, el alegre asistente lo es un poco menos cuando ella menciona que a Anatoly «le ha parecido un niño encantador».

La berlina se coloca delante de un colegio para niños discapacitados. El director, en posición de firmes, se encuentra en la acera para recibir a sus invitados de honor. La señora Belova baja la primera y coge de la mano a Valentyn. A él no le gusta el contacto de su piel, pero ella le aprieta tan fuerte que no puede soltarse. Unos fotógrafos los siguen mientras visitan las clases. En cada una, la comisionada rusa para los Derechos del Niño se arrodilla para acariciar la cabeza de un niño o de una niña. El asistente lleva una gran bolsa llena de peluches que la señora Belova va repartiendo y sonríe de oreja a oreja mientras los *flashes* crepitan. Cuando ya no quedan más peluches, los conducen a la cantina. El personal está fascinado. Todos sueñan con posar para la foto, pero solo el director, la señora Belova y Valentyn tienen derecho a hacerlo.

Han colocado un atril en medio del comedor. La comisionada se instala e inicia el discurso que iba revisando en el coche.

—Hace ocho años, creé el barrio Louis, un centro de adaptación social para niños con discapacidad. Cuánto camino hemos recorrido desde entonces. No he dejado de comprometerme con los derechos de la infancia, de todas las infancias, incluidas las infancias difíciles. Cuando unos años después me uní al partido Rusia Unida, mientras mi marido se ordenaba sacerdote, yo no esperaba recibir semejante apoyo de nuestro Gobierno, y, sin embargo, nuestro bien amado presidente tendió la mano a nuestra causa, por lo que le estoy infinitamente agradecida.

Se calla, el tiempo necesario para recibir los aplausos del director, de las cocineras y de los profesores, felices de que se les relacione hoy con una dama tan importante. Es a su presidente al que aclaman, pero ella les es tan cercana que las felicitaciones se confunden.

—Tres años después, fui honrada con el título de comisionada para los Derechos del Niño —prosigue.

Y pide un poco de calma a aquellos que siguen aplaudiendo; prefiere a los que guardan sus energías para la atracción principal.

—En otoño visité cada una de las cuatro regiones ucranianas anexadas, y lo que descubrí allí fue terrible.

A Valentyn no se le ha escapado que, al pronunciar estas palabras, la señora Belova se ha frotado el rabillo del ojo, justo al lado de la nariz, y que inmediatamente le han brotado unas lágrimas. El truco le parece genial, hará lo mismo la próxima vez que Lilya se meta con él (en cuanto empieza a llorar, su madre se pone de su parte).

—A pesar de mis numerosas responsabilidades, he decidido crear centros para adolescentes, con el fin de proporcionarles una atención particular. Vamos a desplegar equipos en Ucrania para salir al encuentro de huérfanos y niños abandonados por sus padres.

Hace una pausa e inspira hondo, y la asamblea contiene la respiración.

—Hace unos meses —dice con voz grave—, el presidente firmó un decreto para que se agilice la obtención de la nacionalidad rusa por parte de los menores ucranianos considerados huérfanos. Gracias a nuestro trabajo y a la devoción de nuestros equipos, son miles los que han tenido ya la suerte de encontrar una nueva familia, padres maravillosos que les ofrecen la educación y el amor de los que han sido privados en Ucrania. Y mañana serán todavía más los que se instalen en su nueva patria, de Crimea a Siberia, porque los salvaremos a todos, y nuestros compatriotas ya están haciendo cola para adoptarlos.

Vuelve a hacer otra pausa. Su rostro grave cambia de expresión y se ilumina.

—He de reconocer humildemente que yo no he tenido que hacer cola —dice, y se vuelve hacia Valentyn, con los ojos llenos de amor.

Murmullos de emoción crecen entre la asamblea embelesada.

—Fue a raíz de un viaje reciente cuando conocí a Valentyn, y ¿cómo poder resistirse a una carita tan mona? Él es como aquellos de los que con tanta devoción os ocupáis vosotros, y lleva su carga con valentía: Valentyn no puede hablar. Pero mi corazón, al igual que el vuestro, hace caso omiso de las discapacidades. Tengo el inmenso placer de presentaros a quien adoptaré en tres días. Lo quiero ya como a un hijo.

Valentyn intenta soltarle la mano, pero ella le aprieta tanto los dedos que le hace daño. Le da un beso en la mejilla y lo abraza contra su pecho mientras los fotógrafos se empujan para alcanzar las primeras posiciones. Los *flashes* deslumbran a Valentyn y a la señora Belova, que ahora lo sujeta por la nuca y le obliga a mirar a los objetivos.

*

A mediodía, Cordelia observa las imágenes que aparecen en la pantalla.

—¿Estás seguro de que es él?

—No hay duda, y no pienso pedir una segunda opinión a su madre; se moriría.

—¿Me quieres? —pregunta Cordelia.

—Sí.

—Entonces, demuéstramelo y júrame que le devolveremos a su hijo.

—Tienes que reconocer que es una manera un tanto rara de declarar los sentimientos.

—Vale, pero es mi manera.

De repente, Vital se siente inspirado, dispuesto a todo con tal de mostrarse a la altura de su cometido.

—Si la adopción tiene lugar en tres días, la cuenta atrás ha comenzado. Una vez que esté naturalizado, ya no podremos hacer nada —explica.

—Y eso ¿por qué?

—Porque Veronika ya no tendrá ningún derecho sobre él. Valentyn ya no será su hijo, sino el de una personalidad próxima al poder. A partir de ese momento, si consiguiésemos recuperarlo, sería un rapto. Ningún país occidental acogería a un niño raptado, y es imposible hacerle viajar directamente de Moscú a Ucrania.

—¡Pero si son los rusos los que lo han raptado, joder!

—No para la ley.

—¡Entonces, hagamos que salga a la luz este escándalo antes de que sea demasiado tarde!

—Si ya está todo a la luz. Belova no ha tardado en subir las fotos que se han hecho durante la rueda de prensa a su cuenta de Instagram. Lo cual no ha provocado ningún escándalo. Esta puesta en escena alimenta la propaganda del régimen. Y ¿a quién le preocupa hoy en día la suerte de un único niño?

—A nosotros —responde Cordelia—. ¿Qué sabemos de esa monstruosidad de mujer?

—No lo suficiente. Pero, mientras estabas durmiendo, y porque te quiero, he llamado a Janice. Está preparando un informe sobre Belova, a la que apodan ya Bloody Mary, y me ha prometido que movilizará a sus compañeros de *Haaretz* si hiciera falta.

—No va a ser con un informe como llevaremos de vuelta a Valentyn a su casa.

—No, pero es un comienzo. Semejante operación requiere una preparación seria, y en Rusia yo no tengo ningún contacto, sino tan solo enemigos.

Cordelia se conecta al foro del grupo.

—¿Qué haces? —pregunta Vital.

—Pido refuerzos.

—Habría preferido declararte mis sentimientos de otra manera.

Treinta minutos más tarde, la respuesta a la llamada de Cordelia aparece en el foro. Maya, propietaria de una agencia de viajes en París, dispone de un visado de negocios que le permite viajar a Moscú. Lo que tarde en reunir el material que desea llevar consigo, su vuelo ya está reservado, y aterrizará allí antes de las 19 h. Mientras viaja, Cordelia deberá encontrar las direcciones donde recoger «el paquete», domicilio, colegio, oficina, el lugar donde tendrá lugar la ceremonia y toda la información que le hará ganar un preciado tiempo una vez allí. «Actuar en un plazo tan corto nos obligará a improvisar —explica—, justo lo contrario de la filosofía de Vital».

*

La gasolina que le ha proporcionado Danylo resulta más que suficiente; Veronika y Lilya llegarán a Chongar en una hora, siempre que no se encuentren con milicianos de camino.

—No te quedes en la E-105 —le aconseja Lilya—. Te guiaré por carreteras pequeñas.

—¿Por las que cogiste?

—No, yo iba campo a través. Podríamos recoger la bici de papá de paso, pero la dejé cerca de un sitio del que guardo un mal recuerdo.

—Tu padre se comprará otra —responde Veronika—. De todas formas, para lo que la usa…

Lilya se gira hacia su madre y la mira con curiosidad.

—¿En qué punto estáis exactamente, papá y tú? —dice.

—¿Me puedes explicar a qué vamos a Chongar?

—Vale, ya veo.

—Mejor mira la carretera, si no te importa.

Lilya no aparta los ojos de la carretera a las afueras de Novoleksivka. Le indica a su madre cómo rodear esa ciudad que no quiere pisar por nada del mundo. Al pasar por delante de la aldea de Sal'kove, distingue la casa de una granjera que está tendiendo la ropa, y está a punto de saludarla con la mano, cuando cambia de opinión.

—¿La conoces? —pregunta Veronika, mientras el coche se dirige a la franja de tierra que bordea el lago Sokolos'ke.

—Sí, es prorrusa.

—Pero te ayudó.

—¿Cómo lo sabes? —se extraña Lilya.

—Ibas a saludarla. Lo que cuenta es lo que ha hecho por ti, no lo que piensa.

Veronika reduce la velocidad. Cien metros más allá, unos soldados han puesto una barrera para inspeccionar los vehículos.

—Da media vuelta; ya volveremos en otro momento —dice Lilya de mala gana.

Pero la pregunta que le ha hecho su hija sobre su pareja ha despertado algo. Veronika no quiere renunciar a nada. Le guiña un ojo cómplice y se dirige hacia la barrera.

El soldado le pide bruscamente la documentación y le pregunta por el motivo de su desplazamiento; Veronika adopta el mismo tono autoritario que él para responderle.

—Dos de sus hombres están hospitalizados en mi unidad del dispensario de Rikove. Han resultado heridos mientras apagaban el incendio del depósito de municiones que ha sido bombardeado. Seguramente estén al tanto. Y, como si no fuera ya suficiente trabajo, el oficial Ilyevitch, responsable del sector, me ha enviado a buscar las vendas y las cremas que nos faltan para poder tratar sus quemaduras.

—Y ¿por qué el oficial Ilyevitch no nos lo ha pedido todo a nosotros directamente?

—Porque mi compañera de Chongar les habría dicho que ella tampoco tenía, pero yo soy enfermera jefe. De todos modos, si lo prefiere, doy media vuelta y le digo al oficial Ilyevitch que usted se encarga del asunto. Como le digo, no me falta trabajo.

—La señorita es un poco joven para ser enfermera —se sorprende el soldado asomándose por la ventanilla.

—Es mi hija; me ayuda en el dispensario.

Le entrega su documentación y le hace un gesto a su compañero para dejarlas pasar. Veronika hace crujir la caja de cambios al meter primera, el motor ruge y el coche arranca.

—¿Crees que eres la única que sabe mentir? —suelta Veronika a su estupefacta hija.

—¿Ilyevitch? Pero ¿de dónde lo has sacado?

—De la puerta de su despacho cuando fuimos a informarnos sobre la desaparición de Valentyn. Es un apellido que nunca olvidaré.

*

Cordelia se levanta para salir a tomar el aire al jardín. La difícil situación de Valentyn le afecta particularmente. Piensa cómo lo estaría pasando ella si le hubieran tocado un solo pelo a su hermano Diego. Todavía se sigue levantando a veces de noche, en medio de una pesadilla, siempre la misma, reviviendo esa mañana en la que descubrió el cadáver de Alba.[*]

—¿Qué pasa? —pregunta Vital, y mete su silla en la rampa de la escalera de entrada.

—Nada, me apetecía fumarme un cigarro.

—Pero, por lo que veo, no estás fumando.

—He cambiado de opinión.

—¿Sobre nosotros o sobre tus ganas de fumar?

—Eres idiota —responde Cordelia, y sonríe con tristeza—. ¿Es guapa? —Vital la mira, intrigado—. La madre de Valentyn —precisa Cordelia.

—Ah, a mí me parece muy guapa.

—¿Qué significa ella para ti?

—Cuando acabé en una cama de hospital —hace una pausa— y ya no podía sentir las piernas, Veronika se ocupó de mí.

—¿Mucho tiempo?

—Durante dos años. Era formidable, pero no es una persona fácil. Te puedo asegurar que tu carácter no tiene nada que envidiarle al suyo —dice Vital.

—¿Qué tiene de malo mi carácter?

—Nada. ¿Estás celosa?

—Qué idiota eres. Simplemente tengo aún más ganas de patearles el culo a Bloody Mary y a todos los rusos.

—No pienses eso. A la mayoría de los reclutas no les ha quedado otra; y, en cuanto a la población civil, también ella es víctima

---

[*] En *C'est arrivé la nuit,* Cordelia descubrió el cuerpo sin vida de la novia de su hermano Diego. Alba, diabética, fue víctima de los laboratorios farmacéuticos, que hacían subir los precios de la insulina para enriquecerse cada vez más, lo que impidió el acceso a los más necesitados. *(N. del A.).*

del régimen de Putin. Millones de rusos han abandonado su país y viven hoy en el exilio, y muchos de los que se han quedado rechazan la guerra y la ideología de los que gobiernan. Al igual que nosotros, esperan ser liberados y sueñan con ver caer al dictador.

—Si tú lo dices… Bajemos, he recibido un mensaje de Janice. Prefiere hablar con nosotros directamente por teléfono.

—Llámala desde aquí. Así podrás fumar, ya que habías subido al jardín para eso.

Cordelia le besa en la boca.

*

En Tel Aviv, también a Janice le apetece un cigarro, pero, como está prohibido fumar en las instalaciones del periódico, se lo echa asomada a la ventana de su oficina.

—Es peor de lo que había imaginado —dice—. Los testimonios de los padres, de los médicos y de los profesores son aterradores. En Jersón, cincuenta y ocho niños y niñas de edades comprendidas entre los cero y los cuatro años fueron raptados en una guardería en pleno centro de la ciudad. Un carro blindado y una camioneta rodearon el edificio. Una docena de soldados encapuchados y equipados con fusiles de asalto se colaron en su interior. Tres autobuses con las cortinas echadas aparcaron delante de la entrada. Utilizaron a los bebés como escudo y les hicieron cruzar el Dniéper a bordo de chalanas que escoltaban lanzamisiles. Y el horror no termina ahí.

—No sé si quiero seguir escuchando —suelta Cordelia.

—No podemos cerrar los ojos ante lo que está sucediendo y disculparnos como se hacía en la Segunda Guerra Mundial bajo el pretexto de que no sabíamos lo que estaba pasando. Todo el mundo tiene que saber lo que están haciendo.

—Continúa —pide Vital.

—El personal, preocupado por el destino que las fuerzas de ocupación pudieran tener reservado a esos bebés, los había escondido en los subsuelos de una iglesia. Algunos religiosos se encargaban discretamente de alimentarlos y cuidarlos, escondían los pañales y las jarras de leche bajo sus casullas, y secaban la colada en los tubos de la calefacción. Hasta el día en que a un colaboracionista, que quería quedar bien con los nuevos amos de la ciudad, se le fue de la lengua ese secreto tan bien guardado. Inmediatamente, los rusos empezaron a hacer registros por todas partes y terminaron por encontrarlos. Colocaron francotiradores en los tejados de los edificios que había alrededor de la iglesia y, bajo la amenaza de las armas, el cura se vio obligado a devolverlos a la guardería. El día de la redada, María Belova visitó el lugar para que la fotografiaran entregándole un bebé a un soldado.

—¡Su crueldad no conoce límites! —se enfurece Cordelia.

—Valentyn no es el primero. El año pasado adoptó a una adolescente secuestrada en Mariúpol. Bloody Mary se jactó en Telegram de que, si bien Evgenyia echaba de menos la casa en la que había crecido, y también a sus amigos, tanto que al llegar había manifestado sentimientos proucranianos, muy pronto la joven había terminado por apreciar las comodidades de su nueva casa. Belova cuenta con numerosos adeptos. Una mujer afiliada a su organización, Olga Druzhinina, reivindica haber adoptado a cuatro niños de edades comprendidas entre los seis y los diecisiete años, todos ellos secuestrados en la región de Donetsk, y que ahora viven en Siberia, a mil seiscientos kilómetros de sus hogares. Ella se siente orgullosa de que su nueva familia sea como una pequeña Rusia, «nuestro país se ha hecho con cuatro regiones de Ucrania, y yo con cuatro niños», declara, y añade que está a punto de adoptar un quinto. Ella los considera rusos y termina sus declaraciones proclamando que no se le puede reprochar a Rusia coger lo que le pertenece.[*]

Cordelia quita el altavoz, le tiende el teléfono a Vital y se enciende un cigarrillo para tranquilizarse.

—¿Tienes más información sobre Belova? —le pregunta Vital a Janice.

—Sí, y no es mejor. Convenció a Putin de acelerar el programa de deportación. El Gobierno ruso ha puesto en marcha un proceso de naturalización exprés. En pocos días, los niños cambian de nacionalidad y se les entrega un pasaporte, como si de un trofeo se tratara. Unos oficiales los conducen, acompañados de periodistas, hasta las familias de acogida. Delante de las cámaras, regalan juguetes a los más pequeños, y ropa y teléfonos a los adolescentes. El alcalde de Donetsk, nombrado por Moscú, hace que le graben en compañía de una multitud de niños a los que dice que ahora se encuentran en casa, rodeados de amigos. Belova y su representante para la región de Moscú han asegurado a la prensa que bastan unas pocas semanas para que los niños se vuelvan irreconocibles, y que ese es el tiempo que tarda el proceso de transformación, dicen ellas, y se felicitan por haber lavado el cerebro a tantos nuevos pequeños ciudadanos. Desde que llegan, los niños son matriculados en colegios donde se les educa en el orgullo de ser ruso, y se les enseña también que Ucrania nunca ha existido, que sus tierras siempre han pertenecido a Rusia. El número de niños deportados desde hace un año alcanza una cifra nunca vista en Europa desde la Segunda Guerra Mundial. Dieciséis mil, según el balance oficial, y por lo menos el doble, según los investigadores.

---

[*] Tanto el relato del ataque a la guardería como el nombre de Olga Druzhinina y sus declaraciones son reales. *(N. del A.)*.

—¿Qué investigadores? —pregunta Vital.

—Uno de mis amigos es periodista de la Corte Penal Internacional. Hay sido él quien me ha informado de que hay en marcha una investigación. Trasladar a la fuerza a niños de un país a otro con la intención de borrar su país de origen puede considerarse un crimen genocida. El juicio debería terminar pronto con una condena contra Putin y María Belova por crimen contra la humanidad. Ello no cambiará el destino de los niños y de sus verdaderas familias, pero aquellos que sueñan con darle la mano a Putin o a Belova se lo pensarán dos veces cuando se los reconozca como criminales de guerra.

—¿Has podido hacerte con la documentación de ese juicio?

—No —contesta Janice—, ¿por qué?

—Para conseguir la dirección de Bloody Mary —dice Vital.

—Para eso basta con echar un vistazo a sus redes sociales. Profesa un culto a la personalidad muy acusado. Dada la urgencia del caso, he llamado a Noa. Haciendo coincidir el decorado que aparece más a menudo como fondo en los selfis de Belova con las bases de datos de los servicios de inteligencia israelíes, ha conseguido localizarla. La señora Belova vive en una gran residencia de la calle Ostozhenka, la más cara de Moscú. Ya le he enviado la información a Maya.

—¿Maya te ha dicho que iba de camino?

—Estamos todos en el mismo foro —responde Janice—. Tengo más cosas que contarte. Noa se ha hecho con las imágenes captadas por las cámaras de seguridad durante una redada organizada por soldados rusos en un orfanato de Jersón. Los niños capturados fueron presentados pocos días después por todo lo alto ante la prensa rusa. Si esta redada fue posible, es porque la red de Belova cuenta con numerosos colaboradores en las regiones ocupadas. Son ellos

los que proporcionan las listas de los niños hospitalizados, así como las direcciones de los colegios y de los orfanatos. Ya me entiendes: si conseguís llevaros a ese niño, habrá que evacuar a su familia lo antes posible.

—Ya lo había pensado.

—En cuanto tenga más información, te la envío. De momento, he hecho lo que he podido.

La conversación termina. Cordelia se acerca a Vital.

—¿De qué te has enterado? —le pregunta la joven.

—De nada que quieras saber —contesta Vital—, aparte de que Noa se ha unido a nosotros. Venga, bajemos ya, tenemos mucho trabajo por delante.

*

El reencuentro con Sobaka fue sorprendentemente pragmático. El pescador abrió la puerta de su casa, el perro se abalanzó sobre Lilya, hubo un intercambio de miradas cuando se quedó fuera moviendo la cola, el pescador sonrió a Veronika y volvió a cerrar la puerta. En cuanto a Lilya, bajó el respaldo de su asiento, silbó con los dedos y Sobaka saltó a la parte de atrás del coche como si siempre hubiera sido suyo. Veronika sabía que un perro había acompañado a su hija, pero, si hubiese hablado de ello con su hija, habría delatado a Stefan, así que se puso al volante y arrancó en silencio, un silencio que duró treinta minutos.

*

—Bueno, di algo, ¿estás enfadada conmigo?

—No.

—¿Es todo lo que vas a decir? ¿No?

—No, no estoy enfadada contigo por haberme impuesto un perro. Podrías habérmelo contado antes, en lugar de andarte con tanto misterio. Te habría dicho que la vida ya es de por sí bastante complicada como para tener que ocuparnos de un animal, así que supongo que has hecho bien en guardar el secreto.

Lilya se aguanta la risa. Nunca había visto a su madre contradecirse con tanta sinceridad.

—Mamá, ¿qué te pasa? No estás como siempre.

—No tengo noticias de tu hermano; ¿cómo quieres que esté?

—Yo tampoco tengo noticias, pero estoy aquí, a tu lado, y tú estás a mi lado.

Veronika pasa la mano por el pelo de su hija para despeinarla, un gesto que ya no se permite desde que Lilya le reprocha sus excesos de ternura. Pero hoy la sorprende con una sonrisa.

—Ya te he contado mi viaje. Y tú ¿qué es todo eso que tenías que decirme? —pregunta Lilya.

—El amigo de Kiev del que te he hablado está haciendo todo lo posible por salvar a Valentyn.

—Artëm me ha prometido que lo traerá de vuelta, y él, por lo menos, está allí. Lo que me acabas de contar no vale para nada.

—Yo también me escapé —reconoce Veronika— para ir a verlo a su casa mientras pensabas que estaba trabajando en el dispensario.

—¿Fuiste a Kiev? ¿Estás loca? —dice Lilya.

—Lo dice la misma que puso en peligro su vida para cruzar la frontera y llegar a Crimea. ¡Tienes un morro que te lo pisas!

—Entonces, estamos empatadas —se alegra Lilya.

—Sí, supongo que estamos empatadas —responde Veronika.

—No más secretos entre nosotras —propone Lilya.

—Vale.

—No, me lo tienes que prometer.

—Te lo prometo.

—Muy bien, te escucho. No te pienses que no he visto la cara que ponías cuando se hablaba de tu matasanos.

Veronika aparca el coche en el arcén de la carretera, no apaga el motor por miedo a que no vuelva a arrancar, pero echa el freno de mano y se gira hacia Lilya.

—Lo he prometido —dice—, así que supongo que no tengo elección. Tu padre ya no está en la guerra. Lo hirieron, nada grave, créeme, pero lo suficiente para ser desmovilizado. Se ha recuperado rápido y está perfectamente. No ha querido volver a casa. Se ha instalado en Leópolis.

—¿Solo?

—No tengo ni idea.

—Y ¿por qué no se pone en contacto con nosotros? —se extraña Lilya.

—Me llama de vez en cuando al dispensario, para saber de vosotros.

—¡Pero a mí no me llama! —se cabrea Lilya.

—No suele haber cobertura. En el dispensario tenemos línea fija.

—Y una mierda. ¿Por qué le buscas excusas? ¡Ha vuelto del frente y nos ha abandonado!

—Quizá sea yo la que lo ha abandonado a él. Tú eres la primera en recriminarme que me paso la vida trabajando. Te juro que tu padre os quiere con locura; simplemente creo que no sabe cómo deciros las cosas, quizá porque ni siquiera él las tenga muy claras en su cabeza, como tampoco lo están en la mía.

—Nos habéis mentido los dos.

—Me equivoqué —se disculpa Veronika—. Quería protegerte, porque te seguía viendo como una niña.

—¿Cuándo vas a entender que he cambiado?

—Lo he entendido; si no, no te contaría todo esto.

—Muy bien, así que ahora podré quedar con mis amigos sin pedirte permiso.

—Tampoco tires demasiado de la cuerda. Bueno, te has enterado de que tus padres se están separando, de que tu padre está bien, de que se ha mudado a Leópolis y está escribiendo un libro. Le diré que estás al tanto de todo, y seguro que te llama. Y, además, ha aparecido un perro en tu vida. Al final, tampoco ha ido tan mal el día.

—¿Crees que le va bien el nombre de «Sobaka»?

—Le preguntaré qué opina él cuando deje de chupar las ventanillas de mi coche y de babearme el cuello —responde Veronika, y se reincorpora a la carretera.

*

Después de la rueda de prensa, todo el personal se reúne alrededor de un bufé. La señora Belova —a la que esperan otras obligaciones— se disculpa, y deja que sea Valentyn quien la represente. No le preocupan las preguntas que le puedan hacer. Le ha quitado el lápiz antes de que se fuera, y, además, su asistente está ojo avizor. Valentyn no entiende por qué esa gente lo mira con admiración, e incluso le han regalado caramelos. En su vida anterior, los adultos no le prestaban ninguna atención. El director ha pedido acompañarlo a una clase para presentarle a unos niños de su edad. Ha conocido a una niña en silla de ruedas que le ha recordado a Cosima. A media tarde ya estaba agotado, y el chófer ha ido a buscarlo.

*

En el camino de vuelta, el asistente informa a Valentyn de que será admitido en su nuevo colegio el día siguiente a su naturalización. La matrícula se ha retrasado unos días. La señora Belova prefiere que el antiguo apellido de Valentyn no aparezca en los registros. Mientras tanto, estudiará por la mañana en casa y podrá distraerse por la tarde. Y, ya que parece haber hecho buenas migas con Anatoly, el mayordomo le hará compañía. Es un programa que le gusta; con un poco de suerte, quizá Evgenyia estudie también por las mañanas en casa.

*

El avión de Maya ha aterrizado a la hora prevista en el aeropuerto de Sheremétievo. Ha alquilado un coche para llegar al hotel Kempinski, donde tiene la costumbre de alojarse cuando va. Una vez instalada en su habitación, picotea de un plato de verduras frescas y lee las notas que han enviado los 9.

El Grupo 9 está formado por *hackers* fuera de lo común, seres humanos con sus puntos fuertes y débiles, pero genios programadores. Además, Maya tiene experiencia sobre el terreno. Ha sido *correo* para los servicios de inteligencia franceses, aunque hace mucho que no se aventura en terreno enemigo, desde que una misión en Estambul estuvo a punto de acabar mal.* Hoy, en solitario en

---

* En *Le crépuscule des fauves,* Maya llevó a cabo una operación secreta en Turquía para salvar a una niña siria, Naëlle, que había huido de su país y que disponía de información crucial para el Grupo 9. Maya se encontró en una situación peligrosa en Ereván. Uno de sus contactos, un agregado cultural francés, y su amigo Vital consiguieron sacarla del apuro. *(N. del A.).*

Moscú, Maya tiene que improvisarlo todo. Da vueltas por la habitación y se conecta al foro.

—Salgo en una hora para echar un vistazo al domicilio. Volveré mañana por la mañana temprano para estar al loro. Seguiré al coche que lleve a Valentyn al colegio. Mientras tanto, voy a analizar detenidamente lo que Bloody Mary publica en sus redes sociales. Con ella, es fácil anticiparse: comparte con sus seguidores todo lo que hace y todo lo que le ocurre.

—¿Por qué me cuentas todo eso, Lastivka?

El apodo que le ha encasquetado Vital le trae recuerdos. Ella se abstiene de responderle.

—No olvides que estamos contigo —añade Vital.

—Pero no en Moscú —responde Maya—. Encuentra la manera de hacerme salir de Rusia con el pequeño. Yo no puedo encargarme de todo.

—Ya me he ocupado de ello. Llegaréis a San Petersburgo en tren. No con el Sapsan,* pues comprueban los pasaportes antes de que los pasajeros suban a bordo. Si mis informaciones son correctas, no ocurre lo mismo con el Nevski, que lo único que tiene de exprés es el nombre.

—¿Y tus informaciones son de fiar?

—Para el resto… El ferri que comunica San Petersburgo con Helsinki lleva sin realizar el trayecto desde que Rusia atacó Ucrania, pero una compañía finlandesa sigue organizando cruceros por el mar Báltico. Cada dos días sus navíos realizan su última escala en San Petersburgo y parten de nuevo a las 19 horas. Llegaréis a Finlandia al día siguiente por la mañana.

----

* El Sapsan, que recibe su nombre del halcón peregrino, es un tren de alta velocidad que comunica Moscú con San Petersburgo. *(N. del A.)*.

—¿Y podremos embarcar sin que Valentyn tenga documentación? —pregunta Maya.

—No tengo amigos en Rusia, pero tengo buenas relaciones en Finlandia. Estoy arreglándolo para que podáis subir discretamente al puente de mando. Te lo confirmo pronto.

—Preferiría que me lo confirmaras antes de encontrarme con un niño en brazos.

Con este comentario pone fin a la conversación. Vital no tiene nada más que añadir, y Cordelia comparte su preocupación.

En Moscú, Maya hace girar un micrófono en la palma de su mano. Tiene el tamaño de una moneda y permite hackear una red de wifi si se coloca en la zona de alcance de la señal. Se lo guarda en el bolsillo y se cuestiona la utilidad de las herramientas de hackeo que ha llevado para secuestrar a un niño. Llama a recepción y pide que saquen su coche del aparcamiento.

El peligro nunca le ha disgustado; al contrario, le agrada. A Maya le gusta arriesgarse, sentir cómo la adrenalina corre por sus venas. Es una deportista aguerrida e impulsiva que siente que no vive plenamente si no es desafiando sus propios límites. Sin embargo, mientras conduce por la noche moscovita, se pregunta si, esta vez, no habrá ido demasiado lejos. Esta operación podría fácilmente terminar en una prisión rusa.

· Encuentra un sitio en la calle Ostozhenka, a cincuenta metros del número indicado. Es una plaza reservada a carga y descarga. A esa hora, los controladores de estacionamiento ya no patean las calles. Hay dos cámaras instaladas a cada lado del portal que los chóferes cruzan antes de dejar a sus señores a los pies del gran complejo. Maya detecta otras que vigilan la calle. Antes, uno hacía gala de sus riquezas mostrando el servicio de plata; hoy, en Moscú, se hace ostentación viviendo en residencias ultraprotegidas. No baja del coche. Si se dejara grabar delante del domicilio de Belova, daría a los investigadores algo con lo que poder rastrearla una vez pasara a la acción, una cara que los programas de reconocimiento facial compararían con las de los extranjeros llegados a Moscú los días anteriores al secuestro.

Arranca el coche y pasa despacio por delante de la residencia haciendo fotos discretamente con su *smartphone*.

*

Valentyn cena en la cocina en compañía de Evgenyia. Ella le cuenta que sus otros hermanos y hermanas están en un internado y que vuelven cada dos fines de semana. También ella ha estado en un internado, pero la señora Belova ha preferido que vuelva a vivir a Moscú. Es la mayor de la fratría y a veces la acompaña a algunas fiestas, si así lo requiere la señora. Durante el postre, Evgenyia le pregunta a Valentyn qué tal le ha ido el día. A él le encanta oírla hablar, mirar cómo se le mueven las cejas a la vez que los labios. Coge la pluma que ha robado en una clase, pero contar todo lo que ha vivido hoy le llevaría demasiado tiempo, así que se contenta con responder *bien* en su hoja de papel y devolverle la pregunta. Evgenyia es incluso más escueta que él: se encoge de hombros y abandona la mesa.

En el pasillo, Valentyn se para un segundo delante de la puerta de la habitación de Evgenyia y prosigue su camino. Está demasiado cansado para entretenerse con los juguetes que la señora Belova le ha regalado. Se tumba en la cama y, cuando se le cierran los ojos, recita en su cabeza:

Me llamo Valentyn Khodova, y otro día me escaparé.

Y se queda dormido antes de terminar la estrofa.

302

22

El segundo día por la mañana, Cordelia y Vital toman el desayuno que les lleva una radiante y extrañamente amable Ilga. Se preocupa por saber si han dormido bien, les sugiere que salgan a tomar el aire al jardín antes de volver a encerrarse en la sala de informática y se retira de puntillas. El ama de llaves ya sonrió dos veces ayer, lo cual comienza a preocupar en serio a Vital.

—Janice me ha dado falsas esperanzas, y yo me he dejado embaucar como un lobo —murmura Vital.

—Se dice «como un bobo», y ¿de qué estás hablando?

—Asegura que no tiene acceso a la documentación del juicio, pero ha mencionado que los testimonios de los padres, de los médicos y de los educadores eran terroríficos, así que me ha mentido.

—Y tú también, porque ayer me dijiste que no te había contado nada interesante —replica Cordelia.

—Veo que te afecta esta historia. No comes, las pesadillas pueblan tu sueño…

—Cariño, puedo cuidarme perfectamente yo solita. Es solo que a veces me siento demasiado pequeña. Y, ahora que te lo he contado, ¿qué te ha dicho Janice?

Vital relata su conversación, las declaraciones de María Belova, las de Olga Druzhinina, su representante en la región de Moscú, y, para suavizar lo indecible, menciona el juicio que se está preparando. Cordelia escucha en silencio y, por momentos, aprieta los puños hasta que sus nudillos se vuelven blancos.

—Llámala inmediatamente. Quiero hablar con ella.

Vital prefiere que la discusión tenga lugar en el foro, y, mientras bajan al sótano, no para de darle vueltas a la cabeza.

—Has conseguido la documentación del juicio, ¿verdad? —escribe en su teclado.

La pantalla permanece inerte un instante.

—Sí, pero prometí que no compartiría la información. Estaría traicionando a mi fuente —responde Janice.

—¿Qué es eso tan confidencial que contiene?

—Para empezar, las identidades de los que han aceptado testificar. La mayoría vive en territorios ocupados. Esas personas se están arriesgando a sufrir torturas y cárcel por haber proporcionado información. El régimen de Putin no tolera la disidencia.

—Vale, entonces, sin darme nombres, ¿qué es lo más importante que deberíamos conocer para esta misión? —quiere saber Vital.

—Vital, no sé por qué queréis salvar a ese niño en particular, cuando hay tantos otros que están sufriendo su misma suerte. Cientos de ellos han sido capturados en los subsuelos de Mariúpol, en orfanatos y en colegios de las regiones separatistas, en sótanos de edificios bombardeados o mientras vagaban por las calles. Esa joven de la que te hablaba, a la que Bloody Mary pasea como a un perro con correa, se encontraba entre ellos. Los rusos les hacen creer que sus padres los han abandonado, que ya no los quieren. Se sirven de estos críos para difundir su ideología. Además, comercian con ellos y pagan a las familias que los acogen, sin tener en cuenta sus capacidades como padres. ¿Qué más quieres saber?

—¿Por qué no me contaste todo esto hace un rato?

—No he olvidado lo que Noa nos dijo un día: «Salva a un niño y salvarás a la humanidad». Pero, aun a riesgo de parecer repetitiva, ¿por qué a uno solo, cuando hay miles que están sufriendo su misma suerte?

—¿Qué sugieres? —pregunta Cordelia.

—Rusia ha elaborado un archivo de las familias de acogida, con los nombres de todos los niños y sus direcciones. Imaginad el valor de esa información para los padres ucranianos que esperan un día poder encontrar a su progenie. Hay una copia de ese archivo en el ordenador de María Belova. Puesto que siempre estáis dispuestos a ayudar, os toca a vosotros decidir si Maya se encarga de ello. Os dejo. Llego tarde a la reunión de periodistas, y mi jefe está de un humor de perros.

Vital duda un momento antes de volverse hacia Cordelia, que parece tan consternada como él.

—Estamos de acuerdo. Hace un rato Maya no parecía estar en su mejor momento. ¿Echamos a cara o cruz cuál de los dos le comenta la propuesta de Janice? —propone Cordelia.

—Yo ya tengo mis dudas sobre su capacidad para traer de vuelta a Valentyn en tres días, pero hacer un hackeo de esta envergadura sería un suicidio.

—Escucha… Mi abuelo, ferviente republicano, se pasó toda su juventud luchando contra el régimen de Franco. Y, cuando perdieron la Guerra Civil, cruzó los Pirineos para unirse a los maquis franceses. Su sangre corre por mis venas —declara Cordelia con un orgullo sin reservas—. Al terminar la guerra, se hizo amigo de un judío de origen español, superviviente de los campos de concentración. Un tal Isaac, si no recuerdo mal. Isaac estaba convencido de que Israel no existía, de que era una invención nazi para atraer de nuevo a los judíos a un gueto antes de enviarlos de nuevo a todos a campos de concentración, lo cual volvía loco a mi abuelo. Por más que le enseñaba fotos de la juventud israelí en las calles de Tel Aviv y documentales sobre los kibutz, Isaac no daba su brazo a torcer. En su defensa, hay que decir que su estancia en Dachau le había hecho desconfiar de los alemanes. A mi abuelo le resultaba insoportable que Isaac no hallara la paz interior, así que un día decidió llevar a su amigo de viaje. Al desembarcar en Jerusalén, y al ver que Isaac se pegaba a las paredes, le suplicó que hiciera un pequeño esfuerzo. Visitaron la ciudad durante tres días, cenaron en excelentes restaurantes, fueron al Muro de las Lamentaciones y, al final del viaje, mi abuelo le preguntó a Isaac si ante tanta belleza no le gustaría beneficiarse de la Ley del Retorno para instalarse en Israel. Isaac le dio mil gracias por su esfuerzo y por el dinero que había gastado, pero le respondió que los nazis contaban con los medios suficientes para organizar algo tan retorcido. Isaac volvería con mi abuelo para escapar al destino de aquellos que habían caído en la trampa y que antes o después serían capturados. Nunca conocí a Isaac, ni supe si esta historia era cierta. Mi abuelo tenía una imaginación prodigiosa; pero lo que no he olvidado es la moraleja que sacaba de ella: de nada sirve dejarse llevar por el pesimismo.

—Vale, entonces hablas tú con Maya —concluye Vital.

—Yo no he dicho eso —responde Cordelia, y saca de su bolsillo una moneda de una libra esterlina—. ¿Cara o cruz?

*

308

Para despejar la mente, Maya comienza el día haciendo *running*. Amanece en Moscú, y ella corre por el puente Bolshói Moskvoretski, cruza el Moscova, se desvía y se mete por las avenidas del parque Zariadie.

Está empapada en sudor, le arden las mejillas; ha estirado demasiado, así que baja el ritmo por miedo a un desgarro muscular. Para disfrutar de un poco de sol, recupera el aliento en un banco, mientras otros corredores la adelantan sin prestarle atención.

De vuelta al hotel, se tira un buen rato en la ducha y decide no ir a relajarse al *spa,* por falta de tiempo. Se viste, frente al espejo se pregunta a quién escribirá o quién pensará en ella si esta misión termina en cárcel. Ha dejado entrar mujeres en su vida en grandes momentos de renuncia, pero siempre ha roto, como se hace cuando uno busca, sin éxito, romper consigo mismo. Cierra la puerta de su habitación y entra en el ascensor con su soledad.

El tráfico sigue siendo fluido. Diez minutos después de que el aparcacoches le haya entregado las llaves, Maya ha llegado ya a su destino. Una cafetería, en la esquina de una calle perpendicular, le ofrece un punto de observación directo de la residencia. Maya aparca junto a la acera, entra en el local, pide un té y se sienta en un taburete de la barra pegado al escaparate.

Transcurre una hora. Los habitantes del número 26 se marchan a trabajar y se cruzan con los empleados del servicio. Un barrendero barre frente a las rejas, dos institutrices acompañan a los niños al colegio, pero ninguno de ellos se corresponde con la foto que Maya mira en su móvil.

A las 9 h, la verja se abre para dejar entrar un 4 × 4, un lujoso modelo alemán con la carrocería reluciente, que vuelve a salir poco después. Maya distingue la silueta de una mujer en la parte de atrás, coge sus llaves y se prepara para salir corriendo a su coche para seguirlos de cerca. El 4 × 4 pasa por delante del escaparate de la cafetería, y Maya ve la cara del conductor y comprueba que María Belova no va acompañada de un niño, sino de un hombre.

Dos horas observando el ir y venir de los vecinos, de los repartidores, de los empleados, sin señales de Valentyn. Ya se le está haciendo larga la mañana. Para no despertar sospechas, ha abierto su portátil, pero el tiempo pasa, y el camarero comienza a sospechar. No es clienta habitual, y ella prefiere no tener que responder a las preguntas que él terminará haciéndole. Guarda el ordenador en su bolso, se levanta, se compra un cruasán y vuelve a su coche para hacer una llamada.

—Es mediodía y Valentyn sigue sin salir del edificio. Parece que no va al colegio. Si Bloody Mary lo tiene prisionero aquí, no veo la manera de echarle el guante.

—Seguramente saldrá en algún momento —sugiere Vital, últimamente optimista.

—He visto pasar en coche a Belova, en compañía de un hombre, supongo que su marido.

—¿Vestido de sacerdote ortodoxo?

—No, a no ser que los sacerdotes lleven traje.

—Es su asistente, un tal Vadim Azarov.

—¿Cómo lo sabes? —pregunta Maya.

—Como siempre, por las redes sociales. Su cuenta de Telegram cita todas las publicaciones de Belova.

—Ahórrate ese tono condescendiente. ¿Podemos corromper al tal Vadim Azarov?

—Nada de condescendencias. En cuanto a lo de Azarov, puede ser, pero no en lo referente a Belova: venera a su jefa de manera incondicional.

—¿Quién más trabaja en su entorno?

—Empleados domésticos y su chófer, pero no he encontrado nada sobre él. De verdad que me fui de París sin pensarlo. Quizá por nostalgia de lo que viví en Estambul. Pero dar con la pequeña Naëlle me llevó semanas. No sé cómo voy a salvar a Valentyn en un plazo tan corto.

—Tienes dos días por delante —le recuerda Vital.

—Si se tratara de hackear algo, sería la primera, pero llevarse a un niño es otra historia. Soy la única sobre el terreno.

Con la punta del dedo, Cordelia desliza su moneda delante de Vital.

—Quizá haya un modo de conseguir refuerzos —confía él.

—¿Qué clase de refuerzos?

—Está obligado a guardar secreto —interviene Cordelia, que no puede ver a Vital andarse con tantos rodeos—, pero yo no. Mi prometido se aburría tanto sin mí que se enroló en el IT Army.

—¿Estáis prometidos? —se sorprende Maya.

—Desde el momento mismo en que te lo he anunciado, a no ser que rechace mi petición. Es de un formalismo…

—Mi enhorabuena.

—Se la daré. Al grano: los superiores de mi prometido están dispuestos a desplegar la artillería pesada para ayudarnos en nuestra misión, pero quieren algo a cambio.

—¿Esto es…?

—Decenas de miles de niños han sido deportados a Rusia. Averiguar su paradero es prioritario para el Gobierno ucraniano. Los que se encargan de ello examinan minuciosamente las fotos que circulan por la red y las comparan con las que cuelgan los padres, cuando estos siguen todavía vivos. Localizarlos es un trabajo de chinos, pero los rusos los han censado en un archivo que contiene también las direcciones de los lugares donde están retenidos.

—¿Dónde está ese archivo?

—En un servidor que todavía nadie ha identificado, pero hay una copia en el ordenador de Bloody Mary.

—¿Estás de broma?

—Querías hackear, pues te lo estoy sirviendo en bandeja.

—¡Imposible! —exclama Maya.

—Espera, todavía no me has preguntado qué significa «artillería pesada». Para empezar, los planos del edificio de Belova, que nuestros amigos del IT Army han hackeado del estudio de arquitectura que diseñó la residencia donde vive, un ático con un gran ventanal. Para continuar, la geolocalización en tiempo real de su 4 × 4, y puedo decirte que en estos momentos está visitando las obras de construcción de una escuela militar donde enrolarán a los adolescentes en cuanto alcancen la mayoría de edad. En estos momentos, la juventud está muy cotizada; a Putin le falta carne de cañón, y los contingentes de Wagner reclutados en las cárceles rusas no tienen fama de santos.

—¿Y para acabar? —pregunta Maya.

—Todos los detalles del teatro donde se celebrará, pasado mañana, la ceremonia de adopción y de naturalización de un centenar de niños; entre ellos, Valentyn. Entre las familias que estarán en la sala, habrá una invitada de excepción, no sé si me explico.

—Y ese teatro estará protegido como una fortaleza, supongo.

—No necesariamente. En pleno corazón de Moscú, los rusos no tienen ningún motivo para estar alerta.

—¿Y para la liberación?

—Vital está trabajando a destajo.

—Tengo que pensármelo.

—Piénsatelo rápido —responde Cordelia.

*

Ha estado lloviendo toda la mañana. Lilya, con los auriculares puestos, escucha música en la habitación de Stefan. El señor Vasylyk ha vuelto a encender su alambique y a destilar todo lo que puede en su taller. Su mujer ha organizado una comida con los vecinos para contarles sus hazañas, olvidándose de la discreción que le han pedido. Veronika ha vuelto a su unidad. A cada hora, mira el reloj y pasa inocentemente por recepción a la espera de noticias de los guerrilleros. No ha olvidado que Artëm le pidió tener paciencia, pero no puede evitarlo.

Es una tarde rara. La puerta del dispensario se abre y entra una niña que viene para su sesión de rehabilitación semanal. Es la primera vez que Veronika la ve desde que secuestraron a Valentyn. Su padre, que la acompaña, tiene tez de alcohólico y la mirada vaga de un hombre infeliz que se ha rendido. Su hija es todo lo contrario; su pálido rostro es de una delicadeza extrema, asombrosamente candoroso, con esas gotas de lluvia cayéndole por el flequillo, que enmarca unos ojazos repletos de promesas.

Mira fijamente a Veronika, se apoya en los reposabrazos de su silla de ruedas y consigue levantarse haciendo fuerza con los brazos.

—Fue por mi culpa —dice ella.

Su padre, un poco azorado, trata de averiguar qué tontería habrá hecho su hija en esta ocasión. Ella coge su muleta. Veronika la ve acercarse.

—Fue por mi culpa que cogieran a Valentyn —dice.

Su padre le tira de la muñeca para que vuelva a sentarse. Más hubiera valido que estuviera callada. Veronika despide al padre con calma, y Cosima le cuenta todo. Valentyn la llevó hasta la salida del gimnasio y luego él volvió atrás para distraer a los hombres de negro, para que ella pudiera escapar.

—Tú no tienes la culpa de nada, Cosima. Su padre y yo le educamos así. Me siento orgullosa de él.

—Le he escrito una carta —dice la niña—, pero no sé adónde enviársela.

—Se la darás cuando vuelva. Se pondrá muy contento, estoy segura.

—¿Cuándo volverá?

—No lo sé. Pronto, espero.

—Venga, ven, no molestes a la señora —refunfuña el padre—. Va a comenzar tu sesión.

Cosima obedece y se marcha con él.

*

Maya pasa en coche por delante de la residencia; conduce con una mano mientras con la otra teclea un comando en el portátil, que está apoyado en el asiento del copiloto. Aparecen las redes de wifi más cercanas, manda un pantallazo y aparca un poco más adelante, subida en la acera. Al consultar la página, cuenta apenas treinta, y otras muchas están fuera del alcance. La única forma de identificar la de María Belova es subir hasta la última planta y buscar las señales que allí son más potentes. Sería como meterse en la boca del lobo. Un proyecto incierto.

Envía un mensaje a la mansión, decidida a invertir los parámetros de la negociación. Si los superiores de Vital quieren los archivos, tendrán que enviarle sin tardanza el plano de esta residencia tan grande como un transatlántico. O lo toman o lo dejan, pero que sea rápido.

Cordelia le envía el archivo diez minutos más tarde, acompañado de una nota.

—Confían en ti.

—En realidad, no les queda otra. Más bien soy yo la que tengo que confiar en ellos —rectifica Maya.

Vital analiza los planos al mismo tiempo que ella. Una vez pasado el portal, un caminito rodea el edificio y desemboca en cinco entradas de servicio. Cada una de ellas cuenta con una escalera por la que suben los empleados de los propietarios, y con un montacargas para los repartos a domicilio y para el personal de mantenimiento.

—El recibidor principal está vigilado por los conserjes. Por la parte de atrás, hace falta una tarjeta, probablemente la misma que abre la verja de al lado de la puerta. El modelo de los lectores aparece indicado en el plano, pero han podido cambiarlos desde entonces.

—Cuando llegue a la verja de entrada, me cuelo detrás de una empleada, la sigo por el caminito y, una vez delante de la puerta de servicio, ella me cede amablemente el paso, subo al último piso, me siento en el rellano para piratear el wifi de la señora Belova y me graban todas las cámaras de seguridad, ¡qué maravilla!

—O bajas al sótano, accedes al cuadro de distribución y te conectas a él. Si logras abrirles un acceso a los equipos del IT Army, ellos harán el resto.

—¿Y si me encuentro con alguien en el sótano, le digo que he ido a arreglar la caldera?

—Si quieres renunciar, lo entiendo —responde Vital.

—La cuestión no es si quiero, sino si puedo. Me pondré en contacto con vosotros de nuevo más tarde. El niño acaba de salir del edificio.

23

—¡No tiene sentido que te quedes tanto tiempo en tu cuarto! Pero, si quien tú ya sabes te pregunta dónde has estado esta tarde, tampoco estás obligado a hablarle de nuestra pequeña escapada —sugiere Anatoly.

Valentyn no tiene ninguna intención de hablar con el asistente de la señora Belova. Está encantado de pasear por las calles de Moscú. Todo le parece más grande que en su país, más luminoso. El sol se refleja en las fachadas de cristal, las aceras son anchas, los cruces muy transitados y la comida abunda en las terrazas de los restaurantes. Se queda maravillado ante coches de lujo que nunca antes había visto más allá de en los libros.

—Podríamos ir al parque, pero tengo que reconocer que los toboganes me deprimen, y los subibajas, más todavía. ¡No son lo mío!

Anatoly hace reír a Valentyn. La alegría de vivir del mayordomo ha sobrevivido a todo, incluso a las peores derrotas.

—¿Sabes lo que más me gusta? —prosigue contento—. Los libros, y algo me dice que en eso nos parecemos. ¿No crees que hacen más llevaderas las cosas?

Valentyn asiente con la cabeza en señal de aprobación.

—Pues mira tú que una de las librerías más hermosas del mundo, al menos del mío, se encuentra aquí al lado. Y la sección de libros infantiles es gigantesca. Pero, antes, ¿qué me dirías de un dulce? Conozco un lugar estupendo.

*

Un coche de alquiler multado a cien metros de la residencia de la señora Belova llamaría la atención de la policía y haría que le siguieran la pista, pero a Maya no le queda otra opción que abandonar el coche en un paso de peatones.

Ajusta el paso, caminando veinte metros por detrás de Valentyn y el hombre que le acompaña. Elige una mesa en la terraza de la cafetería donde acaban de sentarse, pide un té y los observa. El hombre, afable, habla tanto como gesticula; el niño disfruta de un pastel y parece estar pasando un rato agradable.

Un poco después, el hombre llama al camarero y pide la cuenta. Maya ya ha pagado la suya. Pasar a la acción en el camino de vuelta es tentador, pero demasiado arriesgado. Valentyn podría asustarse y forcejear. Maya no puede permitirse fracasar. Tiene que estar segura de poder cumplir el compromiso que ha adquirido con el IT Army de sacarlo de Rusia. Deja la terraza de la cafería y retoma la vigilancia.

Anatoly empuja la puerta de una librería y deja pasar a Valentyn. Maya espera unos segundos antes de entrar. Se entretiene al lado de la caja, analiza el lugar, se pone los auriculares, hace como que elige un peluche de un estante y luego llama a la mansión.

—Necesito información para ganarme la confianza del niño.

—Su madre se llama Veronika, su hermana Lilya, viven en Rikove. Pero eso ya lo sabes tú —responde Vital.

—No bastará para convencerlo, y no quiero arriesgarme a que

se asuste de mí y dude en seguirme. Pregunta a su hermana, pídele que te cuente algo que conozcan únicamente ellos dos.

—Es más complicado de lo que piensas. Ella y su madre no saben que está en Moscú.

—¿En serio?

—Creen que está en Crimea y se aferran a lo que les dijeron los de la resistencia, que les prometieron liberarlo —dice Vital.

—Y ¿piensas mantener esa mentira mucho tiempo?

—No he encontrado el modo de decírselo.

—Apáñatelas como puedas, Vital, pero necesito esa información; si no, no voy a poder hacer nada.

Maya cuelga. Observa el peluche y dirige la mirada a Valentyn, abstraído del mundo por la lectura. Admira la fuerza de su carácter y de su imaginación, que lo han guiado en este loco periplo. A Maya se le desprende una piedra del corazón y genera una onda que crece en su interior y le impide rendirse.

Con la punta de la uña, suelta un poco una costura, mete entre el relleno del osito el micro que llevaba en el bolso, tira delicadamente del hilo para volver a cerrar la abertura y se acerca a la caja para pagar en efectivo el juguete.

Con paso tranquilo, se dirige hacia la sección de libros infantiles, elige uno que vuelve a dejar en la estantería, luego otro, después un tercero, y se vuelve hacia Anatoly con extraordinario aplomo.

—Esta noche ceno en casa de unos amigos cuyo hijo tiene la misma edad que el suyo, y la verdad es que no sé qué elegir. ¿Podría usted ayudarme? —dice ella en su mejor ruso.

—¿En serio cree que nos parecemos? —pegunta Anatoly divertido.

—No soy muy buena fisonomista —responde Maya, lo más amablemente que puede.

—Yo no tengo hijos; no soy el más indicado para aconsejarle. Le propondría que pidiera opinión a mi sobrino, pero...

Valentyn fulmina a Anatoly con la mirada. No por la mentira. No tiene nada en contra de la idea de tener un tío, pero su mutismo no es asunto de una desconocida. Analiza la obra que había elegido y se la tiende a Maya.

—*¡El viejo genio Hottabych!* —Anatoly se muere de risa—. Es un clásico. Seguro que no falla.

—Me has hecho un gran favor —le susurra Maya a Valentyn—, y te lo agradezco muchísimo.

Su mirada alterna entre el peluche y el libro y, de repente, su rostro se ilumina.

—Ya que has sido tan amable de darme tu libro, yo, por mi parte, te voy a hacer un regalo. Toma —le dice, y le ofrece el osito—. Elige bien su nombre. Te traerá suerte.

Valentyn hace una mueca dubitativa; la idea de que Anatoly pueda considerarlo un crío le disgusta.

—¿No te gusta? —se preocupa Maya, con aire triste.

—Por supuesto que sí —interviene Anatoly—. Es muy generoso de su parte, y le deseamos que tenga un excelente día. Sin querer parecer indiscreto, ¿de dónde es su acento?

—De Francia.

—Ah, París —dice el mayordomo, y suspira—. ¿Es la primera vez que visita Moscú?

—No, vengo a menudo por trabajo. Al final voy a terminar llegando tarde. Gracias —dice agitando el libro de *El viejo genio Hottabych* antes de marcharse.

Maya sale de la librería, sube por la calle y para un taxi, como habría hecho una turista.

*

Cordelia entra en la sala de informática. Tiene mejor aspecto, pero Vital conoce esa mirada severa.

—Todavía no he decidido nada —dice anticipándose.

—Dado que no quieres mi consejo, quizá quieras escuchar el de Ilga —dice Cordelia—. Esta noche, cuando estemos a la mesa, le preguntaré qué opina ella.

—¡Vaya por Dios!

—Si Veronika es tan importante para ti, ponla al corriente. Maya piensa lo mismo que yo. No tienes nada que reprocharte, salvo si esperas a decírselo, porque entonces te lo echará en cara toda la vida.

—Dos días ¿qué cambia?

—Cambia todo si Maya no lo consigue, porque le habrás privado a la madre de la única promesa a la que nadie puede renunciar, la esperanza. Si no puedes hacerlo hoy, hazlo mañana, pero no más tarde.

Cordelia mira su móvil, que está vibrando, y descuelga.

—Avisad a vuestros amigos de que he cumplido con mi parte del acuerdo —anuncia Maya.

—¿Has entrado en el edificio? —se preocupa Vital.

—No, pero ya está listo un micro. Estoy en mi coche. Acabo de hackear el wifi del apartamento de Bloody Mary.

—¿Has accedido a su ordenador?

—Todavía no. La señal es débil. Estoy rastreando las direcciones IP.

—¿Nos das acceso?

—No habrá ningún hackeo mientras yo esté en Rusia —deniega Maya—. Tus amigos pueden darme las gracias por haber realizado semejante proeza en tan poco tiempo. Diles que las claves de acceso del ordenador de Belova son mi seguro de vida y que las tendrán cuando yo esté a salvo.

—En cuanto a Valentyn, ¿en qué situación estás?

—Se me ha ocurrido una idea, y no olvides que necesito todos los detalles de la ceremonia de mañana.

—Los tendrás antes de que vuelvas al hotel —le promete Cordelia.

*

A Anatoly le ha caído una buena. La charla ha durado diez minutos, durante los cuales Azarov, que prefiere el título de secretario personal al de asistente, escuchaba obnubilado a su jefa, entusiasmándose cada vez que reprendía al mayordomo por su inconsistencia.

Él no ha tratado de defenderse. Explicar que el niño se estaba muriendo de aburrimiento en su habitación no habría hecho más que empeorar la situación. Cuando María Belova ha dejado de chillarle al oído, Anatoly ha querido señalar que Valentyn no tenía la culpa y que él era el único responsable. Tras ello, se ha disculpado, ha prometido que no volvería a ocurrir y se ha retirado a su despacho, digno en apariencia, pero profundamente humillado. Luego María Belova ha terminado de pagarla con Valentyn en su habitación.

—Vadim te había ordenado que no salieras de esta habitación; sin embargo, el conserje te ha visto salir por la tarde con Anatoly. No estoy para nada contenta —dice alzando el tono—. Y, si te hubiera pasado algo, ¿qué habría hecho yo mañana? El jueves podrás ir al colegio. Allí tendrás nuevos compañeros. Confía en mí. Todos querrán ser tus amigos. ¿No te parece que deberías ser un poco más agradecida? Mira lo generosa que he sido contigo: aquí tienes de todo para divertirte y estoy segura de que nunca has tenido tantos juguetes. Si quieres disfrutar de la buena vida que te estoy ofreciendo, tienes que aprender a obedecer.

Valentyn asiente con la cabeza. María Belova se va, y él oye girar la llave en la cerradura.

Pasa el final de la tarde con sus nuevos juguetes. A la hora de la cena, la mujer de la limpieza abre con llave la puerta y lo lleva a la cocina. Evgenyia ya está a la mesa.

—¿Buen o mal día? —pregunta ella—. Tengo entendido que se ha liado.

Las dos cosas, escribe Valentyn dejando el peluche delante de él.

—¿Duermes con él?

Valentyn empuja el peluche hacia ella. Evgenyia lo coge y lo mira desde todos los ángulos.

—No está en muy buen estado. ¿Tiene nombre?

Valentyn responde con un movimiento negativo de cabeza.

—¿Quieres que le pongamos uno?

Se le empañan los ojos, pero llorar delante de Evgenyia sería terminar de darle la puntilla. Así que hace lo único que puede impedirlo. Coge su cuaderno y, con letra nerviosa, explica que es demasiado mayor para dormir con un muñeco y que si ha comprado uno es para regalárselo.

A Evgenyia le hace gracia, pero no le da tiempo a agradecérselo porque Valentyn aparta su silla y se va a acostar sin cenar. La joven se termina su compota y observa el oso. No le gusta. Está descosido y huele a polvo. Lo coge con la punta de los dedos y lo tira con desdén a la basura antes de marcharse de la cocina.

*

Se ha hecho de noche en Rikove. Lilya pasa al dispensario para ver a su madre. Tiene sueño atrasado y le gustaría acostarse pronto. Veronika termina su turno a medianoche. Subirá a darle un beso a su habitación. Mañana será otro día; quizá tengan noticias de Artëm.

Al cruzar el aparcamiento, Lilya siente vibrar el busca en el bolsillo de sus vaqueros; se ha pasado el día con Stefan y se pregunta qué puede querer decirle todavía. Hace frío, anuncian lluvia. Lilya acelera el paso. El mensaje puede esperar perfectamente a cuando llegue a casa.

*

Hacia las 22 h, el cirujano entra en la sala de descanso y se sienta junto a Veronika.

—Vale, estaba equivocado.

—¿Sobre qué? —pregunta Veronika.

—Sobre lo de que usted es gafe. Está todo extrañamente tranquilo esta noche.

—He de reconocer que no es algo que me desagrade.

—Por simple curiosidad profesional, ¿cómo lo hace? —dice el cirujano—. La he estado observando hace un rato con la pequeña que ha perdido una pierna.

—Y ¿qué ha visto?

—La manera en que le hablaba; bueno, no oía lo que le decía, pero en sus ojos había una tristeza espantosa, y no sé cómo lo ha hecho usted, pero después la niña estaba distinta.

—No me acuerdo —responde Veronika.

—Sí, sí. Estoy seguro de que usted tiene un truco. Yo solo sé tomar apuntes.

—Le doy un toque de color a mis palabras —confiesa Veronika—. ¿Le apetece tomar un poco el aire?

—¿Por qué no?

Se levanta, le aparta la silla a Veronika y le abre la puerta.

La lluvia ha mojado el asfalto, y el aparcamiento brilla en la noche que los envuelve. La luna suaviza un poco la negrura del cielo, por el que escapan las nubes. Veronika se suelta el pelo, se mete las manos en los bolsillos de la bata y se vuelve hacia el cirujano. A la luz de la noche, él tiene un aspecto diferente.

—Y ¿qué tipo de colores le da usted a sus palabras? —balbucea el cirujano.

—El de la amabilidad, que es fundamental en la vida —le dice ella, y se acerca un poco más—. Una no se hace enfermera con manuales, sino con amor.

—Ah —exclama él sonrojándose—. ¿No le parezco repulsivo?

—Siempre ha sido usted muy elegante.

—Entonces es que está usted muy desesperada, querida.

Y, con delicadeza, se inclina y la besa en los labios.

*

En su habitación de hotel, Maya analiza el informe confidencial que le han enviado. Según la información proporcionada por el IT Army, la ceremonia tendrá lugar en Rossiya, un teatro con aspecto de palacete de congresos.

Es un edificio moderno. En las fotos ve una sala de recepción donde la multitud se congrega frente a un bar, y ve la galería que rodea la sala y las filas de sillones dispuestos delante del escenario.

Maya se pregunta si Vital le ha dado hecho el trabajo por amistad o porque únicamente confía en sí mismo. En el plano, ha marcado dónde aparcar el coche fuera del campo de visión de las cámaras de seguridad, y una cruz indica la entrada para los artistas. Una nota la informa de que dicha entrada generalmente está vigilada solo por un empleado del teatro que a veces abandona su puesto de trabajo, porque también es tramoyista suplente. Es probable que refuercen la seguridad debido a la importancia del espectáculo que se ofrecerá en el Rossiya. No es la primera vez que tiene lugar semejante evento, y el funcionamiento es siempre el mismo: los niños esperan entre bastidores, y los padres de adopción, en la sala. En el foro, los músicos tocan unos compases de una sinfonía cada vez que llaman a un niño para presentarlo en el escenario, y, mientras la orquesta confiere al instante toda su solemnidad, sus futuros padres se levantan para reunirse con él. Al afortunado se le entrega un pasaporte que debe blandir con orgullo delante de los fotógrafos, antes de agradecerle al Gobierno ruso el que le haya ofrecido una nueva vida. Fotos, aplausos, y se pasa al siguiente niño.

Pocas veces Maya ha leído algo que le cause tanta repulsión. Vuelve a cerrar el informe. Necesita alcohol; puede que incluso sexo. Decide bajar al bar del hotel, pero antes pasará por el centro de negocios para imprimir la acreditación que le han hecho los miembros del Ejército Digital.

*

Anatoly ha esperado a que todo el mundo se haya ido a acostar para salir de su despacho. Seguiría allí de no ser porque cree que saciar su apetito puede curar su orgullo herido. Se prepara un plato digno de una noche de derrota. Ese pedazo de gilipollas de Azarov ha conseguido por fin lo que quería.

Cuando tira la lata de caviar con la que se ha dado su homenaje, descubre el peluche en la basura. Que haya tirado a la basura el recuerdo de una tarde feliz le rompe el corazón. A lo mejor más adelante Valentyn cambia de opinión, y, si no, esperará a que crezca para entregarle el osito como recuerdo de esa tarde de rebeldía que los unió.

24

Lilya ha dormido hasta tarde. Cuando se despierta, llama a la puerta de su madre, pero Veronika no está en su habitación. Quiere avisarla de que su amigo de Kiev contactó con ella por la noche. Necesitaba algún dato que solo ella y Valentyn supieran. El mensaje le ha parecido raro, pero le da esperanzas de que Artëm se esté preparando para pasar a la acción. Se lo dirá esta noche, siempre que su madre se decida a volver a casa entre una guardia y la siguiente.

*

Valentyn hunde la nariz en la ropa que le han dejado en la cama. Es la misma que llevaba delante de los periodistas. La camisa tiene un olor a limpio que le recuerda a su madre cuando plancha en la cocina mientras canta en falsete, pero a voz en grito.

Se viste. Espera que Evgenyia vaya con él al teatro. La señora Belova no le ha dicho nada sobre el acto, salvo que marcará un momento importante de su vida y que después ya nada volverá a ser como antes. Nota cómo empieza a ponerse nervioso. En la fiesta del colegio, se sintió humillado al no poder recitar un texto delante de todo el mundo, como el resto de los niños.

Evgenyia no está en el coche; la señora Belova tampoco; llegará cuando se alce el telón. Las conversaciones sin interés en el atril le aburren tanto como los discursos del maestro de ceremonias.

—Toma, es tu pasaporte —dice el asistente tendiéndole un sobre—. Cuando seas mayor, podrás viajar con él. Mientras tanto, guárdalo con sumo cuidado en el bolsillo de tu chaqueta y, sobre todo, no lo pierdas. Los demás recibirán los suyos en el escenario, pero tú eres diferente, tú eres un privilegiado. Espero que estés orgulloso de ello.

Valentyn no responde, se mete el sobre en la chaqueta y se gira hacia la ventanilla para admirar la ciudad.

El chófer los deja en la parte de atrás del Rossiya. Azarov conduce a Valentyn hacia la entrada de artistas.

Nunca ha estado entre bastidores en un teatro. Es una leonera donde reina el olor a polvo. Valentyn levanta la cabeza; hay una pasarela suspendida en el aire.

—Es la veranda —explica el asistente, todo orgulloso de sus conocimientos.

Unas cuerdas caen de un techo tan alto que casi ni se ve.

—Los telares —precisa Azarov.

Unos niños imitan a equilibristas sobre los cables que corren por el suelo; otros se divierten detrás de los decorados hasta que los responsables los llaman al orden. El tramoyista, que fuma un cigarro muy gastado, está de mal humor (el mecanismo del telón se ha vuelto a atascar). Cada vez que grita, tiene un ataque de tos.

Valentyn aprovecha que el asistente está haciendo una llamada para escapar a su vigilancia. Se acerca al escenario, aparta uno de los paños del telón y observa por la rendija. La multitud ha invadido la sala; los invitados comienzan a sentarse. Hace un cálculo rápido: sesenta sillones multiplicados por dieciséis filas, novecientas sesenta plazas, sin contar los asientos plegables. Habría preferido no ser tan bueno en álgebra. En el colegio había solo unos cuarenta padres los días de fiesta. Se lleva las manos a las mejillas, el guirigay de la sala le envuelve y termina por aplastarlo.

Azarov entra en pánico, el crío ha desaparecido de su campo de visión. Mira por todos lados, se abre paso empujando a los niños que hay apiñados, lo llama varias veces y finalmente lo ve, tieso como un palo, enganchando con las manos el telón.

La dureza de la mirada de Azarov hace aumentar la angustia que atenaza a Valentyn. Su corazón empieza a latir fuerte, demasiado fuerte, siente náuseas, el escenario da vueltas a su alrededor, sus piernas se tambalean, y se desploma en brazos de Vadim Azarov.

El asistente le lleva a la habitación donde están peinando al maestro de ceremonias. La maquilladora tumba al niño en un sofá. Se agacha, le habla suavemente, le tranquiliza y le dice que todo va a ir bien. Valentyn abre los ojos, y la maquilladora le tiende un vaso de agua con azúcar. Le explica que los mejores actores se ponen muy nerviosos; incluso ha visto a varios vomitar entre bastidores antes de salir al escenario. En su caso, será solo cuestión de unos minutos. Valentyn no quiere saber nada. Mueve la cabeza para que entiendan que no se va a mover de donde está.

—¿Vas a terminar ya con esta escenita? —se cabrea el asistente.

La maquilladora le invita a ser más delicado, palabra esta que ha perdido todo el sentido para Azarov debido a su sed de poder.

—Muy bien, pídeme lo que quieras, y yo te lo concederé, pero déjate ya de ñoñerías.

Valentyn coge un perfilador de ojos que hay en la mesa de maquillaje y escribe con letras grandes en el espejo: *Anatoly.*

*

Maya sube por el pasillo de los camerinos. Se ha colado en el teatro por la entrada de artistas y no se ha cruzado con nadie. Se esconde en un recoveco cerca del montacargas, camuflada detrás de una pila de cajas de accesorios. Dos encargados de logística conversan a los pies de la escalera. Los trajes de *El ruiseñor,* que se va a representar esta noche y que están colgados de un bastidor, forman un escudo perfecto. Y, si alguien le pregunta, Maya se hará pasar por periodista. En su profesión, todo ha de parecer auténtico, así que ha venido a comprobar la alegría de los niños. Gracias a su acreditación falsificada de reportera para la revista francesa ultraconservadora *Valeurs factuelles,* cuya simpatía hacia Putin está más que demostrada, dará el pego.

Los tramoyistas se alejan por fin. Maya sube inmediatamente las escaleras hasta la veranda. Ahora se ve el escenario, tanto el lateral izquierdo como el derecho, y, como no hay ningún decorado, también puede observar la zona entre bastidores, donde busca a Valentyn.

Todas las butacas, o casi todas, están ocupadas. Los rezagados se van abriendo paso hacia sus asientos y miran de reojo y con envidia a los elegidos de las primeras filas. Por mucho que Maya sepa que se trata de una ceremonia destinada a alegrar los corazones y a levantar el ánimo de un pueblo oprimido por una dictadura, lo que descubre supera todos los límites del horror.

*

El mayordomo ha llegado justo a tiempo. El tramoyista ha conseguido desbloquear el mecanismo, y el telón no tardará en levantarse. A Anatoly le habría gustado tener más tiempo para cambiarse, pero, como se va a quedar entre bastidores, tampoco importa; además, el orgullo con el que se planta delante de Azarov vale más que toda la elegancia en la indumentaria. Se da el gustazo de pedirle que se aleje un poco, no vaya a traumatizar aún más a Valentyn, que además está muy pálido, un poco menos desde que él mismo, Anatoly, ha llegado y se ha puesto a su lado, pero todavía está lejos del aspecto alegre de un niño que va a vivir el día más importante de su vida. De hecho, como siga con esa cara, la señora no va a estar contenta en absoluto.

—Voy a intentar solucionar este estropicio; mientras tanto, vaya abajo, a ver si me encuentran —ordena Anatoly—. No, más lejos —le dice viéndolo alejarse—. Eso es. Salga de entre bastidores. Ahí, perfecto.

Anatoly se vuelve hacia su protegido, con el rostro afable, listo para cualquier mueca, y se sabe unas cuantas.

—Bueno, te propongo lo siguiente. No te va a tocar hasta dentro de una horita; pero, si te quedas en esta habitación, vas a empezar a pensar en un montón de cosas, cosas malas. Por el contrario, si me dejas llevarte al lado del escenario, tú mismo vas a comprobar que lo que te espera no tiene nada de doloroso, te lo juro. Eres el quincuagésimo octavo, está escrito en la lista que le he arrancado de las manos al cretino de Azarov; así que, si al llegar al número cincuenta no has cambiado de opinión, te llevo a comer un helado. Lo más seguro es que al volver te echen la bronca, y que a mí ¡me manden al gulag!, pero una promesa es una promesa. ¿Qué me dices?

Valentyn no sabe lo que es un gulag, pero supone que debe de ser algo peor que el internado. Anatoly asume un riesgo enorme al ayudarle, y a Valentyn su madre le ha enseñado que la confianza es una cosa que va en dos direcciones.

Desde que está en Moscú, Evgenyia ocupa sus pensamientos. Y, con todos los juguetes que ha descubierto en su habitación, no ha tenido tiempo de pensar en su familia más que al irse a dormir por las noches. Está seguro de que Anatoly sería un tío formidable, pero a Valentyn le gustaría acurrucarse en brazos de su madre, pelearse con Lilya y volver a casa. Se levanta de mala gana, tiende la mano al mayordomo y parte hacia su destino.

*

—Lo he localizado —susurra Maya.

El auricular inalámbrico que lleva en la oreja la conecta con la sala de informática de la mansión.

—¿Puedes acercarte a él? —pregunta Cordelia.

—No sé. Está con el mismo hombre de ayer, el que se presentó como su tío adoptivo.

Baja la escalera corriendo, se detiene cuando el maestro de ceremonias sale de su camerino para ir a las tablas, y se apresura para llegar hasta Valentyn antes de que sea demasiado tarde. Se cruza con un acompañante que la ignora por completo. Hay solamente cuatro, uno en cada extremo del escenario, para contener a todos los niños.

*

El asistente no ha podido resistir la tentación de meter las narices. Se queda apartado, haciendo crujir los dedos. Anatoly le fulmina con la mirada y se inclina hacia Valentyn.

—Ahora mismo vuelvo; tú no te muevas de aquí.

El mayordomo se precipita todo lo grande que es hacia Azarov, mostrando su aspecto más temible. Maya aprovecha para abandonar el lugar donde se ha resguardado detrás de un pilar y se acerca a Valentyn.

—Tu madre es enfermera jefe del dispensario de Rikove, tu hermana se llama Lilya y fue hasta Crimea para salvarte, y volvió a casa con tu amigo Mykolái. Él le ha contado a todo el que ha querido escucharle que fuiste un héroe en el internado, y parece que incluso le ganaste al cafre de Guzenko. Ella me ha hablado también de a lo que jugabais durante las comidas y del tarro de caramelos de tu habitación. He venido a buscarte para llevarte a casa. Te lo pido por favor, confía en mí; ven conmigo.

Valentyn no reacciona, mira fijamente a Maya, con la mirada vacía.

La orquesta empieza a tocar, los niños se ponen firmes, el sonido de los violines inunda el teatro Rossiya, y el telón se alza lentamente ante la sala donde María Belova acaba de sentarse en medio de la tercera fila.

—¿Qué ocurre? —pregunta Cordelia.

—Ya es demasiado tarde —responde Maya—. La sinfonía de los monstruos ha comenzado.

25

La evocación del «monstruo» ha hecho resurgir el recuerdo de la intendente general del internado. La mirada de Valentyn cambia, la luz vuelve a sus ojos y se coge de la mano de Maya.

Juntos caminan entre la fila de niños, se cruzan con el acompañante, y ella le pregunta en su mejor ruso donde se encuentran los baños. Él le indica la dirección y vuelve a centrarse en el crío que ha de presentarse en el escenario en cuanto el maestro de ceremonias haya terminado su discurso.

Maya abraza fuertemente a Valentyn contra sí y lo empuja hacia el pasillo que lleva a la salida de artistas. La libertad se encuentra a tan solo unos metros, cuando una voz la llama.

—¿Adónde va?

Valentyn para en seco y se gira. Anatoly trata de ponerle nombre a esa cara que no le es del todo desconocida. Reconoce a la mujer del peluche, se abalanza sobre ella y le quita al niño.

—¿Quién es usted? —pregunta el mayordomo, furioso.

—Un alma caritativa que lo lleva de vuelta con su madre.

—Pero ¡¿qué absurdidades me está contando?!

—Piénselo… Algún día tendrá que rendir cuentas.

—¿De qué madre habla? Es huérfano.

—No, tiene familia, ¡una madre, un padre y una hermana! —insiste Maya alzando el tono—. Lo han secuestrado, como a la mayoría de los críos que están aquí, raptados en colegios, hospitales, en las ruinas de los edificios que ustedes bombardean. ¿Cómo puede usted respaldar el horror que se está representando en este teatro? ¿Le queda aún suficiente humanidad como para mirar la realidad a la cara?

Anatoly se queda mirando fijamente a Maya, con los ojos brillando de rabia y de vergüenza.

—¿Es cierto que todavía tienes padres? —pregunta con voz temblorosa, arrodillándose frente a Valentyn.

Valentyn lo mira con tal confianza que, de repente, al mayordomo le entran ganas de lograr algo más valioso que su propia vida, de aceptar una verdad que le resarcirá de todas sus vilezas, fracasos y renuncias… Apoya las manos en los hombros de Valentyn y lo observa con extrema atención. Inspira hondo, se muerde el labio y, en voz baja, le pide perdón.

—Nunca más estaré solo; tu recuerdo me hará siempre compañía. No es excusa suficiente, pero, cuando seas mayor, simplemente piensa que nos alimentaron de miedos y de odio para esclavizarnos, y así quizá no me guardes tanto rencor. Ese día, todo formará parte del pasado. No soy más que un viejo turco que ha perdido sus raíces, pero tú tienes que marcharte antes de que olvides quién eres.

Luego, con mucha dignidad, mira su reloj y se dirige a Maya.

—Se le espera en el escenario en menos de una hora. Es el tiempo del que dispone para marcharse de aquí lo más lejos posible. Buena suerte.

*

Maya lleva corriendo a Valentyn al aparcamiento, abre la puerta de atrás del coche, lo mete en el asiento y se abalanza sobre el volante.

—Ponte el cinturón.

Valentyn no responde, Maya echa un vistazo por el retrovisor, ve que ya lo tiene abrochado y arranca a toda velocidad.

Conduce hacia la estación de Leningrado y mira, nerviosa, el reloj del salpicadero.

—¿A qué hora sale el próximo tren?

—En una hora —responde Vital—, pero para en todas las estaciones, así que llegarías a San Petersburgo cuando el barco ya hubiera salido y tendrías que esconderte allí hasta mañana por la noche. Coge el siguiente, dentro de una hora, que es directo.

—No quiero parecer pesimista, pero en dos horas seguramente habrán acordonado la estación —sugiere Cordelia.

—Entonces, voy en coche —resuelve Maya.

—Si le das caña, quizá lo consigas, pero que no te detengan por exceso de velocidad… —le advierte Vital.

—¿Se te ocurre otra solución para transportar a un niño que en breve va a ser buscado por todo el país?

Vital se queda callado, y Maya siente cómo el cerco se cierra sobre ella.

*

—¡¿Cómo que ha desaparecido?! —grita el asistente.

—Pues que no está ni aquí ni en ningún otro lado, que es lo que significa exactamente «desaparecer» —responde Anatoly, impasible.

—¿Cómo se le ha podido escapar?

—Si usted no hubiera metido las narices donde no le llamaban, yo no me habría visto en la obligación de tener que dejar al niño solo. Ha bastado un segundo.

—La señora tiene que salir a buscarlo al escenario en quince minutos, delante de la prensa y de centenares de personas. ¿Sabe lo que le va a costar a usted que ella sufra semejante humillación?

—¿Le tengo que recordar que era usted el responsable de ese niño? Yo solo tenía que ayudarle. De hecho, haría bien en marcharme, porque le recuerdo que yo no he sido invitado.

—Y ¿ha buscado por todo el teatro? —pregunta el asistente, que comienza a preocuparse muy seriamente por su futuro.

—Todo lo que he podido, teniendo en cuenta mi corpulencia. Incluso he pedido ayuda al personal, que, todo sea dicho de paso, no es muy cooperativo. Estoy seguro de que está escondido por alguna parte. Este lugar es un auténtico laberinto; he estado a punto de perderme. Acabará apareciendo, pero cuándo, eso solo él lo sabe. Hay que decir que, si usted no lo hubiera asustado, no estaríamos así.

—Y, entonces, ¿qué hacemos? —se agobia Azarov.

—Yo, en su lugar, iría a avisar a la señora lo antes posible. Estoy seguro de que ella debe de disponer de otros medios de los que nosotros no disponemos, y, dada la urgencia…

—Le encanta, ¿verdad?

—Me atribuye usted malas intenciones, querido. Algún día se arrepentirá de haber sido tan injusto conmigo. ¿Acaso no he venido corriendo en cuanto me ha llamado? ¡Venga, dese prisa!

Azarov sale corriendo de entre bastidores, pasa por la galería, entra en la sala, baja al pasillo, llega a la altura de la tercera fila y empieza a hacerle grandes aspavientos a la señora Belova, que termina por entender, por su cara descompuesta, que pasa algo.

Ella se disculpa educadamente al pasar por delante de sus vecinos de butaca y llega hasta donde está Azarov, que la arrastra hasta la galería.

María Belova está ciega de rabia, pero las acomodadoras, apostadas aquí y allá, le impiden que arme un escándalo.

—Y ¿ha buscado por todas partes? —pregunta con voz glacial.

—Sí, absolutamente por todas partes, pero este teatro es un auténtico laberinto —explica el asistente, haciendo suya la explicación de su archienemigo.

—Y ¿está usted seguro de que no ha abandonado el lugar?

—Totalmente. Hay una única salida y estaba vigilada —miente.

La señora Belova se pellizca la barbilla y piensa. «La situación es grave, pero no desesperada». Anatoly no se ha equivocado en sus cálculos: Bloody Mary dispone de otros medios de los que los demás no disponen.

—¿Cuándo tengo que subir al escenario?

—En quince minutos, pero puedo pedir que lo alarguen un poco más.

—No —dice con una voz que se ha vuelto polar—, no difunda este asunto. Nadie debe saberlo, y encuéntreme otro.

—¿Otro qué?

—¡Otro niño, imbécil!

—¿Perdón?

—Eso ya me lo suplicará más tarde. Mientras tanto, elija uno que se le parezca. ¿Tiene su pasaporte?

Azarov traga. Su nuez parece un ascensor que no encuentra su planta.

—De acuerdo con lo que usted me dijo, se lo he entregado —reconoce consternado.

—Coja el de su sustituto. Ya solucionaremos las cuestiones administrativas un poco más adelante.

—Y ¿en cuanto a los padres que lo iban a adoptar? —pregunta el asistente.

—Si se levantan cuando no los hayan llamado, deles el suficiente dinero para que se marchen discretamente. Y, si el otro sale de su escondite, ¡hágalo desaparecer de verdad!

María Belova vuelve a la sala y el asistente corre a la zona entre bastidores, más decidido que nunca a triunfar en esta nueva misión, que considera su tabla de salvación.

*

El coche está parado en los típicos atascos del Ring, la circunvalación de Moscú. Valentyn aprovecha para quitarse el cinturón. Se desplaza por el asiento trasero y le da unos golpecitos en el hombro a Maya.

—Lo sé —dice ella, agarrada al volante—, la suerte no está de nuestra parte.

Valentyn deja caer su pasaporte nuevecito en el asiento del copiloto.

Maya lo abre y lo vuelve a cerrar.

—Sí, pero no —dice ella, y se da la vuelta—. Con el apellido que han escrito, no nos serviría de mucho. A la hora que es, toda la policía debe de estar buscándote. Venga, ponte el cinturón, parece que ya se mueve; y respira, vamos a encontrar una solución.

Maya se arrepiente inmediatamente de haber hecho una promesa tan difícil de cumplir. Le vibra el móvil y descuelga.

—La situación ha cambiado —dice Vital.

—¿Algún problema con el barco? —pregunta Maya con voz distante, para atenuar la gravedad de otra mala noticia más.

—Ninguno, pero te alegrará saber que ya nadie os está buscando.

—¿Por qué? ¿Han bombardeado el Kremlin?

—Todavía no, pero Bloody Mary acaba de publicar en sus redes sociales un *post* con fotos cuando menos sorprendentes. Puesto que la cosa no avanza, mira lo que te acabo de enviar al móvil.

Maya coge su teléfono, abre el fichero y parece que los ojos se le van a salir de las órbitas al descubrir unas fotos de María Belova, en el escenario, agachada frente a un niño que se parece vagamente a Valentyn, y felicitándose por tener un nuevo hijo.

—No va a avisar a la policía —le asegura Vital—. Valentyn ya no existe para ella, y, si volviera a aparecer después de lo que ella acaba de hacer, le costaría muchísimo dar una explicación. Puedes conducir con calma.

—¿Ves? —le dice Maya a Valentyn—. Ya te había dicho que encontraríamos una solución.

*

Las seis. Una carrera contrarreloj, más peligrosa aún, teniendo en cuenta que Maya no puede arriesgarse a que la paren en un control por exceso de velocidad. Los kilómetros desaparecen bajo las ruedas, pero nunca lo suficientemente rápido. Tiene que parar dos veces en una gasolinera para llenar el tanque, y después una tercera en un área de servicio cuando ve a Valentyn retorcerse en el asiento de atrás. Valentyn tiene el estómago revuelto por haber comido demasiados caramelos.

A las 18:30 h, llegan por fin a San Petersburgo. La ciudad está bañada por la luz rojiza de un atardecer que se extenderá hasta bien entrada la tarde.

A las 18:45 h, Maya se abre paso entre los coches acompañada por una sinfonía de cláxones, rodea el centro de la ciudad, el GPS se vuelve loco y la dirige hacia los márgenes del río Fontanka. Está a punto de chocar contra un camión al cruzar el puente, lo adelanta *in extremis* y vuelve a acelerar.

—¡Mierda, mierda y mierda! ¡Vamos a perderlo! —grita Maya al móvil.

—¿No has llegado todavía? —se preocupa Cordelia.

—En diez minutos, y ya son casi las 19 horas.

—Dale, ya me encargo yo del resto —le ordena Vital.

Cruza el Nevá. Para llegar a la vía rápida que conduce hasta el puerto, hay que rodear una glorieta congestionada. Frena en seco y aprieta el freno de mano. Los neumáticos chirrían y el coche sale derrapando. Maya sabe sujetar un volante, y al motor no le falta potencia. En el asiento de atrás, Valentyn parece una marioneta rota; se agarra como puede al cinturón, fascinado por esta cabalgata endiablada.

*

Son las 19:10 h. El barco sigue en el muelle. La pasarela principal se levanta mientras los marineros se apresuran a soltar amarras. Maya sale del coche en el aparcamiento de la zona portuaria, coge su bolso con una mano, a Valentyn con la otra y corre hasta quedarse sin aliento.

A la entrada del muelle, un aduanero sale de su garita.

—¡Vital! Joder, me habías dicho que no habría controles, y vamos directos hacia el aduanero.

—Mantén la sangre fría. ¿Tienes el pasaporte de Valentyn?

—Sí —responde Maya.

346

—¿Dinero en efectivo?

—También.

—Mete doscientos euros en tu documentación y suplícale que te deje subir a bordo.

Maya obedece justo antes de llegar a la barrera del muelle. El aduanero abre su pasaporte, hace como estudia el visado mientras se mete los billetes en el bolsillo de la camisa, y examina el de Valentyn con suspicacia.

—Es todo culpa mía —se lamenta Maya—. He querido enseñarle el museo Hermitage y se nos ha hecho tardísimo. Es nuestro último día de vacaciones; mañana vuelve al colegio. De verdad que necesitamos embarcar, por favor; el barco va a zarpar.

Y, antes de que el aduanero se dé cuenta de que los dos pasaportes son de diferentes nacionalidades y de que se pregunte por qué un niño ruso que viaja con una residente francesa está escolarizado en Finlandia, Maya saca las llaves de su coche y señala con el dedo el lugar donde lo ha aparcado.

—El alquiler está pagado hasta finales de semana. Es todo suyo. Es una gozada conducirlo y, además, tiene el depósito lleno.

El aduanero le echa un vistazo al Audi. Sin decir nada, atrapa discretamente las llaves, le devuelve los dos pasaportes y la deja pasar.

Maya se abalanza sobre la rampa de la tripulación. Un oficial le hace señas para que se dé prisa. Advertido por una llamada de Vital, ha hecho como que había encontrado un problema para subir la pasarela y así poder retrasar la salida, con gran disgusto para el capitán finlandés, muy estricto con el tema de la puntualidad. Inmediatamente después, conduce a sus pasajeros a un camarote y le ruega a Maya que no salgan hasta que el buque no haya llegado al golfo de Finlandia.

*

En la cubierta del barco, Maya coge de la mano a Valentyn como si temiera perderlo.

Él ya no tiene miedo. El barco navega por un mar en calma y la brisa es suave.

En la noche blanca, Valentyn no puede ver las estrellas, pero se las imagina incluso más hermosas que desde el jardín de su casa de Rikove.

Está feliz de ver cómo se aleja de esa tierra, y todavía más de saber que otra aparecerá al amanecer, como le ha dicho Maya. Ella ha cumplido su promesa.

Se llama Valentyn Khodova, es libre y vuelve a casa.

26

Veronika y Lilya cenan en la cocina. Cuando Lilya menciona el mensaje que recibió la noche anterior en su busca, Veronika se queda maravillada ante esa hija tan firmemente decidida a no rendirse nunca. Se le llenan los ojos de lágrimas.

Suena el teléfono. Escuchan lo que les dice Vital, al principio sin poder creérselo y después sin comprender cómo y por qué Valentyn va de camino a Helsinki. Entonces Maya se une a la conversación. El barco acaba de entrar en aguas finlandesas. Cordelia ya lo ha organizado todo. Un avión sanitario llevará a Valentyn a Leópolis, y ella irá en persona a buscar a los dos supervivientes para llevarlos mañana a la mansión.

Lo único que Veronika desea es hablar con su hijo.

—Toma, es para ti —dice Maya, y le tiende el móvil a Valentyn.

Se pega el teléfono a la oreja y mira fijamente al horizonte.

Valentyn escucha a su madre decirle palabras amorosas. En cuanto cuelgue, ella hará las maletas y, con las luces del alba, saldrá a la carretera con Lilya para ir a buscarlo a Kiev. Conoce el camino.

Mañana lo abrazará, dormirán los tres juntos, en la misma habitación, y ya nadie podrá separarlos.

—Tu padre también irá a verte —añade—. Ha vuelto de la guerra y está bien. Tu hermana está ahora aquí conmigo; llora mucho, pero de felicidad. Yo también lloro mucho. Te la voy a pasar. Te quiero tanto, cariño, tanto. La pesadilla ya ha terminado. Pronto estaré contigo, mi amor. Te quiero, mi niño. En unas horas estaremos juntos.

Valentyn inspira hondo; le arde el pecho, se le desgarra la garganta, vuelve a inspirar; un soplo de libertad ilumina su mirada y por primera vez Veronika oye a su hijo articular:

—Mamá.

Epílogo

Al tiempo que Maya y Valentyn desembarcan en Helsinki, el jefe de las milicias Wagner muerde la mano del dictador que le ha permitido alcanzar su sangrienta fama. Mientras sus tropas avanzan hacia Moscú, liberando las carreteras de la zona ocupada, Danylo, con la sirena a todo volumen, mete caña hacia Kiev.

El cirujano ha preparado los papeles que hacen falta. En caso de control, Lilya, tumbada en la camilla, hará de enfermera.

Antes de dejar Rikove, Veronika le ha prometido al cirujano que volverá en cuanto ganen la guerra. El médico le ha respondido que ya es hora de que piense en sí misma. Si a sus hijos les gusta Kiev, y si para entonces ella sigue queriendo al cirujano, este encontrará un puesto de profesor en el oeste. Y le ha dado las gracias por haberle dado un sentido nuevo a su vida.

El oso de peluche y su micro descansan en el cajón de Anatoly. Desde el despacho del mayordomo, colindante con el de María Belova, la señal del wifi es óptima. Los miembros del Ejército

Digital ya han logrado extraer el archivo de los niños robados y están trabajando para repatriarlos.

Valentyn y Maya llegan a la mansión hacia las 21 h. Lilya corre tan rápido hacia su hermano que logra la proeza de abrazarlo antes que su madre.

Es el comienzo de una celebración increíble. Valentyn preside la mesa, y Veronika y Lilya, sentadas una a cada lado, no paran de cubrirlo de besos. Maya está agotada, pero feliz. Ilga se quita el delantal para bailar con Danylo, mientras Vital y Cordelia celebran discretamente su compromiso.

Alrededor de medianoche, Vital se escapa un segundo para bajar a la sala de informática. Enciende su pantalla y lee un mensaje que le hace sonreír.

Buen trabajo,
y felicidades,
Noa

Fin de la comunicación a las 00:00 h GMT.

La Corte Penal Internacional emitió una orden de arresto contra el presidente ruso Vladímir Putin y María Lvova-Belova, su comisionada para los Derechos del Niño, por el crimen de guerra de «deportación ilegal» de niños ucranianos.

Referencias bibliográficas
Mapa de Ucrania
Tabla de códigos de mensajería
Biografía de los 9

Referencias bibliográficas

Yale Humanitarian Research Lab., Raymond y Caitlin N. Howarth *et al., Russia's Systematic Program for the Re-Education & Adoption of Ukraine's Children. A Conflict Observatory Report,* 14 de febrero de 2023.

Andreï Kourkov, *Journal d'une invasion,* Éditions Noir sur Blanc, 2023.

Heidi Levine, «What I've seen in Bucha», *The Washington Post,* 8 de abril de 2022.

Lori Hinnant, Cara Anna y Erika Kinetz, «How Moscow grabs Ukrainian kids and makes them Russians», recopilación de artículos, Associated Press (AP), 13 de octubre de 2022.

Emma Bubola, «Using Adoptions, Russia turns Ukrainian Children into Spoils of War», *The New York Times,* 22 de octubre de 2022.

Robyn Dixon y Natalia Abbakumova, «Ukrainians struggle to find and reclaim children taken by Russia», *The Washington Post,* 22 de diciembre de 2022.

Jennifer Hansler, «Report says Russian government is operating network of camps where it has held thousands of Ukrainian children since start of war», CNN, 15 de febrero de 2023.

Helen Sullivan, «Thousands of Ukrainian children put through Russian 're-education' camps, US report finds», *The Guardian*, 15 y 21 de febrero de 2023.

Sabrina Tavernise y Emma Bubola, «Why Russia is taking Thousands of Ukrainian Children», *The New York Times*, 3 de marzo de 2023.

Marc Santora y Emma Bubola, «Russia signals it will take more Ukrainian children, a crime in progress», *The New York Times*, 18 de marzo de 2023.

Ed Vulliamy, «'We had to hide them': how Ukraine's 'kidnapped' children led to Vladimir Putin's arrest warrant», *The Guardian*, 18 de marzo de 2023.

Carlotta Gall, Oleksandr Chubko, «The Russians took their children. These mothers went and got them back», *The New York Times*, 8 de abril de 2023.

«An Arctic welcome. Russia's orphan listings have abruptly increased in number. In their midst, Ukrainian children are listed for adoption, too. Some have already been placed with families in the Russian Far North», *Meduza.io/en*, 2 de junio de 2023.

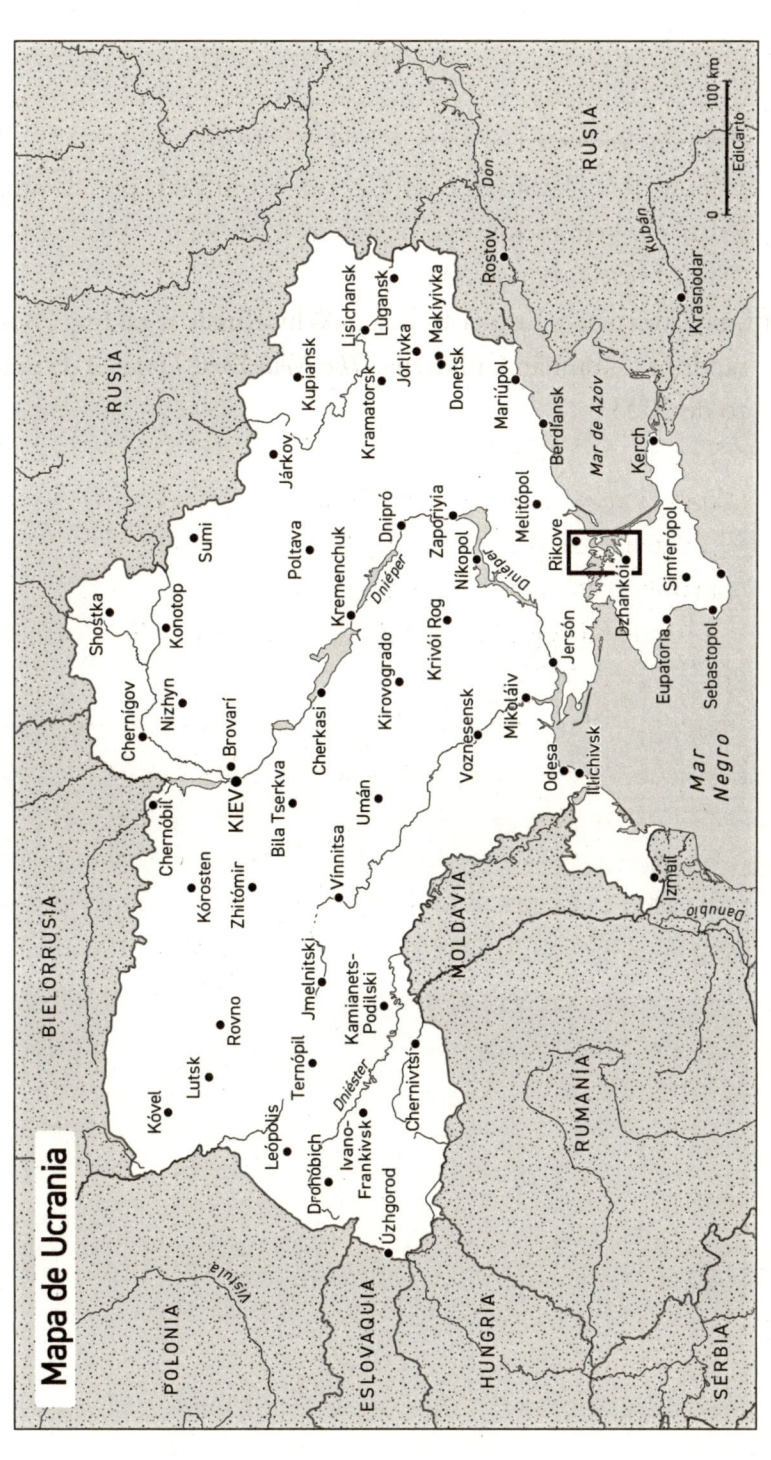

Mapa de Ucrania

Tabla de códigos de mensajería

A = 6	J = 7	S = 5
B = 8	K = 15	T = 7
C = 0	L = 4	U = 17
D = 0	M = 2	V = 11
E = 3	N = 17	W = 111
F = 7	O = 0	X = 25
G = 9	P = 9	Y = 3
H = 4	Q = 9	Z = 5
I = 1	R = 12	

001 = Sí	318 = No me encuentro bien
002 = No	322 = Para
003 = Quizá	372 = ¿Qué haces?
004 = OK	390 = ¿Dónde estás?
20 = Mamá	378 = ¿Lo dices en serio?
21 = Yo	393 = ¿Cuándo?
31 = Bien	395 = ¿Cómo?
34 = Soy	404 = Olvídalo
35 = Era	434 = No has entendido
38 = Vete, márchate	475 = Estoy al otro lado de la calle
044 = Me acabo de ir	
045 = Buenas noches	440 = Estoy cansado(a)
065 = Buenas noticias	450 = Me duele
072 = Malas noticias	470 = Espera
123 = Te echo de menos	490 = Tengo algo para ti
189 = Voy de camino	502 = ¿Necesitas algo?
303 = Prepárate para coger el teléfono	505 = Prueba a llamarme
	513 = Llámame en una hora
308 = Estoy ocupado(a)	540 = ¡No te olvides de eso!
312 = Hablamos más tarde	550 = Te necesito
315 = Me voy a acostar	911 = Importante
	911 = Urgente, date prisa

Biografía de los 9

Maya

Maya vive en París, donde tiene una agencia de viajes de lujo que heredó de su padre. Su empleo le permite tener numerosos contactos en el extranjero y le garantiza una tapadera perfecta para sus actividades extraoficiales (durante un tiempo trabajó como *correo* para los servicios de inteligencia franceses). Valiente, nunca ha respetado las reglas, y cuenta con un mayor conocimiento del terreno que sus compañeros.

En la novela *Le crépuscule des fauves,* lleva a cabo una operación secreta en Turquía para salvar a una niña siria que posee información crucial para el Grupo 9.

Janice

Activista en su juventud, Janice empieza a trabajar como periodista de investigación para el diario *Haaretz*. Amante de la libertad, reside en Tel Aviv, donde comparte casa con su mejor amigo.

En la novela *Noa,* sus enemigos están dispuestos a todo para hacerla callar (juicios, amenazas). Al atacar a los más poderosos, Janice pone en peligro su reputación, su carrera e incluso su vida. En

2022 sus investigaciones sobre las manipulaciones y malversaciones del millonario Ayrton Cash estuvieron a punto de acabar con ella.

Vital y Malik

Ucranianos, Vital y Malik, hermanos gemelos, viven en la mansión familiar y trabajan en pareja. Están tan unidos y se complementan tan bien que durante mucho tiempo trabajaron en el seno del Grupo 9 con el nombre de «Vitalik». Vital perdió la movilidad de las piernas a raíz de un atentado que les costó la vida a sus padres. Los gemelos hacen negocios, se dedican un poco a la política y son estrategas y *hackers* formidables.

Cordelia y Diego

Cordelia, hermana mayor de Diego, su *alter ego,* trabaja para una agencia de seguridad informática en Londres. Diego tiene un restaurante de bistronomía en Madrid.

Siendo estudiante, Diego perdió a su gran amor, Alba, diabética, víctima de las especulaciones que hacen subir el precio de medicamentos como la insulina. Desde la muerte de Alba, un pacto une a los dos hermanos. En la novela *C'est arrivé la nuit,* logran llevar a cabo un hackeo espectacular y roban a los culpables del escándalo de la insulina para indemnizar a sus víctimas. Cordelia puso en peligro su vida, pero mantuvo la promesa que le hizo a su hermano de vengar la muerte de Alba.

Ekaterina

Ekaterina es profesora de Derecho en la Universidad de Oslo. Conoció la violencia callejera en la adolescencia, cuando vivía abandonada a su suerte. Ha desarrollado un fuerte instinto de supervivencia que la ayuda en el corazón del Grupo 9. En la novela *C'est arrivé la nuit,* se acercó todo lo que pudo a las fieras para derrotarlas. Mateo y ella consiguieron desmantelar un atentado urdido por el dirigente de un partido de extrema derecha que tenía como objetivo la Universidad de Oslo.

Mateo

Mateo es un emprendedor tecnológico brillante que cultiva el arte del secreto. Después de vender su primera *start-up* a Friends-Net, dirige una sociedad de informática puntera en Roma. Su lado camaleónico y su sangre fría hacen de él un gran estratega. En la novela *Noa,* para evitar que el grupo fuera descubierto mientras llevaba a cabo una misión destinada a derrocar al dictador que gobierna en Bielorrusia, sacrifica sus servidores y cierra su empresa antes de marcharse a Vietnam con Ekaterina.

Noa

Noa es amiga de Janice. Brillante, trabaja para los servicios de inteligencia del Ejército israelí. En *C'est arrivé la nuit,* ayuda extraoficialmente a Janice en su investigación sobre las PSYOP y las manipulaciones políticas destinadas a derrocar Gobiernos democráticos. En la novela *Noa,* se revela al final su identidad como noveno miembro del grupo.

Agradecimientos

A

Mis padres

Pauline, Louis, Georges y Cléa

Mi hermana Lorraine

Susanna Lea, Léonard Anthony

Emmanuelle Hardouin, Antoine Caro, Marie-Odile Mauchamp,

Elsa de Saignes, Louise Danou, Miguel Courtois

Sophie Charnavel, Céline Poiteaux

Solveig de Plunkett, Caroline Babulle

Catherine Lauprêtre, Joël Renaudat, Céline Ducournau,

todos los departamentos de Éditions Robert Laffont

Marie-Ève Provost y Pauline Normand,

Sébastien Canot, Capucine Delattre

Mark Kessler, Carole Delmon, Adèle Fabre

Neyla Downs, Lauren Wendelken

Thérèse Coen, Una McKeown

Sarah Altenloh

Rémi Pépin

Audrey Sourdive, Xavier Baur.